萤火续流光

沈从文 著

SPM
南方传媒

花城出版社

图书在版编目（ＣＩＰ）数据

萤火续流光 / 沈从文著 . —— 广州 : 花城出版社，
2022.5（2022.9重印）
ISBN 978-7-5360-9558-8

Ⅰ . ①萤… Ⅱ . ①沈… Ⅲ . ①文学创作 – 文集②读书
方法 – 文集 Ⅳ . ① I04-53 ② G792-53

中国版本图书馆 CIP 数据核字 (2021) 第 242947 号

出 版 人：张　懿
责任编辑：郑秋清
技术编辑：林佳莹
特邀编辑：洪紫玉　姜得祺
装帧设计：吉冈雄太郎

书　　名	萤火续流光	
	YING HUO XU LIU GUANG	
出版发行	花城出版社	
	（广州市环市东路水荫路 11 号）	
经　　销	全国新华书店	
印　　刷	唐山富达印务有限公司	
	（唐山市芦台经济开发区农业总公司三社区）	
开　　本	880 × 1230 毫米　32 开	
印　　张	8.5 印张	
字　　数	162，000 字	
版　　次	2022 年 5 月第 1 版 2022 年 9 月第 4 次印刷	
定　　价	48.00 元	

如发现印装质量问题，请直接与印刷厂联系调换。
购书热线：020-37604658 37602954
花城出版社网站：http://www.fcph.com.cn

目 录

第
一
辑

我与
写作

我为什么要写作（萧乾小说集题记^①）

　　在都市住上十年，我还是个乡下人。第一件事，我就永远不习惯城里人所习惯的道德的愉快、伦理的愉快。

　　我崇拜朝气，欢喜自由，赞美胆量大的、精力强的。一个人行为或精神上有朝气，不在小利小害上打算计较，不拘于物质攫取与人世毁誉，他能硬起脊梁，笔直走他要走的道路，他所学的或同我所学的完全是两样东西，他的政治思想或与我的极其相反，他的宗教信仰或与我的十分冲突，那不碍事，我仍然觉得这是个朋友，这是个人。我爱这种人，也尊敬这种人，因为这种人有气魄，有力量。这种人也许野一点，粗一点，但一切伟大事业伟大作品就只这类人有份。他不能避免失败，他失败了能再干。他容易跌倒，但在跌倒以后仍然即刻可以爬起。

　　至于怕事、偷懒、不结实、缺少相当偏见、凡事投机取巧媚世悦俗的人呢，我不习惯同这种人要好，他们给我的"同情"，还不如另一种人给我"反对"有用。这种"城里人"仿佛细腻，其实庸俗；仿佛和平，其实阴险；仿佛清高，其实鬼祟。这世界若永远不变个样子，自然是他们的世界。右倾革命的也罢，革右倾的命的也罢，一切世俗热闹皆有他们的份。就由于应世技巧的

---

　　①　本篇是沈从文为萧乾小说集《篱下集》所写的，标题为编者所加。

002

圆熟，他们的工作常常容易见好，也极容易成功。这种人在"作家"中就不少。老实说，我讨厌这种城里人。

曾经有人询问我："你为什么要写作？"

我告他我这个乡下人的意见："因为我活到这世界里有所爱。美丽、清洁、智慧，以及对全人类幸福的幻影，皆永远觉得是一种德性，也因此永远使我对它崇拜和倾心。这点情绪同宗教情绪完全一样。这点情绪促我来写作，不断地写作，没有厌倦，只因为我将在各个作品各种形式里，表现我对于这个道德的努力。人事能够燃起我感情的太多了，我的写作就是颂扬一切与我同在的人类美丽与智慧。若每个作品还皆许可作者安置一点贪欲，我想到的是用我作品去拥抱世界，占有这一世纪所有青年的心。……生活或许使我平凡与堕落，我的感情还可以向高处跑去；生活或许使我孤单独立，我的作品将同许多人发生爱情同友谊……"

这是个乡下人的意见，同流行的观点自然是不相称的。

朋友萧乾第一个短篇小说集子行将付印了，他要我在这个集子说几句话。他的每篇文章，第一个读者几乎全是我。他的文章我除了觉得很好，说不出别的意见，这意见我相信将与所有本书读者相同。至于他的为人，他的创作态度呢，我认为只有一个"乡下人"，才能那么生气勃勃、勇敢结实。我希望他永远是乡下人，不要相信天才，狂妄造作，急于自见。应当养成担负失败的忍耐，在忍耐中产生他更完全的作品。

我怎么就写起小说来

一　星星之火

　　年前九月里，我过南京有事，看了个文化跃进展览会，因为特殊情形，只能用一个多钟点，匆匆忙忙地从三大楼陈列室万千种图表物品面前走过。留在印象中极深刻的，是农村广大人民群众戏剧和诗歌创作的活动。记得搁在二楼陈列案上有三个大蒲包，每个蒲包都装得满满的，可能有二三十斤重。这种蒲包向例是装江南农村副产物菱芡、笋干、芋艿或盐板鸭等，这回也并不完全例外，原来装的是"大跃进"后江苏省×县×乡一种崭新农业副产物，有关人民公社化后生产"大跃进"的诗歌！每一包中都有几万首或过十万首来自农村，赞美生活、歌颂集体、感谢共产党毛主席的素朴而热情的诗歌，正和屏风墙上五彩鲜明新壁画一样，反映的全是中国农村新面貌。情是崭新的，诗歌内容感情也是崭新的，让我们可体会到，此后全国广大土地上，凡有草木生长处，凡有双手劳动处，到另外一时，都可望长出茂盛的庄稼、硕大的瓜果，和开放万紫千红的花朵。同时，还必然可看到无数赞美劳动伟大成就的崭新壁画和诗歌。这还只不过是一种新的起始，已显明指示出今后社会发展的必然。古话说："星星之火可燎原"，这些正是祖国新的文化建设全面发展的星火。 它和大小炼铁炉一样，在全国范围内燃起的红光烛天的火焰，将促进我国工业发展的速度，改变工业建设的布局，和科学文化发展的面貌。到不久将来，地面将矗起长江三峡，能发电二千五百万千瓦的大水坝，而且还一定会要把巨大的人造卫星送上天空！人人都会作诗，诗歌将成为人类向前一种新的动力，使得十三亿只勤劳敏捷的手，在一定计划中动得更有节奏。任何一伟大的理想，到时也都可望成为现实！这些诗歌给我的启发是这样的。

我对于这些新的诗歌发生特别感情，除上述种种外，还有另外一个原因，即四十年前，最初用笔写作，表示个人情感和愿望，也是从作诗起始的。不过作诗心境可完全不同，因为距今已将近半个世纪，生活的时代和现在比，一个是地狱，一个是天堂，完全是两个时代，两种世界。

二　我在怎样环境中受教育

我生于一九〇二年，去太平天国革命还不多远，同乡刘军门从南京抢回的一个某王妃做姨太太还健在。离庚子事变只两年，我的父亲是在当时守大沽口的罗提督身边做一名小将，因此小时候还有机会听到老祖母辈讲"长毛造反，官兵屠城"的故事，听我父亲讲华北人民反帝斗争的壮烈活动和凄惨遭遇，随后又亲眼见过"辛亥革命"在本县的种种。本地人民革命规模虽不怎么大，但给我印象却十分现实。眼见参加攻城的苗族农民，在革命失败后，从四乡捉来有上千人死亡，大量血尸躺在城外对河河滩上。

到后光复胜利，旧日皇殿改成陆军讲武堂，最大一座偶像终于被人民推翻了。不多久，又眼见蔡锷为反对袁世凯做皇帝，由云南起义，率军到湘西麻阳、芷江一带作战，随后袁世凯也倒了……这些事件给我留下那么一个总印象，这个世界是在"动"中，地球在"动"，人心也在"动"，并非固定不移，一切必然向合理前进发展。衙门里的官，庙宇中的菩萨，以至于私塾中竖起焦黄胡子，狠狠用楠竹板子打小学生屁股的老师，行为意图都是努力在维持那个"常"，照他们说是"纲常"，是万古不废的社会制度和人的关系，可是照例维持不住。历史在发展，人的思想情感在发展，一切还是要"动"和"变"。试从我自己说起，我前后换了四个私塾，一个比一个严，但是即使当时老师板子打得再重些，也还要乘机逃学，因为塾中大小书本过于陈旧，外面世界却尽广阔而新鲜！于是我照例常常把书篮寄存到一个土地堂的土地菩萨身后，托他照管，却撒脚撒手跑到十里八里远乡场上去看牛马牲口交易，看摆渡和打铁，看打鱼、榨油和其他种种玩意儿——从生活中学到的永远比从旧书本子学的，既有趣味又切实有用得多。随后又转入地方高小，总觉得那些教科书和生活现实还是距离极大。学校中用豌豆做的手工，就远不如大伙到河边去帮人扳罾磨豆腐有意思。因此勉强维持到县里高小毕业，还是以野孩子身份，离开了家，闯入一个广大而陌生的社会里，受生活人事上的风吹雨打，去自谋生存了。

初初离开了家，我怎么能活下来？而且在许多可怕意外变故中，万千同乡同事都死去后，居然还能活下来，终于由这个生活教育基础上，到后且成为一个小说作者？在我写的那个自传①上，曾老老实实记下了一些节目。其实详细经过，情形却远比狄更斯写的自传式小说还离奇复杂得多，由于我们所处的时代社会，也离奇复杂得多。这里且说说我飘荡了几年后，寄住在一个土著小小军阀部队中，每天必待人开饭后，才趑趄走拢去把桌上残余收拾扫荡，每晚在人睡定后，才悄悄睡下去，拉着同乡一截被角盖住腹部免得受凉。经过半年光景，到后算是有了一个固定司书名分了。

　　一九一九年左右，我正在这个官军为名、土匪为实的土军阀部队里，做一名月薪五元六毛的司书生。这个部队大约有一百连直辖部队，和另外几个临时依附收编的特种营旅，分布于川湘鄂边境现属湘西土家族苗族自治州十多县境内，另外，自治州以外的麻阳、沅陵、辰溪、桃源，以及短时期内酉阳、秀山、龙潭也属防军范围，统归一个"清乡剿匪总司令"率领。其实说来，这一位司令就是个大土匪。部队开支省府照例管不着，得自己解决，除所属各县水陆百货厘金税款，主要是靠抽收湘西十三县烟土税、烟灯税、烟亩税、烟苗税和川黔烟帮过境税。鸦片烟土在这个地区既可代替货币流行，也可代替粮食。平时发饷常用烟土，官士赌博、上下纳贿送礼全用烟土。烟土过境经常达八百挑一千挑，得用一团武装部队护送，免出事故。许多二十多岁年轻人，对烟土好坏，只需手捏捏鼻闻闻，即能决定产地和成分。我所在的办公处，是保靖旧参将衙门一个偏院，算是总部书记处，大小

_____

　　① 指《从文自传》。

六十四个书记住在一个大房间中，就地为营，便有四十八盏烟灯，在各个床铺间燃起荧荧碧焰，日夜不熄。此外由传达处直到司令部办公厅，例如军需、庶务、军械、军医、参谋、参军、副官、译电等处，不拘任何一个地方，都可发现这种大小不一的烟灯群。军械和军需处，经常堆积满房的，不是什么弹药和武器装备，却是包扎停当等待外运的烟土。一切简直是个毒化国家毒化人民的小型地狱，但是他们存在的名分，却是为人民"清乡剿匪，除暴安良"。被杀的人绝大部分是十分善良或意图反抗这种统治的老百姓！

我就在这样一个部队中工作和生活。每天在那个有四十八盏鸦片烟灯的大厅中，一个白木办公桌前，用小"绿颖"毛笔写催烟款、查烟苗的命令，给那些分布于各县的一百连杂牌队伍，和许许多多委员、局长、督查、县知事。因为是新来人，按规矩工作也得吃重点，那些绝顶聪敏同事就用种种理由把工作推给我，他们自己却从从容容去吸烟、玩牌、摆龙门阵。我常常一面低头写字，一面听各个床铺间嘘嘘吸烟声音，和同事间谈狐说鬼故事，心中却漩起一种复杂离奇不可解感情。似乎陷入一个完全孤立情况中，可是生活起居又始终得和他们一道，而且称哥唤弟。只觉得好像做梦一样，可分明不是梦。但一走出这个大衙门，到山上和河边去，自然环境却惊人美丽，使我在这种自然环境中，倒极自然把许多种梦想反而当成现实，来抵抗面前另外一种腐烂怕人的环境。

"难道世界上还有比这些人更奇怪的存在？书上也没有过，这怎么活得下去？"

事实上当时这些老爷或师爷，却都还以为日子过得怪好的。

很多人对于吸大烟，即认为是一种人生最高的享受。譬如我那位顶头上司书记长，还是个优级师范毕业生，本地人称为"洋秀才"，读过大陆杂志和老申报，懂得许多新名词的，就常常把对准火口的烟枪暂时挪开，向我进行宣传："老弟，你来吸一口试试吧。这个妙，妙，妙！你只想想看，天下无论吃什么东西都得坐下来吃，只有这个宝贝是睡下来享受，多方便！好聪敏的发明，我若做总统，一定要给他个头等文虎章！"

有时见我工作过久，还充满亲切好意，夹杂着一点轻微嘲笑和自嘲，举起烟枪对我殷勤劝驾："小老弟，你这样子简直是想做圣贤，不成的！事情累了半天，还是来唆一口吧。这个家伙妙得很！只要一口半口，我保你精精神神，和吃人参果一样。你怕什么？看看这房里四十八盏灯，不是日夜燃着，哥子弟兄们百病不生！在我们这个地方，只能做神仙，不用学圣贤——圣贤没用处。人应当遇事随和，不能太拘迂古板。你担心上瘾，哪里会？我吸了二十年，想戒就戒，决不上瘾。不过话说回来，司令官如果要下令缴我这支老枪，我可坚决不缴，一定要拿它战斗到底。老弟，你可明白我意思？为的是光吸这个，百病痊愈，一天不吸，什么老病不用邀请通回来了。拿了枪就放不下。老弟你一定不唆，我就又有偏了！"

我因为平时口拙，不会应对，不知如何来回答这个，上司好意，照例只是笑笑。他既然说明白我做圣贤本意是一个"迂"字，说到烟的好处又前后矛盾，我更不好如何分辨了。

其实当时我并不想做什么"圣贤"，这两个字和生活环境毫无关联，倒乐意做个"诗人"，用诗来表现个人思想情感。因为正在学写五七言旧诗，手边有部石印唐人诗选，上面有李白、杜甫、元稹、白居易、高适、岑参等人作品。杜甫诗的内容和白居易诗的表现方法，我比较容易理解，就学他们押韵填字。我手中能自由调遣的文字实在有限，大部分还是在私塾中读"云对雨，雪对风，晚照对晴空"记来的，年龄又还不成熟到能够显明讽刺诅咒所处社会环境中，十分可恶可怕的残忍、腐败、堕落、愚蠢的人和事，生活情况更不能正面触及眼面前一堆实际问题。虽没有觉得这些人生活可羡，可还不曾想到另外什么一种人可学。写诗主要可说，只是处理个人一种青年朦胧期待发展的混乱感情。常觉得大家这么过日子下去，究竟为的是什么？实在难于理解。难道辛亥革命就是这么的革下去？

在书记处六十四个同事中，我年纪特别小，幻想却似乎特别多。《聊斋志异》《镜花缘》《奇门遁甲》这些书都扩大了我幻想的范围。最有影响的自然还是另外一些事物。我眼看到因清乡杀戮过大几千农民，部分是被压迫铤而走险上山落草的，部分却是始终手足贴近土地的善良农民，他们的死只是由于善良。有些人被杀死，家被焚烧后，还牵了那人家耕牛，要那些小孩子把家长头颅挑进营中一齐献俘。我想不出这些做官的有道理或有权利这么做。一切在习惯下存在的我认为实不大合理，但是我并没有意识到去反抗或否认这一切。我明白同事中说的"做圣贤"不过是一种讽刺，换句明白易懂话说就是"书呆子气"，但还是越来越发展了这种书呆子气，最明显的即是越来越和同事缺少共同语言和感情。另一方面却是分上工作格外多，格外重，还是甘心情愿不声不响做下去。我得承认，有个职业才能不至于倒下去。当时那个职业，还是经过半年失业才得来的!

其时有许多同事同乡，年纪还不过二十来岁，因为吸烟，都被烟毒熏透，瘦得如一只"烟腊狗"一样，一个个终日摊在床铺上。日常要睡到上午十一点多，有的到下午二三点，才勉强从床上爬起来，还一面大打哈欠，一面用鼻音骂小护兵买点心不在行。起床后，大家就争着找据点，一排排蹲在廊檐下阶沿间刷牙，随后开饭，有的每顿还得喝二两烧酒，要用烧腊香肠下酒。饭后就起始过瘾。可是这些老乡半夜里过足瘾时，却精神虎虎，潇洒活泼简直如吕洞宾! 有些年逾不惑，前清读过些《千家诗》和《古文笔法百篇》《随园诗话》《聊斋志异》的，半夜过足瘾时，就在烟灯旁朗朗地诵起诗文来。有的由《原道》到前后《出师表》《圆圆曲》，都能背诵如流，一字不苟，而且音调激昂慷慨，不让古人。有的人又会唱高腔，能复述某年月日某戏班子在某地某庙开锣，演出某一折戏，其中某一句字黄腔走板的事情，且能用示范原腔补充纠正，其记忆力之强和理解力之高，也真是世界上稀有少见。又有人年纪还不过三十来岁，由于短期委派出差当催烟款监收委员，贪污得几百两烟土，就只想娶一房小老婆摆摆阔，把当前计划和二十年后种种可能麻烦都提出来，和靠灯同事商讨办法的。有人又到处托人买《奇门遁甲》，深信照古书中指示修炼，一旦成功，就可以和济公一样飞行自在，到处度世救人，打富济贫。且有人只想做本地开糖房的赘婿，以为可以一生大吃酥糖糍粑。真所谓"人到一百，五艺俱全"，信仰愿望，无奇不有，而且居多还想得十分有趣。全是烟的催眠麻醉结果。

这些人照当时习惯，一例叫作"师爷"。从这些同事日常生活中，我真可说是学习了许多许多。

此外，又还有个受教育对我特别有益的地方，即一条河街和河码头。那里有几十家从事小手工业市民，专门制作黄杨木梳子、骨牌、棋子和其他手工艺品，生产量并不怎么大，却十分著名，下行船常把它带到河下游去，越湖渡江，直到南北二京。河码头还有的是小铁匠铺和竹木杂货铺，以及专为接待船上水手的特种门户人家，经常还可从那里听到弹月琴唱小曲玲玲琮琮声音。河滩上经常有些上下酉水船只停泊，有水手和造船匠人来人去。虽没法和这些人十分相熟，可是却有机会就眼目见闻，明白他们的生活和工作。和他们可说的话，也似乎比同事面前多一些，且借此知道许许多多河码头事情。两相比较下，当时就总觉得这些自食其力的普通劳动者生活，比起我们司令部里那些"师爷"或"老爷"，不仅健康得多，道德得多，而且也有趣得多。即或住在背街上，专为接待水手和兵士的"暗门头"半开门人物，也还比师爷、老爷更像个人。这些感想说出来当然没有谁同意，只会当我是个疯子。事实上我在部分年轻同事印象中，即近于有点疯头疯脑。

我体力本来极差，由于长时期营养不良，血液缺少黏合力，一病鼻子就得流血，因此向上爬做军官的权势欲没有抬头机会。平时既不会说话，对人对事又不会出主意，因此做参谋顾问机会也不多。由于还读过几本书，知道点诗词歌赋，面前一切的刺激和生活教育，不甘随波逐流就得讲求自救，于是近于自卫，首先学坚持自己，来抵抗生活行为上的同化和腐蚀作用。反映到行为中，即尽机会可能顽强读书，扩大知识领域。凑巧当时恰有个亲戚卸任县长后，住在对河石屋洞古庙里作客，有半房子新旧书籍，由《昭明文选》到新小说，什么都有，特别是林译小说①就有一整书箱。狄更斯的小说，真给了我那时好大一份力量！

从那种情形下，我体会到面前这个社会许多部分都正在发霉腐烂，许多事情都极不合理，远比狄更斯文学作品中所表现的英国社会还野蛮恶劣。一切像是被什么人安排错了，得有人重新想个办法。至于要用一个什么办法才能恢复应有的情况？我可不知道。两次社会革命虽在我待成熟生命中留下些痕迹，可并不懂得第三回社会大革命已在酝酿中，过不多几年就要在南中国爆发。因为记起"诗言志"的古义，用来表现我这些青春期在成熟中，在觉醒中，对旧社会，对身边一切不妥协的朦胧反抗意识，就是作诗。大约有一年半时间，我可能就写了两百首五七言旧体诗。呆头呆脑不问得失那么认真写下去，每一篇章完成却照例十分兴奋。有时也仿苏柳体填填小词，居然似通非通能缀合成篇。这些诗词并没有一首能够留下，当时却已为几个迎面上司发生兴趣，以为"人虽然有些迂腐，头脑究竟还灵活，有点文才"。还有个拔贡出身初级师范校长，在我作品上批说"有老杜味道"，真只有天知道！除那书记长是我的经常读者外，另还有个胖大头军法官，和一个在高级幕僚中极不受尊敬，然而在本地小商人中称"智多星"的顾问官，都算是当年读我作品击节赞许的大人物。其实这些人的生活就正是我讽刺的对象。这些人物，照例一天只是陪伴司令老师长②坐在官厅里玩牌、吃点心、吸烟、开饭喝茅台酒，

---

① 指清末民初由著名翻译家林纾先生翻译的西方小说。

② 指陈渠珍。陈渠珍（1882—1952），民国时人称"湘西王"，掌湘西兵权，经营湘西数十年，与熊希龄、沈从文并称"凤凰三杰"。

打了几个饱嗝后，又开始玩牌……过日子永远是这么空虚、无聊。日常行为都和果戈理^①作品中人物一样，如漫画一般，甚至于身体形象也都如漫画一般局部夸张。这些人都读过不少书，有的在辛亥时还算是维新派，文的多是拔贡举人，武的多毕业于保定军校，或湖南弁备学校。腐化下来，却简直和清末旧官僚差不多，似乎从没思索过如何活下来才像个人，全部人生哲学竟像只是一个"混"字。跟着老师长混，"有饭大家吃"，此外一切废话。

一九三五年左右，我曾就这些本地"伟人"生活，写过一个短篇小说，名叫《顾问官》，就是为他们画的一幅速写相，虽十分简单，却相当概括逼真。当时他们还在做官，因担心笔祸，不得不把故事发生地点改成四川。其实同样情形，当时实遍布西南，每省每一地区都有那种大小军阀和幕僚，照着我描写的差不多或更糟一些，从从容容过日子。他们看到时，不过打个哈哈完事，谁也不会在意。

我的诗当时虽像是有了出路，情感却并没有真正出路。因为我在那些上司和同事间，虽同在一处，已显明是两种人，对于生存意义的追求全不相同，决裂是必然的。但是如果没有一种外来的强大吸引力或压力，还是不可能和那个可怕环境决绝分开的。在一般同事印象中，我的"迂"正在发展，对社会毫无作用，对自身可有点危险，因为将逐渐变成一个真正疯子。部队中原有先例，人一迂，再被机灵同事寻开心，想方设法逗弄，或故意在他枕下鞋里放条四脚蛇，或半夜里故意把他闹醒，反复一吓一逗，这同

---

① 作者原著为"果哥里"，现通译为果戈理，俄国著名小说家。

事便终于疯了。我自然一时还不到这个程度。

　　真正明白我并不迂腐的，只有给我书看那个亲戚。他是本县最后一个举人，名叫聂仁德，字简堂，作的古文还曾收入清代文集中，是当时当地唯一主张年轻人应当大量向外跑，受教育、受锻炼、找寻出路的一个开明知识分子。

　　我当时虽尽在一种孤立思维中苦闷挣扎，却似乎预感到，明天另外一个地方还有份事业待我去努力完成。生命不可能停顿到这一点上。眼前环境只能使我近于窒息，不是疯便是毁，不会有更合理的安排。我得想办法自救，但一时自然还是无办法可得。

　　因为自己写诗，再去读古诗时，也就深入了一些。和青春生命结合，曹植、左思、魏征、杜甫、白居易等人对世事有抱负有感慨的诗歌，比起描写景物、叙述男女问题的作品，于是觉得有斤两有劲头得多。这些诗歌和林译小说一样，正在坚强我、武装我，充实增加我的力量，准备来和环境中一切一回完全决裂。但这自然不是一件简单事情。到这个部队工作以前，我曾经有过一年多时间，在沅水流域好几个口岸各处漂流过，在小旅馆和机关做过打流食客，食住两无着落。好容易有了个比较固定的职业，要说不再干下去，另找出路，当然事不简单。我知道世界虽然尽够广大，但到任何一处没有吃的就会饿死。我等待一个新的机会。生活教育虽相当沉重，但是却并不气馁，只有更加坚强。这里实在不是个能待下去的地方，中国之大，一定还有别的什么地方比这里生存得合理一些。孟子几句话给了我极大鼓舞，我并没有觉得有个什么天降大任待担当，只是天真烂漫地深深相信老话说的"天无绝人之路"。一个人存心要活得更正当结实有用一点，是决不会轻易倒下去的。

三　一点新的外力，扩大了我的幻想和信心

过不多久，"五四"余波冲击到了我那个边疆僻地。先是学习国语注音字母的活动在部队中流行，引起了个学文化浪潮。随后不久地方十三县联立中学和师范办起来了，并办了个报馆，从长沙聘了许多思想前进年轻教员，国内新出版的文学和其他书刊，如《改造》《向导》《新青年》《创造》《小说月报》《东方杂志》和南北大都市几种著名报纸，都一起到了当地中小学教师和印刷工人手中，因此也辗转到了我的手中。正在发酵一般的青春生命，为这些刊物提出的"如何做人"和"怎么爱国"等等抽象问题燃烧起来了。让我有机会用些新的尺寸来衡量客观环境的是非，也得到一种新的方法、新的认识，来重新考虑自己在环境中的位置。国家的问题太大，一时说不上。至于个人的未来，要得到正当合理的发展，是听环境习惯支配，在这里向上爬做科长、局长……还是自己来重新安排一下，到另外地方去，做一个正当公民？这类问题和个空钟一样，永远在我思想里盘旋不息。

于是做诗人的兴趣，不久即转移到一个更切实些新的方向上来。由于"五四"新书刊中提出些问题，涉及新的社会理想和新的做人态度，给了我极大刺激和鼓舞。我起始进一步明确认识到个人和社会的密切关系，以及文学革命对于社会变革的显著影响。动摇旧社会，建立新制度，做个"抒情诗人"似不如做个写

实小说作家工作扎实而具体。因为后者所表现的不仅是情感或观念，将是一系列生动活泼的事件，是一些能够使多数人在另外一时一地，更容易领会共鸣的事件。我原本看过许多新旧小说，随同五四初期文学运动而产生的白话小说，文字多不文不白，艺术水平既不怎么高，故事又多矫揉造作，并不能如唐代传奇、明清章回吸引人。特别是写到下层社会的人事，和我经验见闻对照，不免如隔靴搔痒。从我生活接触中所遇到的人和事情，保留在我印象中，以及身边种种可笑可怕腐败透顶的情形，切割任何一部分下来，都比当时报刊上所载的新文学作品生动深刻得多。至于当时正流行的《小说作法》《新诗作法》等书提出的举例材料和写作规矩方法，就更多是莫明其妙。加之，以鲁迅先生为首和文学研究会同人为首，对于外国文学的介绍，如耿济之、沈泽民对十九世纪旧俄作家，李劼人、李青崖对法国作家，以及胡愈之、王鲁彦等从世界语对于欧洲小国作家作品的介绍，鲁迅和其他人对于日本文学的介绍，创造社对于德国作家的介绍，特别是如像契诃夫、莫泊桑等短篇小说的介绍，增加了我对于小说含义范围广阔的理解，和终生从事这个工作的向往。认为写小说实在有意思，而且凡事从实际出发，结合生活经验，用三五千字把一件事一个问题加以表现，比写诗似乎也容易着笔，能得到良好效果。我所知道的旧社会，许许多多事情，如果能够用契诃夫或莫泊桑使用的方法来加以表现，都必然十分活泼生动，并且大有可能超越他们的成就，得出更新的记录。问题是如何用笔来表现它，如何得到一种适当的机会，用十年八年时间，来学习训练好好使用我手中这一支笔。这件事对现在青年说来，自然简单容易，因为习文化、学写作正受新社会全面鼓励，凡稍有创作才能的文化干部，都可望得到部分时间从事写作。但是四十年前我那种生活环境，希望学文学可就实在够荒唐。若想学会吸鸦片烟，将有成百义务教师乐意为我服务。想向上爬做个知县，再讨两个姨太太，并不怎么困难就可达到目的。即希望继续在本地做个迂头迂脑的书呆子，也不太困难，只要凡事和而不同地下去，就成功了。如说打量要做个什么"文学作家"，可就如同说要"升天"般麻烦，因为和现实环境太不相称，开口说出来便成大家的笑话。

至于当时的我呢，既然看了一大堆书，想象可真是够荒唐，不仅想要做作家，一起始还希望做一个和十九世纪世界上第一流短篇作者竞短长的选手。私意认为做作家并不是什么大不了的事情，写几本书也平常自然，能写得比这一世纪高手更好，代表国家出面去比赛，才真有意义！这种想象来源，除了一面是看过许多小说，写得并不怎么好，其次即从小和野孩爬山游水，总是在一种相互竞争中进行，以为写作也应分是一种工作竞赛。既存心要尽一个二十世纪公民的责任，首先就得准备努力来和身边这四十八盏烟灯宣告完全决裂，重新安排生活和学习。我为人并不怎么聪敏，而且绝无什么天才，只是对学习有耐心和充满信心，深信只要不至于饿死，在任何肉体挫折和精神损害困难情形下，进行学习不会放松。而且无论学什么，一定要把它学懂、学通……于是在一场大病之后，居然有一天，就和这一切终于从此离开，进入北京城，在一个小客店旅客簿上写下姓名籍贯，并填上"求学"两个字，成为北京百万市民的一员，来接受更新的教育和考验了。

四　新的起点

和当时许多穷学生相同，双手一肩，到了百万市民的北京城，只觉得一切陌生而更加冷酷无情。生活上新的起点带来了新的问题，第一件事即怎么样活下去。第一次见到个刚从大学毕业无事可做的亲戚，问我："来做什么？"

我勇敢而天真地回答"来读书"时，他苦笑了许久："你来读书，读书有什么用？读什么书？你不如说是来北京城打老虎！你真是个天字第一号理想家！我在这里读了整十年书，从第一等中学到第一流大学，现在毕了业，还不知从哪里去找个小差事做。想多留到学校一年半载，等等机会，可做不到！"

但是话虽这么说，他却是第一个支持我荒唐打算的人，不久即介绍我认识了他老同学董秋斯。董当时在盔甲厂燕京大学念书，此后一到公寓不肯开饭时，我即去他那里吃一顿。后来农大方面也认识了几个人，曾经轮流到他们那里做过食客。其中有个晃县唐伯赓，大革命时牺牲在芷江县城门边，就是我在《湘行散记》中提及被白军钉在城门边示众三天，后来抛在沅水中喂鱼吃的一位朋友。

我入学校当然不可能，找事做又无事可做，就住在一个小公寓中，用《孟子》上所说的"天将大任于斯人也，必先苦其心志，饿其体肤，戕伐其身心，行拂乱其所为……"①来应付面临的种种。

---

　　①　有误，原文出自《孟子·告子下》："天将降大任于是人也，必先苦其心志，劳其筋骨，饿其体肤，空乏其身，行拂乱其所为……"

第一句虽不算数，因为我并没有什么大志愿，后几句可落实，因为正是面临现实。在北京零下二十八度严寒下，一件破夹衫居然对付了两个冬天，手足都冻得发了肿，有一顿无一顿是常事。好在年轻气概旺，也并不感觉到有什么受不住的委屈，只觉得这社会真不合理。因为同乡中什么军师长子弟到来读书的，都吃得胖胖的，虽混入大学，什么也不曾学到，有的回乡时只学会了马连良①中的台步，和什么雪艳琴②的新腔。但又觉得人各有取舍不同，我来的目的本不相同，必须苦干下去就苦干下去，到最后实在支持不下，再作别计。另一方面自然还是认识燕大农大几个朋友，如没有这些朋友在物质上的支持，我精神即再顽强，到时恐怕还只有垮台。

当时还少有人听说做"职业作家"，即鲁迅也得靠做事才能维持生活。记得郁达夫在北大和师大教书，有一月得三十六元薪水，还算是幸运。《晨报》上小副刊文章，一篇还不到一块钱稿费。我第一次投稿所得，却是三毛七分。我尽管有一脑子故事和一脑子幻想，事实上当时还连标点符号也不大会运用，又不懂什么白话文法，唯一长处只是因为在部队中做了几年司书，抄写能力倒不算太坏。新旧诗文虽读了不少，可是除旧诗外，待拿笔来写点什么时，还是词难达意。在报刊方面既无什么熟人，作品盼望什么编辑看中，当然不可能。唯一占便宜处，是新从乡下出来，什么天大困难也不怕，且从来不知什么叫失望，在最难堪恶劣环境中，

---

① 马连良：京剧名家，工老生，四大须生之一。
② 雪艳琴：京剧名家，工青衣、花旦。

还依旧满怀童心和信心，以为凡事通过时间都必然会改变，不合理的将日趋于合理，只要体力能支持得下去，写作当然会把它搞好。至于有关学习问题，更用不着任何外力鞭策，总会抓得紧紧的，并且认为战胜环境对我的苛刻挫折，也只有积极学习，别无他法。能到手的新文学书我都看，特别是从翻译小说学作品组织和表现方法，格外容易大量吸收消化，对于我初期写作帮助也起主导作用。

过了不易设想的一二年困难生活后，我有机会间或在大报杂栏类发表些小文章了。手中能使用的文字，其实还不文不白生涩涩的，好的是应用成语和西南土话，转若不落俗套有些新意思。我总是极单纯地想，既然目的是打量用它来做动摇旧社会基础，当然首先得好好掌握工具，必须尽最大努力来学会操纵文字，使得它在我手中变成一种应用自如的工具，此后才能随心所欲委曲达意，表现思想感情。应当要使文字既能素朴准确，也能华丽壮美。总之，我得学会把文字应用到各种不同问题上去，才有写成好作品条件。因此到较后能写短篇时，每一用笔，总只是当成一种学习过程，希望通过一定努力能"完成"，可并不认为"成功"。其次是读书日杂，和生活经验相互印证机会也益多，因此也深一层明白一个文学作品，三几千字能够给人一种深刻难忘印象，必然是既会写人又能叙事，并画出适当背景。文字不仅要有分量，重要或者还要有分寸，用得恰到好处。这就真不简单。特别对我那么一个凡事得自力更生的初学写作者。我明白人是活在各种不同环境中的复杂生物，生命中有高尚的一面，不免有委琐庸俗的一面。又由于年龄不同，知识不同，生活经验不同，兴趣愿望不同，即遇同一问题，表现意见的语言态度也常会大不相同。我既要写人，先得学好懂人。已经懂的当然还不算多，待明白的受生活限制，只有从古今中外各种文学作品中拜老师，因之书籍阅读范围也越广。年纪轻消化吸收力强，医卜星相能看懂的大都看看，借此对于中国传统社会意识领域日有扩大，从中吸取许多不同的常识，这也是后来临到执笔时，得到不少方便原因。又因为从他人作品中看出，一个小说的完成，除文字安排适当或风格独具外，还有种种不同表现思想情感的方法，因而形成不同效果。我由于自己要写作，因此对于中外作品，也特别注意到文字风格和艺术风格，不仅仔细分析契诃夫或其他作家作品的特征，也同时注意到中国唐宋小说表现方法和组织故事的特征。到我自己能独立动手写一个短篇时，最大的注意力，即是求明白作品给读者的综合效果，即文字风格、作品组织结构和思想表现三者综合形成的效果。

我知道这是个艰巨工作，又深信这是一项通过反复试验，最终可望做好的工作。因此每有写作，必抱着个习题态度，来注意它的结果。搞对了，以为这应说是偶然碰巧，不妨再换个不熟习的方法写写；失败了，也决不丧气，认为这是安排得不大对头，必须重新开始。总之，充满了饱满乐观的学习态度，从不在一个作品的得失成败上斤斤计较，永远追求做更多方面的试验。只是极素朴地用个乡下人态度，准备三十年五十年把可用生命使用到这个工作上来，尽可能使作品在量的积累中得到不断的改进和提高。

从表面看，我似乎是个忽然成熟的"五四"后期作家。事实上成熟是相当缓慢的。每一作品完成，必是一稿写过五六次以后。第一个作品发表，是在投稿上百回以后的事情。而比较成熟的作品，又是在出过十来本集子以后的事情。比起同时许多作家来，我实在算不得怎么聪敏灵活，学问底子更远不如人，只能说是一个具有中等才能的作者。每个人学习方法和写作习惯各有不同，很多朋友写作都是下笔千言，既速且好，我可缺少这种才分。比较上说来，我的写作方法不免显得笨拙一些，费力大而见功少。工作最得力处，或许是一种"锲而不舍，久于其道"的素朴学习精神，以及从事这个工作不计成败，甘心当"前哨卒"和"垫脚石"的素朴工作态度。由于这种态度，许多时候，生活上遭遇到种种不易设想的困难，统被我克服过来了；许多时候，工作上又遭遇到极大挫折，也终于支持下来了。这也应当说是得力于看书杂的帮助。千百种不同门类新旧中外杂书，却综合给我建立了个比较单纯的人生观，对个人存在和工作意义，都有种较素朴理解，觉得个人实在渺小不足道。但是一个善于使用生命的人，境遇不论如何困难，生活不论如何不幸，却可望在全人类向前发展进程中，发生一定良好作用。我从事写作，不是为准备做伟人英雄，甚至于也不准备做作家，只不过是尽一个"好公民"责任。既写了，就有责任克服一切困难，来把它做好。我不希望做空头作家，只盼望能有机会照着文学革命所提出的大目标，来终生从事这个工作，在万千人共同做成的总成绩上增加一些作品，丰富一些作品的内容。要竞赛，对象应当是世界上已存在的最高纪录，不能超过也得比肩，不是和三五同行争上下、争出路，以及用作品以外方法走捷径争读者。这种四十年前的打算，目前说来当然是相当可笑的，但当时却帮助我过了许多难关。

概括说来，就是我面向自己弱点作战，顽强地学习下去，一面却耐烦热心，把全生命投入工作中。如此下去，过了几年后，我便学会了写小说，在国内新文学界算是短篇作家成员之一了。一九二八年后由于新出版业的兴起，印行创作短篇集子容易有销路，我的作品因之有机会一本一本为书店刊印出来，分布到国内外万千陌生读者手中去。工作在这种鼓舞下，也因此能继续进行，没有中断。但是，当我这么学习用笔十年，在一九三五年左右，有机会从一大堆习作中，编印一册习作选，在良友公司出版时，仔细检查一下工作，才发现并没有能够完全符合初初从事这个工作时，对于文学所抱明确健康目的，而稍稍走了弯路。摇动旧社会基础工作本来是件大事，必须有万千人从各方面去下手，但相互配合如已成社会规律时，我的工作，和一般人所采取的方法，不免见得不尽相同。我认为写作必须通过个人的高度劳动来慢慢完成，不宜依赖其他方法。从表面看，这工作方式和整个社会发展，似乎有了些脱节。我曾抱着十分歉意，向读者要求，不宜对我成就估计过高、期望过大，也不必对我工作完全失望。因为我明白自己的长处和弱点。正如作战，如需用文学做短兵，有利于速战速决，不是我笔下所长；如需要人守住阵地，坚持下去，十年二十年如一日，我却能做得到，而且是个好手。十年工作只是学习写作走完的第一段路，我可走的路应当还远，盼望对我怀着善意期待的读者，再耐心些看看我第二个十年的工作。不料新的试验用笔还刚写成三个小集，《边城》《湘行散记》《八骏图》，全国即进入全面抗战伟大历史时期。我和家中人迁住在云南滇池边一个乡下，一住八年。由于脱离生活，把握不住时代大处，这段时间前后虽写了七八个小集子，除《长河》《湘西》二书外，其余作品不免越来越显得平凡灰暗，反不如前头十年习作来得单纯扎实。抗日胜利复员，回到北京几年中，就几乎再不曾写过一个有分量像样子简章。解放十年来，则因工作岗位转到博物馆，做文物研究，发现新的物质文化史研究工作正还有一大堆空白点，待人耐烦热心用个十年八年工夫来填补。史部学本非我所长，又不懂艺术，唯对于工艺图案花纹、文物制度，却有些常识。特别是数千年来，万千劳动人民共同创造发明的"食"与"衣"分不开的陶瓷、丝绸、漆玉花纹装饰图案，从来还没有人认真有系统研究过。十年来我因此在这些工作上用了点心。其次，博物馆是个新的文化工作机构，一面得为文化研究服务，另一面又还可为新的生产服务，我即在为人民服务类杂事上，尽了点个人能尽的力。至于用笔工作，一停顿即将近十年，俗话说"拳不离手"，三十年前学习写作一点点旧经验，笔一离手，和打拳一样，荒疏下来，自然几乎把所有解数忘记了。更主要即是和变动的广大社会生活脱离，即用笔，也写不出什么有分量作品。十年来，社会起了基本变化，许许多多在历史变动中充满了丰富生活经验、战斗经验的年轻少壮，在毛主席文艺思想指导下，已写出了千百种有血有肉纪念碑一般反映现实伟大作品，于国内外得到千百万读者的好评，更鼓舞着亿万人民为建设新中国而忘我劳动。老作家中也有许许多多位，能自强不息，不断有新作品产生，劳动态度和工作成就都足为青年取法。相形之下，我的工作实在是已落后了一大截，而过去一点习作上的成就，又显得太渺小不足道。只能用古人几句话自解："日月既出，天下大明，爝火可熄。"

　　一个人有一个人的限度，我本来是一个平凡乡下人，智力才分都在中等，只由于种种机缘，居然在过去一时，有机会参加这个伟大艰巨工作，尽了我能尽的力，走了一段很长的……原来工作可说是独行踽踽，因此颠顿狼狈，而且不可免还时有错误，和时代向前的主流脱离。现在却已进入人民队伍里，成为我过去深深希望的"公民"之一员，踏踏实实，大步向共同目标走去……如今试回过头来，看看自己的过去，觉得实在没有丝毫可以骄傲处，但是一点做公民的努力终于实现，也让我还快乐。因为可以说曾经挣扎过来，辛苦过来，和一些"袭先人之余荫"，在温室中长大的知识分子的生命发展，究竟是两种不同方式，也活得稍微扎实硬朗一些。但比起万千革命家的奋斗牺牲说来，我可真太渺小不足道了。

五 "跛者不忘履"

这是一句中国老话，意思是这个人本来如果会走路，即或因故不良于行时，在梦中或在日常生活中，还是会常常要想起过去一时健步如飞的情形，且乐于在一些新的努力中，试图恢复他的本来。这个比拟试用到我的情形上或不怎么相称，因为几年来，我只是用心到新的工作上，旧的业务不免生疏了。以年龄说，虽行将六十岁，已不能如一个年轻人腰腿劲强，但是在用笔工作上，应当还能爬山越岭健步如飞！在写作上，我还有些未完成的工作待完成。即在能够有机会比较从容一些自己支配时间情形下，用三五年时间来写几本小书，纪念我所处的变动时代——二十世纪前四十年，几个亲友、一些青年为追求真理，充满热情和幻想，参加社会变革的活动，由于种种内外因子限制下，终于各在不同情形下陆续牺牲，和社会在向前发展中，更年轻一代，又如何同样充满热情和幻想，然而却更加谨慎小心，终于和人民一道取得革命胜利，继续向前，在共同创造新的未来。由于个人生活接触问题限制，作品接触面虽不会太广，可是将依旧是一种历史——不属于个人却属于时代的历史。四十年前学写小说的本意，原就以为到文字比较成熟时，可以来完成这种历史的。由于亿万人的共同努力，牺牲者前仆后继，在中国共产党领导下，四十年动摇旧社会的基础工作终于完成了。后死者把目击身经所知道的事情一小部分，用一定分量文字，谨严忠实地写它出来，必然还有些意义。这些人事不仅仅十分鲜明活在我的记忆里，还应当更鲜明有力地活在万千年轻人的印象中，对于他们在发展中的青春生命，将是一种长远的鼓舞。前一代的努力和牺牲，已为这一代年轻人的工作和学习铺平一条康庄大道，这一代的辛苦努力，将为更幼小一代创造永久幸福。年轻一代能够越加深刻具体明白创造一个崭新国家的艰难，也必然将更能够理解保护人民革命胜利成果的重要！

我的写作与水的关系

我可以说是与文学毫无关系的一个人，在这种题目上来说话，真是无话可说的。第一，我看不懂正在研究文学的人所做的文章；第二，我弄不明白许多作家教人做文章的方法；第三，我猜不透一些从事于文学事业的人自己登龙为人画虎的作用。近十年来我虽写了一大堆小说，但那并不算个什么，这不过从生活上，我经过的是与人稍稍不同的生活，从书本上，我又恰恰读了一些很杂乱的书，加之在军营里做书记时，我学得一种老守在桌边的"静"，过去日子又似乎过得十分"闲"，所以就写成了那么些小说故事罢了。

但在我的工作上，照一般称呼说来既算得是"文学事业"，这事业要来追究一下，解释一下，或对于比我年轻一点的朋友，多少有点用处。我可以说的，是我这个工作的基础，并不建筑在"一本合用的书"或"一堆合用的书"上，因为它实在却只是建筑在"水"上。

在我一个自传里，我曾经提到过水给我的种种印象。檐溜，小小的河流，汪洋万顷的大海，莫不对于我有过极大的帮助，我学会用小小脑子去思索一切，全亏得是水，我对于宇宙认识得深一点，也亏得是水。

"孤独一点，在你缺少一切的时节，你就会发现原来还有个你自己。"这是一句真话。我有我自己的生活与思想，可以说是皆从孤独得来的。我的教育，也是从孤独中得来的。然而这点孤独，与水不能分开。

年纪六七岁时节，私塾在我看来实在是个最无意思的地方。我不能忍受那个逼窄的天地，无论如何总得想出方法到学校以外的日光下去生活。大六月里与一些同街比邻的坏小子，把书篮用草标各做下了一个记号，搁在本街土地堂的木偶身背后，就撒着手与他们到城外去，钻入高可及身的禾林里，捕捉禾穗上的蚱蜢，虽肩背为烈日所烤炙，也毫不在意。耳朵中只听到各处蚱蜢振翅的声音，全个心思只顾去追逐那种绿色黄色跳跃灵便的小生物。到后看看所得来的东西已尽够一顿午餐了，方到河滩边去洗净，拾些干草枯枝，用野火来烧烤蚱蜢，把这些东西当饭吃。直到这些小生物完全吃尽后，大家于是脱光了身子，用大石压着衣裤，各自从悬崖高处向河水中跃去。就这样泡在河水里，一直到晚方回家去，挨一顿不可避免的痛打。有时正在绿油油禾田中活动，有时正泡在水里，六月里照例的行雨来了，大的雨点夹着吓人的霹雳同时来到，各人匆匆忙忙逃到路坎旁废碾坊下或大树下去躲避。雨落得久一点，一时不能停止，我必一面望着河面的水泡，或树枝上反光的叶片，想起许多事情。所捉的鱼逃了，所有的衣湿了，河面溜走的水蛇，叮固在大腿上的蚂蟥，碾坊里的母黄狗，挂在转动不已大水车上的起花人肠子，因为雨，制止了我身体的活动，心中便把一切看见的、经过的皆记忆温习起来了。

也是同样的逃学，有时阴雨天气，不能向河边走去，我便上山或到庙里去，在庙前庙后树林或竹林里，爬上了这一株，到上面玩玩后，又溜下来爬另外一株，若所爬的是竹子，必在上面摇荡一会，爬的是树木，便看看上面有无鸟巢或啄木鸟孵卵的孔穴。雨落大了，再不能做这种游戏时，就坐在楠木树下或庙门前石阶上看雨。既还不是回家的时候，一面看雨一面自然就需要温习那些过去的经验，这个日子方能发遣开去。雨落得越长，人也就越寂寞。在这时节想到一切好处也必想到一切坏处。那么大的雨，回家去说不定还得全身弄湿，不由得有点害怕起来，不敢再想了。我于是走到庙廊下去为做丝线的人牵丝，为制棕绳的人摇绳车。这些地方每天照例有这种工人做工，而且这种工人照例又还是我很熟悉的人。也就因为这种雨，无从掩饰我的劣行，回到家中时，我便更容易被罚跪在仓屋中。在那间空洞寂寞的仓屋里，听着外面檐溜滴沥声，我的想象力却更有了一种很好训练的机会。我得用回想与幻想补充我所缺少的饮食，安慰我所得到的痛苦。我因恐怖得去想一些不使我再恐怖的生活，我因孤寂又得去想一些热闹事情方不至于过分孤寂。

到十五岁以后，我的生活同一条辰河无从离开，我在那条河流边住下的日子约五年。这一大堆日子中我差不多无日不与河水发生关系。走长路皆得住宿到桥边与渡头，值得回忆的哀乐人事常是湿的。至少我还有十分之一的时间，是在那条河水正流与支流各样船只上消磨的。从汤汤流水上，我明白了多少人事，学会了多少知识，见过了多少世界！我的想象是在这条河水上扩大的。我把过去生活加以温习，或对未来生活有何安排时，必依赖这一条河水。这条河水有多少次差一点儿把我攫去，又幸亏它的流动，帮助我做着那种横海扬帆的远梦，方使我能够依然好好地在人世中过着日子！

　　再过五年，我手中的一支笔，居然已能够尽我自由运用了。我虽离开了那条河流，我所写的故事，却多数是水边的故事。故事中我所最满意的文章，常用船上水上作为背景，我故事中人物的性格，全为我在水边船上所见到的人物性格。我文字中一点忧郁气氛，便因为被过去十五年前南方的阴雨天气影响而来，我文字风格，假若还有些值得注意处，那只因为我记得水上人的言语太多了。

　　再过五年后，我的住处已由干燥的北京移到一个明朗华丽的海边。海既那么宽泛无涯无际，我对人生远景凝眸的机会便较多了些。海边既那么寂寞，它培养了我的孤独心情。海放大了我的感情与希望，且放大了我的人格。

原载于一九三四年《文学》一周年纪念特辑

我年轻时读什么书

　　每个人认了不少单字，到应当读书的年龄时，家中大人必为他选择种种"好书"阅读。这些好书在"道德"方面照例毫无瑕疵，在"兴味"方面也照例十分疏忽。中国的好书其实皆只宜于三四十岁人阅读，这些大人的书既派归小孩子来读，自然有很大的影响，就是使小孩子怕读书，把读书认为是件极其痛苦的事情。有些小孩从此成为半痴，有些小孩就永远不肯读书了。一个人真真得到书的好处，也许是能够自动看书时，就家中所有书籍随手取来一本两本加以浏览，因之对书发生浓厚兴趣，且受那些书影响成一个人。

　　我第一次对于书发生兴味，得到好处，是五本医书。（我那时已读完了《幼学琼林》与《龙文鞭影》，"四书"也已成诵。这几种书简直毫无意义。）从医书中我知道鱼刺卡喉时，用猫口中涎液可以治愈。小孩子既富于实验精神，家中恰好又正有一只花猫，因此凡家中人被鱼刺卡着时，我就把猫捉来，实验那丹方的效果。又知道三种治癣疥的丹方。其一，用青竹一段，烧其一端，就端取汁，据说这水汁就了不得。其二，用古铜钱烧红淬入醋里，又是一种好药。其三,烧枣核存性,用鸡蛋黄炒焙出油来,调枣核末,专治瘌痢头。这部书既充满了有幻术意味的丹方，常常可实验，并且因这种应用上使我懂得许多药性，记得许多病名。

　　我第二次对于书发生兴味，得到好处，是一部《西游记》。前一书若养成我一点幼稚的实验的科学精神，后书却培养了我的幻想，使我明白与科学精神相反那一面种种的美丽。这本书混合了神的尊严与人的谐趣——一种富于泥土气息的谐趣。当时觉得它是部好书，到如今尚以为比许多堂皇大著还好。它那安排故事、刻画人物的方法，就是个值得注意的方法。读书人千年来皆称赞《项羽本纪》，说句公道话，《项羽本纪》中那个西楚霸王，他的神气只能活在书生脑子里。至于《西游记》上的猪悟能，他虽时时刻刻腾云驾雾，（驾的是黑云！）依然是个人。他世故，胆小心虚，又贪取一点小便宜，而且处处还装模作样，却依然是个很可爱的活人。读者——尤其是青年读者一若想在书籍中找寻朋友，猪悟能比楚霸王好像更是个好朋友。

　　我第三次看的是一部兵书，上面有各种套彩阵营的图说，各种火器的图说，看来很有趣味。家中原本愿意我世袭云骑尉，我也以为将门出将是件方便事情。不过看了那兵书残本以后，它给了我一个转机。第一，证明我体力不够统治人；第二，证明我行为受拘束忍受不了，且无拘束别人行为的兴味。而且那书上几段孙吴治兵的心法，太玄远抽象了，不切于我当前的生活。从此以后我的机会虽只许可我做将军，我却放下这种机会，成为一个自由人了。

　　这三种书帮助我，影响我，也就形成我性格的全部。

第
二
辑

创作
杂谈

谈创作

　　有人问我"怎么会'写创作'？"这可真一个窘人的题目。想了很久，我方能说出一句话，我说："因为他先'懂创作'。"问的于是也仿佛受了点儿窘，便走开了。等待到这个很诚实的年轻人走后，我就思索我自己所下的那个字眼儿的分量。我想明白什么是"懂创作"，老实说，我得先弄明白一点，将来也省得窘人以后自己受窘。

　　就一般说来，大家读了许多书，或许记忆好些名著，还能把某一书里边最精彩的一页，背诵如流，但这个人却并不是个懂创作的人。有些人会做得出动人的批评，把很好的文章说得极坏，把极坏的文章说得很好，但也不能称为懂创作的人。一个懂创作的人，他应当看许多书，但并不须记忆一段两段书。他不必会作批评文字，每一个作品在他心中却有一个数目。他最要紧的是从无数小说中，明白如何写就可以成为小说，且明白一个小说许可他怎么样写。起始，结果，中间的铺叙，他口上并不能为人说出某一本书所用的方法极佳，但他知道有无数方法。他从一堆小说中知道说一个故事时处置故事的得失，他从无数话语中弄明白了说一句话时那种语气的轻重。他明白组织各种故事的方法，他明白文字的分量。是的，他最应当明白的是文字的分量。同时凡每一句话，每一个标点，他皆能拣选轻重得当的去使用。为了自己

036

想弄明白文字的分量，他得在记忆里收藏了一大堆单字单句。他这点积蓄，是他平时处处用心，从眼睛里从耳朵里装进去的。平常人看一本书，只记忆那本书故事的好坏，他不记忆故事。故事多容易，一个会创作的人，故事要它如何就如何，把一只狗写得比人还懂事，把一个人写得比石头还笨，都太容易了。一个作者看一本书，他留心的只是这本书如何写下去，写到某一件事，提到某一点气候同某一个人的感觉时，他使用了些什么文字去说明。他简单处简单到什么程度，相反的，复杂时又复杂到什么程度。他所说的这个故事，所用的一组文字，是不是合理的？他有思想，有主张，他又如何去表现他这点思想主张？

一个创作者在那么情形下看各种各样的书，他一面看书，一面就在那里学习体验那本书上的一切人生。放下了书本，他便去想。走出门外去，他又仍然与看书同样的安静，同样的发生兴味，去看万汇百物在一分习惯下所发生的一切。他并不学画，他所选择的人事，常如一幅凸出的人生活动画图，与画家所注意的相暗合。他把一切官能很贪婪地去接近那些小事情，去称量那些小事情在另外一种人心中所有的分量，也如同他看书时称量文字一样。他欢喜一切，就因为当他接近他们时，他已忘了还有自己的本身存在，经常在一种忘我情形中。

简单说来，便是他能在书本上发痴，在一切人事上同样也能发痴。他从说明人生的书本上，养成了对于人生一切现象注意的兴味，再用对于实际人生体验的知识，来评判一个作品记录人生的得失。他再让一堆日子在眼前过去，慢慢地，他懂创作了。

目下有若干作家如何会写得出小说，他自己也就说不明白。

但旁人可以看明白的，就是这些人一切作品，皆常常浮在人事表面上，受不了时间的选择。不管写了一堆作品或一篇作品，不管如何善于运用作品以外的机会，很下流地造点文坛消息为自己说说话，不管如何聪敏灵巧地把自己作品押在一个较有利益的注上去，还是不成。

在文字形式上，故事形式上，人生形式上，所知道的都太少了。写自己就极缺少那点所必需的能力。未写以前就不曾很客观地来学习过认识自己，分析自己，批评自己。多数作家的思想都太容易转变了，对自己的工作实缺少了一点严格的批评、反省。从这样看来，无好成绩是很自然的。

我自己呢，是若干作者中之一人，还应当去学，还应当学许多。不希望自己比谁聪明，只希望自己比别人勤快一点，耐烦一点。

二十年代的新文学

　　各位先生，各位朋友，多谢大家好意，让我今生有机会来到贵校谈谈半个世纪以前，我比较熟悉的事情和个人在这一段时间中（工作、生活、学习）的情况。在并世作家中，已有过不少的叙述，就是提及我初期工作情形的也有些不同的叙述。近年来香港刊物中发表的，也多充满了好意。据我见到得来的印象，有些或从三十年代上海流行的小报上文坛消息照抄而成，有些又从时代较晚的友好传述中得来，极少具体明白当时社会环境的背景。所以即或出于一番好意，由我看来，大都不够真实可信，以至于把握不住重点，只可供谈天用，若作为研究根据，是不大适当的。特别是把我学习写作的成就说得过高，更增我深深的惭愧。因此我想自己来提供一点回忆材料，从初到北京开始。正如我在四十年前写的一本自传中说的，"把广大社会当成一本大书看待"，如何进行一种新的学习教育情形，我希望尽可能压缩分成三个部分来谈谈：

　　1.是初来时住前门外"酉西会馆"那几个月时期的学习。

　　2.是迁到北大沙滩红楼附近一座小公寓住了几年，在那小环境中的种种。

　　3.是当时大环境的变化，如何影响到我的工作，和对于工作的认识及理解。

这三点都是互相联系，无法分开的。

我是在一九二二年夏天到达北京的。照当时习惯，初来北京升学或找出路，一般多暂住在会馆中，凡事有个照料。我住的酉西会馆由清代上湘西人出钱建立，为便利入京应考进士举人或候补知县而准备的，照例附近还有些不动产业可收取一定租金作为修补费用。大小会馆约二十个房间，除了经常住些上湘西十三县在京任职低级公务员之外，总有一半空着，供初来考学校的同乡居住。我因和会馆管事有点远房表亲关系，所以不必费事，即迁入住下。乍一看本是件小事，对我说来，可就不小，因为不必花租金。出门向西走十五分钟，就可到达中国古代文化集中地之一——在世界上十分著名的琉璃厂。那里除了两条十字形街，两旁有几十家大小古董店，小胡同里还有更多不标店名、分门别类、包罗万象的古董店，完全是一个中国文化博物馆的模样。我当时虽还无资格走进任何一个店铺里去观光，但经过铺户大门前，看到那些当时不上价的唐、宋、元、明破瓷器和插在铺门口木架瓷缸的宋元明清"黑片"画轴，也就够使我忘却一切，神往倾心而至于流连忘返了。向东走约二十分钟，即可到前门大街，当时北京的繁华闹市，一切还保留明清六百年市容规模。各个铺子门前柜台大都各具特征，金碧辉煌，斑驳陆离，令人炫目。临街各种饮食摊子，为了兜揽生意、招引主顾，金、石、竹、木的各种响器敲打得十分热闹，各种不同叫卖声，更形成一种大合唱，使得我这个来自六千里外小小山城的"乡下佬"，觉得无一处不深感兴趣。且由住处到大街，共有三条不同直路，即廊房头、二、三条。头条当时恰是珠宝冠服以及为明清两朝中上层阶级服务而准备的多种大小店铺。扇子铺门前罗列着展开三尺的大扇面，上绘各种彩绘人物故事画，内中各种材料做成的新旧成品，团扇、纨扇、折子扇更罗列万千，供人选用。廊房二条则出售珠玉、象牙、犀角首饰佩件，店面虽较小，作价成交，却还动以千元进出。还到处可以看到小小作坊，有白发如银琢玉器工人，正在运用二千年前的简单圆轮车床做玉器加工，终使它成为光彩耀目的珠翠成品。这一切，都深深吸引住我，使得我流连忘返。

当时走过前门大街进入东骡马市大街，则又俨然换了另一世界，另一天地。许多店铺门前，还悬挂着"某某镖局"三尺来长旧金字招牌，把人引入《七侠五义》故事中。我的哥哥万里寻亲到热河赤峰一带走了半年，就是利用这种镖局的保险凭证，坐骡车从古北口出关的！我并且还亲眼见到用两只骆驼抬一棚轿参差而行，准备上路远行。我还相信上面坐的不是当年的能仁寺的十三妹，就可能是当时小报正在刊载、引人注目的北京大盗燕子李三！总之，这种种加起来，说它像是一个明清两代六百年的人文博物馆，也不算过分！至于向南直到天桥，那就更加令人眼花缭乱。到处地摊上都是旧官纱和过了时的缎匹材料，用比洋布稍贵的价钱叫卖。另一处又还拿成堆的各种旧皮货叫卖。内中还到处可发现外来洋货，羽纱、倭绒、哔叽、咔喇，过了时的衣裙。总之，处处都在说明延长三百年的清王朝的覆灭，虽只有十多年，黏附这个王朝而产生的一切，全部已报废，失去了意义。一些挂货店内代表王族威严的三眼花翎和象征达官贵族地位的五七叶白芝麻鹊翎羽扇，过去必需二百两官银才到手的，当时有个三五元就可随时成交。

但是进出这些挂货铺，除了一些外国洋老太太，一般人民是全不感兴趣的。此外还有夜市晓市，和排日轮流举行的庙会，更可增长我的见闻。总的印象是北京在变化中，正把附属于近八百年建都积累的一切，在加速处理过程中。我在这个离奇环境里，过了约半年才迁到北京大学附近沙滩，那时会馆中人家多已升了小小煤炉。开始半年，在一种无望无助孤独寂寞里，有一顿无一顿地混过了。但总的说来，这一段日子并不白费，甚至于可说对我以后十分得益。而且对于我近三十年的工作，打下了十分良好的基础，可以说是在社会大学文物历史系预备班毕了业。但是由于学习方法和一般人不相同，所以帮助我迁移到北大红楼附近去住的表弟黄村生，还认为我迁近北大，可多接近些五四文化空气，性情会更开朗些。表弟年龄虽比我小两岁多，可是已是农业大学二年级学生，各方面都比我成熟得多。有了他，我后来在农大经常成为不速之客，一住下就是十天半月，并因此和他同宿舍十二个湖南同学都成了朋友。正如在燕大方面，同董秋斯相熟后，在那里也结识了十多个朋友，对我后来工作，都起过一些好影响。

我是受五四运动的余波影响，来到北京追求"知识"实证"个人理想"的。事实上，我的目标并不明确，理想倒是首先必须挣扎离开那个可怕环境。因为从辛亥前夕开始，在我生长的小小山城里，看到的就总是杀人。照清代法律，一般杀人叫"秋决"，犯死刑必由北京决定，用日行三百里的快驿"鸡毛文书"，急送请兵备道备案处理。行刑日，且必在道尹衙门前放三大炮。如由知事监护，且必在行刑后急促返回城隍庙，执行一场戏剧性的手续，由预伏在案下的刽子手，爬出自首，并说明原因。知事一拍惊堂木，大骂一声"乡愚无知",并喝令差吏形式上一五一十打了一百板,发下了一两碎银赏号,才打道回衙,缴令完事。但是我那地方是五溪蛮老巢,苗民造反的根据地,县知事也被赋予杀人特权,随时可用站笼吊死犯小罪苗民。我从小就看到这种残暴虐杀无数次。而且印象深刻,永世忘不了。加上辛亥前夕那一次大屠杀,和后来在军队中的所见,使我深深感觉到谁也无权杀人。尽管我在当时情况下,从别人看来工作是"大有前途",可是从我自己分析,当时在一个军部中,上面的"长字"号人物,就约有四十三个不同等级长官压在我头上。我首先必须挣脱这种有形的"长"和无形的压力,取得完全自由,才能好好处理我的生命。所以从家中出走。有了自由才能说其他。到北京虽为的是求学,可是一到不久,就不作升学考虑。因为不久就听人说,当时清华是最有前途的学校,入学读两年"留学预备班",即可依例到美国。至于入学办法,某一时并未公开招考,一切全靠熟人。有人只凭一封介绍信,即免考入学。至于北大,大家都知道,由于当时校长蔡元培先生的远见与博识,首先是门户开放,用人不拘资格,只看能力或知识。最著名的是梁漱溟先生,先应入学考试不录取,不久却任了北大哲学教授。对于思想也不加限制,因此陈独秀、胡适之、李大钊诸先生可同在一校工作。不仅如此,某一时还把保皇党辜鸿铭老先生也请去讲学。我还记得很清楚,那次讲演,辜先生穿了件细色小袖绸袍,戴了顶青缎子加珊瑚顶瓜皮小帽,系了根深蓝色腰带。最引人注意的是背后还拖了一条细小焦黄辫子。老先生一上堂,满座学生即哄堂大笑。辜先生却从容不迫地说,你们不用笑我这条小小尾巴,我留下这并不重要,剪下它极容易。至于你们精神上那根辫子，据我看，想去掉可很不容易！因此只有少数人继续发笑，多数可就沉默了。这句话给我留下十分深刻的印象。从中国近五十年社会发展来看，使我们明白近年来大家常说的"封建意识的严重和泛滥"，影响到国家应有的进步，都和那条无形辫子的存在息息相关。这句话对当时在场的人，可能不多久就当成一句"趣话"而忘了。我却引起一种警惕，得到一种启发，并产生一种信心，即独立思考，对于工作的长远意义。先是反映到"学习方法"上，然后是反映到"工作态度"上，永远坚持从学习去克服困难，也永远不断更改工作方法，用一种试探性态度求取进展。在任何情形下，从不因对于自己工作的停顿或更改而灰心丧气，对于人的愚行和偏执狂就感到绝望。也因此，我始终认为，做一个作家，值得尊重的地方，不应当在他官职的大而多，实在应当看他的作品对于人类进步、世界和平有没有真正的贡献。

其实当时最重要的，还是北大学校大门为一切人物敞开。

这是一种真正伟大的创举。照当时校规，各大学虽都设有正式生或旁听生的一定名额，但北大对不注册的旁听生，也毫无限制，因此住在红楼附近求学的远比正式注册的学生多数倍，有的等待下年考试而住下，有的是本科业已毕业再换一系的，也有的是为待相熟的同学去同时就业的，以及其他原因而住下的。当时五四运动著名的一些学生，多数各已得到国家或各省留学生公费分别出国读书，内中俞平伯似乎不久即回国，杨振声先生则由美转英就学，于三四年后回到武汉高等师范学校教书，后又转北大及燕京去教书。一九二八至一九二九年时清华学校由罗家伦任校长，杨振声任文学院长，正式改清华大学为一般性大学，语文学院则发展为文学院。

有人说我应考北大旁听生不成功，是不明白当时的旁听生不必考试就可随堂听讲的。我后来考燕大二年制国文班学生，一问三不知，得个零分，连两元报名费也退还。三年后，燕大却想聘我做教师，我倒不便答应了。不能入学或约我教书，我都觉得事情平常，不足为奇。正如一九二五年左右，我投稿无出路，却被当时某编辑先生开玩笑，在一次集会上把我几十篇作品连成一长段，摊开后说，这是某某大作家的作品！说完后，即扭成一团投入字纸篓。这位编辑以后却做县长去了。有人说我作品得到这位大编辑的赏识，实在是误传。

我的作品得到出路，恰是《晨报》改组由刘勉己、瞿世英相继负责，作品才初次在《小公园》一类篇幅内发表。后来换了徐志摩先生，我才在副刊得到经常发表作品机会。但至多每月稿费也不会过十来元。不久才又在《现代评论》发表作品，因此有人就说我是"现代评论派"，其实那时我只二十三四岁，一月至多二三十元收入，哪说得上是什么"现代评论派"？作品在《新月月刊》发表，也由于徐志摩先生的原因，根本不够说是"新月派"的。至于《小说月报》，一九二八年由叶绍钧先生负责，我才有机会发表作品。稍后《东方杂志》也发表了我的作品，是由胡愈之、金仲华二先生之邀才投稿的。到三十年代时，我在由施蛰存编的《现代》，傅东华编的《文学》都有作品。以文学为事业，因此把我改称"多产作家"，或加上"无思想的作家""无灵魂的作家"，名目越来越新。这些"伟大"批评家，半世纪来，一个二个在文坛上都消灭了，我自己却才开始比较顺利掌握住了文字，初步进入新的试探领域。

　　我从事这工作是远不如人所想的那么便利的。首先的五年，文学还掌握不住，主要是维持一家三人的生活。为了对付生活，方特别在不断试探中求进展。许多人都比我机会好、条件好，用一种从容玩票方式，一月拿三四百元薪水，一面写点什么，读点什么，到觉得无多意思时，自然就停了笔。当然也有觉得再写下去也解决不了社会问题，终于为革命而牺牲的，二十年代初期我所熟悉的北大、燕大不少朋友，就是这样死于革命变动中的。也有些人特别聪明，把写作当作一个桥梁，不多久就成了大官的。只有我还是一个死心眼笨人，始终相信必须继续学个三五十年，才有可能把文字完全掌握住，才可能慢慢达到一个成熟境地，才可能写出点比较像样的作品。可是由于社会变化过于迅速，我的工作方式适应不了新的要求，加上早料到参加这工作二十年，由于思想呆滞顽固，与其占据一个作家的名分，成为少壮有为的青年一代挡路石，还不如即早让路，改一工作，对于个人对于国家都比较有意义。因此就转了业，进入历史博物馆工作了三十年。

　　我今年七十八岁，依照新规定，文物过八十年即不可运出国外，我也快到禁止出口文物年龄了。……所以我在今天和各位专家见见面，真是一生极大愉快事。

　　　　—— 一九八〇年十一月七日在美国哥伦比亚大学的讲演

新文人与新文学

五四以后中国多了两个新名词，一个是"新文学作家"，一个是"新文学"。所谓新文学，就是"的、呢、吗、啦"老古董一见摇头的文学。直到如今，新文学虽还没有什么了不起的成绩，能够使那些从前摇头的点头。不过一群新文学作家，在这十年来，可真是出够了风头了。"文学作家"在青年人心中已成为一个有魔术性的名词，这是我们不能否认的事实。这名词不知毒害过多少年轻人，使他们皆得了极其厉害的神经衰弱症，有业务的搁下业务不理，正求学的抛开书本不读，每天在一堆流行杂志里钻研"浪漫""古典""象征""幽默"字眼儿，白白地糟蹋掉他们那些宝贵的生命。这些大有影响于青年人的文学作家，及其大多数皆只宜称呼为"新文人"。就因为从前旧文人的恶德，既可以在他们身上继续发现，现社会的恶德，在他们身上也更富于传染性。

一个新文人的特征是："活下来比任何一种人做人的权利皆特别多，做人的义务皆特别少。"

这些人照例多少知道一点中外古今文学名著，同时还记起一些中外古今文坛掌故。各有一张口，好说空话，又会说空话。看事既朦朦胧胧，做事皆马马虎虎。有些自命风雅，就轻视身边一切活人生活，以为那是"俗物俗务"。有些平常时节读点诗歌小说，放下书时，便自作多情不免装作无聊失意样子起来。他们照例皆害怕同真实社会对面，不愿受社会规矩束缚，因此全是个人主义的赞同者。然而个人主义者每天总仍然得穿衣吃饭，在穿衣吃饭问题上又不能不同那个丑恶俗气社会对面，迫被种种事实围困，打倒，不能振拔自救时，于是便烦恼悲观，不知如何是好。嫌白日太长，无可消遣，却邀约三四同志，打打麻雀牌与扑克牌。嫌夜里太静，睡不着觉，又不妨上舞场去玩个半夜。（胡闹自然有理由的，因为翻开任何大作家传记，皆有前例可援！）有些人玩也不玩，动也懒动，孤僻寂寞不与他人同流合污的，每天便在家中灌个半斤烧酒，写个十首歪诗，十篇杂感。也许还有为人更聪明更洒脱的，或尚能想方设法，使用都市中种种腐烂身心的玩意儿，来做腐烂自己的行为。

一个教授，一个学生，一个公子哥儿，一个志在做这种文人的人，他就可以找寻机会，令旁人承认他为文人，或自称为文人。既做文人后，就过着如上所述委琐猥亵的新文人生活。这些人身份尽管相去太远，见解趣味，却常常极其相近。他们照例对于社会上许多事情皆不明白，许多人生必需常识皆极其缺少，许多严重现象皆漠不关心。怕责任，怕拘束，因此或以隐逸淡泊相高，或以放辟邪侈为美。（若有人指摘到这一点时，他们自会援引典籍，保护自己，由于设辞巧妙，反而能令一般人十分同情。）他们既在那里"玩"文学，认为文学只宜那么玩下去，又潇洒，又自由，还必须如此方不至于失去它的庄严。总仿佛国家社会皆不能缺少这种消闲文学同游荡文人，若稍稍苛刻他们，希望他们在生活态度上与作品上负上一点儿小小责任时，就亵渎了文学，误解了文学，因此一来，文学就再不成其为文学，国家社会同时也就再不成其为国家社会了。

十年来这种新文人日见其多，却用不着为他们作品过多发愁。这些人虽称为"文学家"，终日尽管批评、造谣，在酒食场中一面吃喝，一面传述点自己雅事别人俗事，用文学家名分在社会上做种种活动，受青年人崇拜同社会供养，事情说来很稀奇，有些人既不曾在过去某一时认真写过什么作品，甚至将来也就绝不会写个什么作品，他们其所以成为新文人，大多数倒是关于他们的故事消息，在新出报章杂志上，差不多随处皆可以很夸张虚诞地登载出来。他们原是从这方面成为文人的。一个新文人既那么潇洒自由，令青年人神往倾心，也不是无理由了。

至于我们这个社会真正所希望的文学家呢，无论如何应当与新文人是两种人。第一，他们先得承认现代文学不能同现代社会分离，文学家也是个"人"，文学决不能抛开人的问题反而来谈天说鬼。第二，他们既得注意社会，当前社会组织不合理处，需重造的，需修改的，必极力在作品中表示他的意见同目的，爱憎毫不含糊。第三，他们既觉得文学作家也不过是一个人，就并无什么比别人了不起的地方，凡做人消极与积极的两种责任皆不逃避。他们从事文学，也与从事其他职业的人一样，贡献于社会的应当是一些作品、一点成绩，不能用其他东西代替。

这种人也许是个乡巴佬，凡属新文人的风雅皆与他无缘。生活也许平平常常，并无轶闻佳话足供广播流传。思想信仰也许同现社会制度习惯皆显得十分冲突，不能相合，但却有一种更合理更谨严的伦理道德标准控制他，支配他，而且在他那些作品中，便表示出他对于旧制度习惯的反抗，向未来社会伦理道德的努力。

这种人缺少新文人的风度，缺少新文人的生活，算不得他的耻辱。他不一定会喝酒打牌，不一定常常参加什么会，不一定是个什么专家，不一定有"学位"和讲座。他观察社会，认识社会，虽无"专门知识"却有丰富无比的"常识"。他从书本学得了文学上各种技巧，学会安排文字，铺叙故事，再从那个活生生的社会里去注意一切问题——他的作品便是综合这两方面所得的成果。他决不如某种有"学位"的文人，仅仅以能够模仿某某名作写得出一首诗、一篇小说就沾沾自喜。他不善模仿，必得创造。（创造需要胆量同气魄，是的，他就不缺少胆量同气魄。）工作失败了，他换个方式再干；成功了，也仍然换个方式企图更大的成功。

这种人相信人类应当向光明处去，向高处走。正义永远在他们胸中燃烧，他们的工作目的就是向生存与进步努力。假若每个文学作品，还许可作者保留一种希望，或希望他作品成为一根杠杆、一个炸雷、一种符咒，可以因它影响到社会组织上的变动，恶习气的扫除，以及人生观的再造。或希望他的作品能令读者理性更深湛一些，情感更丰富一些，做人更合理一些。他们的希望容或有大有小，然而却有相同的信仰，就是承认人的个体原是社会一部分，文学作品是给人看的，把文学从轻浮猥亵习气里救出，给它一种新的限制，使它向健康方面走去，实为必需的情形。一个不自私的现代人，假若他还有眼睛，还能够用眼睛看看书本以外的一切，就不至于觉得把文学赋予这种限制有何种可嘲笑处。他们不怕嘲笑！

社会的流行风气，常常奖励到一些装模作样的新文人，常常奖励到一些懒惰与狡猾的人，这不稀奇，因为无限制的容许新文人轻浮与猥亵，读者也就可以满足个人轻浮与猥亵的嗜好。因此一来，另外那些想把文学加上一种崇高的责任的文学者，自然就见得俗气逼人，见得荒谬绝伦了。这种人一面将受一般社会的奚落，一面还不免为痛苦、贫穷以及各样恶势力所迫害，不是很悲惨地死去，就只得在逃亡沉默中勉强挣扎。这种人不特缺少新文人的潇洒与风雅，有些人甚至于想勉强活下去也办不到。若将这种人同新文人去比较看看，相形之下，也就可以明白这所谓"从事文学"的工作，真是一种如何枯燥无味、困苦艰难的工作！

　　一个大学校的文学教授，一个文学杂志的编辑，或是一个薄负时誉的文学作家，必皆常常被青年人用书信或当面提出一个问题："先生，我对文学极有兴味，我有志于文学，怎么样我就可以做个文学家？"这些青年人虽说有志于"文学"，大多数或者还只是有志做一"新文人"。因为一群新文人的好处，最容易引起他们的注意。至于一群有远见的文学家，十年来所遭遇的忧患，照例是很少为人知道的。

　　……

　　中国目前新文人真不少了，最缺少的也最需要的，倒是能将文学当成一种宗教，自己存心做殉教者，不逃避当前社会做人的责任，把他的工作，搁在那个俗气荒唐对未来世界有所憧憬，不怕一切很顽固单纯努力下去的人。

　　这种人才算得是有志于"文学"，不是预备做"候补新文人"的。

一九三五年二月三日《大公报·文艺副刊》

北平

文学是"精巧的说谎"①

××先生：

　　谢谢您寄来的文章。恕不用在信上说明，这文章也看得出是"诚实的自白"。先生，我不怕扫您的兴，第一件事我就将指出这种诚实的自白，同文学隔了一层，不能成为好文学作品。您误解了文学。

　　您在"诚实自白""写实""报告文学""现实主义"一堆名词下，把写作看得太天真太随便了。一个学校的看门人，不加修饰随手写出的东西，算不得什么好作品，您明白。但您自己在同样态度下写成的东西，却把它叫作新诗，以为是个杰作，且相信这种作品只要遇着有眼睛的批评家、正直的编辑，就能认识您那作品的伟大，承认您那作品的价值。您这打算真是一个稀奇古怪的想头。您的意见代表一部分从事创作的青年意见。记着些名词，不追究每个名词的意义（这事你们自己本来不能负责，全是另外一些人造的孽）。迷信世界上有"天才"这种东西，读过一些文人传记，见传记中提到什么名人一些小事与自己有些差不多的地方时，就认为自己也是一个"天才"，一动手写作就完成杰作一

---

① 本篇章发表于一九三五年六月二十三日的《大公报·文艺副刊》，原题为《废邮存底》，现标题为编者所加。

052

部。这杰作写成后，只等待一个批评家、一个编辑、一个知己来发现，被发现后即刻您就成为名人要人。目前您自己不是就以为工作已完成了，只等待一个发现您的人？在等待中您有点儿烦闷，有点儿焦躁。您写信给我，便不隐藏这种烦闷同焦躁。您把那个希望搁在我的回信上。您意思我明白。您需要我承认您的伟大，承认您的天才，来信说："先生，我们是同志！"先生，这样子不成！您弄错了，我们不是同志。第一，我是个自觉很平凡的人，一切都求其近人情，毫无什么天才。第二，我因为觉得自己极平凡，就只想从一切学习中找进步。从长期寻觅试验中慢慢取得进展，认为这工作除此以外别无捷径。

我的打算恰恰同您相反，我们走的路不会碰头。您把文学事业看得很神圣，然而对付这种神圣的工作时，却马虎到如何程度！四百字一页的稿纸，弄错十二个字，称引他人的文章，前后也发现许多错误。照您自己说，是"好文章不在乎此"的——先生，对于工作的疏忽，如此为自己辩护，我实在毫无勇气。

我以为我们拿起笔来写作，同旁人从事其他工作完全一样。文学创作也许比起别的工作来更有意义，更富趣味，然而它与一切工作有一个共通点，就是必须从习作中获得经验，从熟练中达到完全，从一再失败，不断修改，废寝忘食，发痴着迷情形中，产生他那出众特立的作品。能这样认真努力，他才会有一点看得过的成绩。这事业若因为它包含一个人生高尚的理想，值得称为"神圣"，神圣的意义，也应当是它的创造比较一切工作更艰难，更耗费精力。（一切工作皆可以从模仿中求熟练与进步，文学工作却应当在模仿中加以创造。它不能抛开历史，却又必须担负它本身所在那个时代环境的种种义务。）

　　文学有个古今一贯的道德，就是把一组文字，变成有魔术性与传染性的东西，表现作者对于人生由"争斗"求"完美"一种理想，毫无限制采取人类各种生活，制作成所要制作的形式。说文学是"诚实的自白"，远不如说文学是"精巧的说谎"。想把文学当成一种武器，用它来修正错误的制度，消灭荒谬的观念，克服人类的自私、懒惰，赞美清洁与健康、勇敢与正直，拥护真理，解释爱与憎的纠纷，它本身最不可缺少的，便是一种"精巧的说谎"。一个文学作家首先得承认这种精巧的说谎，其次便得学习这种精巧的说谎。譬如您写诗，这种语言升华的艺术，就得认真细心从语言中选取语言。一首小诗能给人一个印象，发生影响，哪里是但凭名士味儿一挥而就的打油工作所能成事的。

　　您说您有您的计划，一篇短文章也不能好好地做成，却先想设法成为"作家"，这算是什么工作计划？您说您倾心文学，愿意终其一生从事文学，事实上您不过是爱热闹，以为这种工作不怎么费力，可以从容自在，使您在"灵感"或"侥幸"两个名词下成为一个大作家，弄得生活十分热闹罢了。

　　先生，得了。我说的话太老实，一定使您不大快乐，可是这也不怎么要紧。假若您当真是个准备终生从事文学的人呢，我的老实话对您将来工作多少有些益处：假若您还是迷信您是个天才，不必用功，自信奇迹也会在您身上出现呢，就不妨那么想："我又弄错了，这个编辑比别人还更俗气，不是我理想中的同志！"您不必发愁，您有的是同志。我为您担心的，只是与这种同志在一块时，不是您毁了他，就是他毁了您。

小说与社会

我们时常都可听到人说："俺，没有事情做，看小说。""放了假怎样消遣？看小说吧。"事实上坐柜台生意不忙的店员，办公室无事可做的公务员，甚至于厂长、委员，不走运的牙医，脾气大的女护士，尽管生活不同，身份不同，可是他们将不约而同，用小说来耗费多余生命，且从小说所表现的人事哀乐中取得快乐和教育。试从家中五十岁左右认识字的老妈妈，和十岁以上的小学生，注意注意他们对于小说故事的发迷，也可证明我说的"从小说取得快乐和教育"，是件如何普遍而平常的事情。许多家长对于孩子读书成绩不满意，就常向人说："这孩子一点不用功，看小说发了迷。"其实小说也是书，何尝只有小孩发迷？我知道有四个大人，就可称为"小说迷"，不过和小孩子发迷的情形稍稍不同。第一个是弄社会科学的李达先生，和家中孩子们争看《江湖奇侠传》时，看到第十三集还不肯放手。第二个是弄哲学的金岳霖先生，读侦探小说最多，要他谈侦探小说史一定比别的外文系教授还当行。还有一个梁思永先生，是发掘安阳殷墟古物的专家（照他自己说应当是挖坟专家，因为他挖过殷商帝王名臣坟墓到一千三百多座），可是除专行以外，他最熟悉的就是现代中国小说。他不仅读得多，而且对作品优劣批评得还异常中肯。更有个一般人全猜不着的小说通，即主持军事航空的周至柔先生，他不仅把教"现代小说"的人所重视的书都欣赏到，此外近三十年来的旧章回小说，也大多数被他欣赏到了。对这些作品内容得失提出的意见，恐怕不是目下三脚猫教授能答复的。从这些例子看看，我们即不能说"小说的价值如何大"，至少得承认"小说的作用实在大"。因为它们不仅有时使家中孩子发迷，也可使国内第一流专家分点心！

从前人笔记小说上谈小说作用，最有趣味的是邹弢《三借庐笔谈》，记苏州人金某读《红楼梦》事。这个人读发了迷，于是就在家中设了个林黛玉的木牌位，每天必恭恭敬敬祭一祭。读到绝粒焚稿时，代书中多情薄命才女伤心，自己就不吃饭，哭得不成个样子。久而久之，这人自然发了疯。后来悄悄出门去访"潇湘妃子"，害得家中人着急，寻找了几个月才找回。又陈其元《庸闲斋笔记》，记杭州某商人有个女儿，生得明艳动人，又会作诗，因爱好《红楼梦》，致成痨病，病情严重快要死去时，父母又伤心又生气，就把女儿枕边的那几本书，一起抛到火炉里烧去。那个多情女子却哭着说："怎么杀死我的宝玉？"书一焚，她也就死去了。这些人这些事不仅从前有过，现在说不定还有很多。读了《红楼梦》称宝玉作"真情人"倾心拜倒的，真大有其人。又或稍能文墨，间常害点小病，就自以为是黛玉的，也大有其人。古今所不同处，只是苏州那个姓金的，爱恋的是书中美人，杭州那个老板姑娘爱恋的是书中才子，现今的先生小姐，却自己影射自己是宝玉黛玉，爱恋的是他自己罢了。

我们讨论小说的价值以前，先得承认它的作用。因为论数量，小说数量特别多，内容好坏不一致，然而"能引起作用"则差不多。

论影响，小说流行相当久，范围特别广，即以《三国演义》来说，遍中国的关帝庙，庙中那位黑脸毛胡子周仓，周仓肩上扛的那把青龙偃月大刀，就都是从这个小说来的。下层社会帮会的合作，同盟时相约"祸福同当"，以及此后的分财分利，也似乎必援引"桃园结义"故事。可见得同一小说，它的作用便不尽相同。姚元之《竹叶亭杂记》，说雍正时一个大官保荐人才，在奏文中引用小说里孔明不识马谡故事，使皇帝发了气，认为不合，就打了那个官四十大板，并枷号示众。陈康祺的《燕下乡脞录》，却说顺治七年大学士达海、范文程等，把《三国演义》译成了满洲文，蒙赏鞍马银币。满洲武将额勒登保的战功，据说就是得力于这个翻译小说的。（比较时间略前，明末忠臣李定国，也是受《三国演义》影响，而由贼做官，终于慷慨殉国。）

所以从小说"作用"谈"价值"，我们便可以明白，同样一个作品，给读者可好可坏。有时又因为读者注意点不同，作品价值即随之而变。《红楼梦》《水浒传》，卫道老先生认为它诲淫诲盗，家中的大少爷二小姐和管厨房的李四，说不定反用它当作随身法宝，倘若另外来个社会学家费孝通先生，他把书仔细读过后，却会说："这简直是五百年来中国最真实有用的社会史料！"

又从作者那方面来看看"价值"，也很有意思。读过《笑林广记》的人，决不能说这部小本子书有什么价值。可是这类书最先一部，名为《笑林》，却相传是魏文帝曹丕作的（还算是皇帝作的唯一小说！即不是他作的，也是留在这个皇帝身边说笑话的邯郸淳作的）。接着一个名气比较小些的宋临川王刘义庆，编了部《世说新语》，内中就还有部分笑话。孔子好像是个和小说和笑话不能发生关系的人了，然而千年后的人对孔子保留一个印象，比较活泼生动的，并不是他的读《易》时韦编三绝、铁挝三折，倒是个并不真实带点谐谑的故事，即韩婴的《韩诗外传》上，载孔子与子贡南游阿谷之隧，见一个女子"佩瑱而浣"，因此派子贡去和女子谈话那个故事。这又可见写一个历史上庄严重要人物，笔下庄严也未必即能成功，或从别的方法上表现，反而因之传世。表现得失既随事随人而定，它的价值也就不容易确定了。从这里我们可以明白，涉于小说的社会问题，是个多么复杂的问题。同是用一组文字处理人事，可做的或只是些琐琐碎碎的记录，增加鬼神迷信妨碍社会进步的东西，也可保留许多人类向上的理想，和人生优美高尚的感情。大约就因为它与社会关系太复杂又太密切，所以从一本书的作用上讨论到价值时，意见照例难于一致。我们试从近三十年中国这方面的发展看看，可见它和社会如何相互影响。明白过去或可保留一点希望于未来。

民国初元社会对于"小说"的关系，可从三方面见出：一是旧小说的流行，二是新章回小说的兴起，三是更新一派对于小说的社会意义与价值重估。

当时旧小说的流行，应当数《水浒》《三国演义》《西游记》《封神榜》《说唐》《小五义》《儿女英雄传》《镜花缘》《绿野仙踪》《野叟曝言》《情史》《红楼梦》《聊斋志异》《今古奇观》……书虽同时流行，实在各有读者。前一部分多普通人阅读。有些人熟习故事，还是从看戏听书间接来的。就中读《三国演义》《水浒》，可满足人英雄崇拜的愉快。读《西游记》《镜花缘》，可得到荒唐与幽默综合的快乐。读《封神榜》照规矩，必然得洗洗手，为的是与当时鬼神迷信习惯相合。后一部分多书生和闺阁仕女阅读。有的人从书中发现情人，有的人从书中得到知己。《聊斋志异》尤为人爱读，为的是当故事说即容易动听，就中《青凤》《娇娜》《黄英》《婴宁》这类狐鬼美人，更与自作多情孤单寂寞的穷书生恋爱愿望相称。《今古奇观》中的《金玉奴棒打薄情郎》《卖油郎独占花魁》，故事说给妓女和小商人听时，很可能会赢得他们许多眼泪，并增加他们许多幻想！

至于新章回小说的兴起，是与报纸杂志大有关系的。如《九尾龟》《官场现形记》《海上繁华梦》《孽海花》《留东外史》《玉梨魂》……这些作品多因附于报纸上刊载，得到广大读者的注意，（那时上海申、新二报是国内任何一省都有订户的！）它的特点是渐趋于一致的社会性。故事是当前的，注意在写人写事。或嘲笑北京官场，或描写上海洋场，或记载晚清名士美人掌故，或记载留日学生革命恋爱。或继续传统才子佳人悲欢离合情节，如苏曼殊、徐枕亚等作品，就名为"香艳小说"。它们流传的时间短，分布少，当然不如旧小说普遍，然而它们的影响可不小！因为北京的腐败、上海的时髦，以及新式人物的生活和白面书生的恋爱观，都是由这类小说介绍深印于国内读者脑中的。作品既暴露了些社会弱点，对革命进行也有点作用。然而当时有一部分作家，借用它作"讹诈阔佬"或"阿谀妓伶"工具，所以社会对于小说作家就保留"流氓才子"印象，作品的价值随之而减少。这件事后来间接刺激了新文学的兴起，且直接致了章回小说的死命。

至于更新一派的人把小说社会价值重估，是配合维新思想而来的。吴稚晖先生为提倡科学教育，来写《上下古今谈》。林琴南先生大规模译欧洲小说，每每在叙言上讨论到小说与德育问题。梁启超先生更认为小说对于国民关系影响大，作用深，主张小说在文学上应当有个较新的看法，值得来好好设计，好好发展培育它。林译小说的普遍流行，在读者印象中更易接受那个新观念，即"从文学中取得人生教育"。虽然这个新观念未必能增加当时读者对于小说的选择力，因为和林译小说同时流行的小说，就是《福尔摩斯侦探案》。然而一个更新的文学运动，却已酝酿到这个新读者群中，到民八①即得发展机会。新文学是从这个观念加以修正，并得到语体文自由运用的便利，方有今日成就的。

到现在来说小说和社会，有好些情形自然都不同了，第一是旧小说除了几部较重要的还可因为重新印行重新分配得到读者，其余或因为流行数量越来越少，或因为和读者环境生活不合，不仅老先生所担心的海淫海盗小说作用已不大，就是维新派担心的鬼狐迷信与海上黑幕小说，也不能有多大的作用了。一般印象虽好像还把小说当消遣品，小说作家和作品在受过初级教育以上的年轻人方面，却已有作用且受到影响。大学校已把它当成一种研究课目，可做各种讨论。国内图书馆更有个小说部门，收藏很多书籍。国家学术奖金，且给作品一种学术上的重视，把它和纯数学以及史学等等并列。国家在另外一方面，为扶持它，培养它，每年还花去不少的钱。国内出版业在这方面投资的，数目更极可观。一个有成就的作家，所能引起读者给予的敬意和同情，若从过去历史追溯，竟可说是空前的！就拿来和当前社会上一般事业成功

①　民八，即民国八年，1919年。

者比较，也可说是无与比肩的！

　　说到这一点时，我们自然也还得另外知道些事情。我意思是把那个缺点提一提，因为缺点是随同习惯而来，还需要从讨论上弄明白，可想法补救的。譬如说，过去十年新文学运动，和政治关系太密切，在政治不稳定时，就很牺牲了些有希望的作家。又有些作家，因为"思想不同"，就受限制，不能好好地写他的作品。又有些因为无从在比较自由情形下写作，索性放下写作去弄政治。这实在是我们国家的损失，值得有心人注意。其次是文学运动过去和商业关系不大好，立法上保障不生作用，因此国内最知名的作家，他的作品尽管有一百万本流行，繁荣了那个新出版业，作者本人居多是无所得的。直到如今为止，能靠版税收入过日子的小说作家，不会过三五位。冰心或茅盾，老舍或巴金，即或能有点收入，一定都不多。因此作家纵努力十年，对国家社会有极大贡献，社会对他实在还说不上什么实际帮助。他还得做别的事，才能养家活口。所以有些作家到末了只好搁下不干，另寻生活，或教书经商，或做官办党，似乎反而容易对付。有些人诚实而固执，缺少变通，还梦想用一支笔来奋斗，到末了也就只好在长穷小病中死去，这自然更是国家的损失！关于这一点，实需要出版业方面道德的提高，和国家在立法上有个保障，方能望得到转机，单是目前的种种办法，还是不够的！若抽象的法律难于限制，就应当有个出版局做点事了。从商业观点来看一本好书，也许不过是它能增加一笔收入，别无更深的意义，标准上就不会高。至于从国家观点看来，一本好书，实值得由国家来代为出版，代为分配。照中国目前情形，一本好书印行十万到五十万本，总有办法可分配的！国家来做这件事，等于向全国中优秀脑子和高尚感情投资，它的用意是尊重这种脑子并推广这种情感。投资三五千万元，决不为浪费。即或麻烦一点，但比别的设计究竟简单得多，而且切于实际得多！作者若能从这个正当方式上得到应有的版税，国家就用不着在这问题上花钱操心了。

这种种合理的打算，最近自然无从实现。但这对于一个有自尊心和自信心的作者说来，还是不会灰心的。就因为他的工作物质上即无所得，还有个散处于国内的五十万一百万读者，他们精神上是相通的。尽管有许多读者是照我先前说的"无事可做，消遣消遣"，可是一本好书到了他的手中后，也许过不久他就被征服了。何况近二十年来的习惯，比我们更年轻一辈的国民，凡受过中等教育的，都乐意从一个小说接受作者的热诚健康人生观。好作品所能引起良好的作用，实在显明不过。我们虽需要国家对于文学作用有更深刻的认识，同时还更需要文学作家自己也能认识自己，尊重自己。若想到真理和热情是可传递的，这个工作成就，实包含了历史价值和长远意义，他就会相信明日的发展，前途为如何远大。环境即再困难，也必然不以为意了！

一九四二年九月二十九日作于昆明

事功和有情

叔文龙虎：

　　这里工作队同人都因事出去了，我成了个"留守"，半夜中一面板壁后是个老妇人骂她的肺病咳喘丈夫，和廿多岁孩子，三句话中必夹入一句问候家兄弟常用野话，声音且十分高亢，越骂越精神。板壁另一面，又是一个患痰喘的少壮，长夜哮喘。在两夹攻情势中，为了珍重这种难得的教育，我自然不用睡了。古人说挑灯夜读，不意到这里我还有这种福气。看了会新书，情调合目力可不济事。正好目前在这里糖房外垃圾堆中翻出一本《史记》刘传选本，就把它放老式油灯下反复来看，度过这种长夜。看过了李广、窦婴、卫青、霍去病、司马相如传，不知不觉间，竟仿佛如同回到了二千年前社会气氛中，和作者时代生活情况中，以及用笔情感中。记起三十三四年前，也是年底大雪时，到麻阳一个张姓地主家住时，也有过一回相同经验。用桐油灯看列国志，那个人家主人早不存在了，房子也烧掉多年了，可是家中种种和那次做客的印象，竟异常清晰明朗地重现到这时记忆中。并鼠啮木器声也如初恢复到生命里来。换言之，就是寂寞能生长东西，常是不可思议的！中国历史一部分，属于情绪一部分的发展史，如从历史人物作较深入分析，我们会明白，它的成长大多就是和寂寞分不开的。东方思想的唯心倾向和有情也分割不开！这种"有情"和"事功"有时合而为一，居多却相对存在，形成一种矛盾的对峙。对人生"有情"就常和在社会中"事功"相背斥，易顾此失彼。管晏为事功，屈贾则为有情。因之有情也常是"无能"。现在说，且不免为"无知"！说来似奇怪，可并不奇怪！忽略了这个历史现实，另有所解释，解释得即圆到周至，依然非本来。必肯定不同，再求所以同，才会有结果！过去我受《史记》影响深，先还是以为从文笔方面，从所叙人物方法方面，有启发，现在才明白主要还是作者本身种种影响多。

　　史记列传中写人，着笔不多，二千年来还如一幅幅肖像画，个性鲜明，神情逼真。重要处且常是三言两语即交代清楚毫不黏滞，而得到准确生动效果，所谓大手笔是也。《史记》这种长处，从来都以为近于奇迹，不可学，不可解。试为分析一下，也还是可作分别看待，诸书诸表属事功，诸传诸记则近于有情。事功为可学，有情则难学！中国史官有一属于事功条件，即作史原则下笔要有分寸，必胸有成竹方能取舍，且得有一忠于封建制度中心思想，方有准则。《史记》作者掌握材料多，六国以来杂传记又特别重性格表现，西汉人行文习惯又不甚受文体文法拘束。特别重要，还是作者对于人、对于事、对于问题、对于社会，所抱有态度，对于史所具态度，都是既有一个传统史家抱负，又有时代作家见解的。这种态度的形成，却本于这个人一生从各方面得来的教育总量。换言之，作者生命是有分量的，是成熟的。这分量或成熟，又都是和痛苦忧患相关，不仅仅是积学而来的！年表诸书说是事功，可因掌握材料而完成。列传却需要作者生命中一些特别东西。我们说得粗些，即必由痛苦方能成熟积聚的情——这个情即深入的体会、深至的爱，以及透过事功以上的理解与认识。因之用三五百字写一个人，反映的却是作者和传中人两种人格的契合与统一。

不拘写的是帝王将相还是愚夫愚妇，情形却相同。近年来，常常有人说向优秀传统学习，这种话有时是教授专家说的，有时又是政治上领导人说的。由政治人说来，极容易转成公式化。良好效果得不到，却得到一个不求甚解的口头禅。因为说的既不甚明白优秀伟大传统为何事，应当如何学，则说来说去无结果，可想而知。说的不过是说说即已了事，求将优秀传统的有情部分和新社会的事功结合，自然就更不可能了。这也就是近年来初中三语文教科书不选浅明古典叙事写人文章，倒只常常把无多用处文笔又极芜杂的白话文充填课内原因。编书人只是主观加上个缴卷意识成为中心思想，对于二作既少全面理解，对于文学更不甚乐意多学多知多注意。全中国的教师和学生，就只有如此学、如此教下去了。真的补救从何做起，即凡提出向优秀传统学习的，肯切切实实地多学习学习，更深刻广泛理解这个传统长处和弱点。必两面（或全面）理解名词的内容，和形成这种内容的本质是什么，再来决定如何取舍，就不至于如当前情形了。近来，人总不会写人叙事，用许多文字，却写不出人的特点，写不出性情，叙事不清楚。如仅仅用一些时文做范本，近二三年学生的文卷已可看出弱点，做议论，易头头是道，其实是抄袭教条少新意深知。做叙述，简直看不出一点真正情感。笔都呆呆的，极不自然。有些文章竟如只是写来专供有相似经验的人看，完全不是为真正多数读的。

……

列传写到几个人，着笔不多，二千年来竟如一个一个画像，须眉逼真，眼目欲活。用的方法简直是奇怪。正似乎和当时作者，对于人、对于事的理解认识相关，和作者个人生命所负担的时代分量也有关。

年夜在乡场上时，睡到戏楼后稻草堆中，听到第一声鸡叫醒来，我意识到生命哀乐实在群众中。回到村里，住处两面板壁后整夜都有害肺病的咳喘声，也因之难再睡去，我意识到的却是群众哀乐实在我生命里。这似乎是一种情形又是两种情形。特别是理解到万千种不同生活中的人生命形式、得失取予，以及属于种种自然法则、反映到行为中的规律，在彼此关系中的是非，受种种物质限制、条件约束、习惯因循形成的欢乐形式、痛苦含义，又各因种种不同而有种种问题时，我明白，我还有好些工作待做，好些事情待用一个更热情无我态度去完成它，也还待从更多方面去学习，去认识理解，才可能在克服种种困难中逐渐把工作完成。人人都说爱国家人民，但是如何爱，以及如何取证，实在大有不同。从历史看，管仲、晏婴、张良、萧何、卫青、霍去病对国家当时为有功，屈原、贾谊等则为有情。或因接近实际工作而增长能力知识，或因不巧而离异间隔，却培育了情感关注。想想历史上的事情，也就可以明白把有功和有情结合而为一，不是一种简单事情。因为至少在近代科学中，犹未能具体解决这件事。政治要求这种结合，且做种种努力，但方法可能还在摸索试验，因为犹未能深一层理会这种功能和情感的差别性，只强调需要，来综合这种"有情"与当前"致用"之中，是难望得到结果的。其实说来，事情或比写作论文社论困难些。我们目前有极好的论文，针对着许多人说话，话极中肯。有极好的社论，能引起普遍而广泛的学习并思索，且动员了全国各阶层人民进行抗美援朝斗争及三反运动。可是在努力将一切有情转而为有功的工作中，是做得不能如理想那么好的。主要原因还是认识，即对于文学艺术"作用"以外"作者"的认识。对于作用有认识，对于作者则还得有些新的更深一些的认识。并且这还不只是对当下作者的功能发挥或摒斥。重要还是能有计划生产培育更多年轻一代作者。正和工业化中机器生产一样，得制造极优良的工作母机！工作是比较困难，但不是无望的。照过去几年情形看来，浪费的不只是金钱，有些地方可能是把有用人力全糟蹋了。

国家在崭新情况中发展，万千种事都从摸索中推进。关于人的科学，如果到明天有可能会发展成为一科真正的科学，目前还只是刚好开始。到另外一时，人的功能从种种旧的或过时了的因袭成见观念束缚中脱出，在一个更新一些关系上，会充分得到解放的。到那时有情的长处与事功的好处，将一致成为促进社会向前发展的动力，再无丝毫龃龉。这种情形是必然会实现的，可是也和其他许多事情一样，是要经过一些错误的选择和重新努力才有可能的！就当前种种看来，实在还在摸索！有些事近于浪费，无可奈何！财富浪费得想办法，有用人力浪费更得想办法。最近文艺报上讨论到的思想改造问题，除了批评和自我批评，可能还要从一些具体办法中来注意，来启发待生长应生长的对于国家新的情感！

闻各大学暑期中将大合并，又法在燕大，不知是否真有其事？你们学习到了什么情形？关于学习，一离开北京，更易看出问题，实配合社会需要不来……你会相信每一科教员，每一部门工作人员，都还要把学习提高，才符合国家明天需要。看看部分北京同来工作人员，都还对国家缺少深一层认识，都在工作，还不明白土改工作将要影响到国家是些什么事，都爱国家，不明白国家前景为何事而国家过去又还有些什么可爱的东西，我总觉得一种恐惧和痛苦。因为这种种都和明天的民主趋势要求于一个做主人翁的应有认识不合，而容易于一切工作部门培养三反中的两种或三种因子……从社会各部门中贪污浪费等等现象看来，三反运动是要持久下去，明后年的生产建设才不至于顾此失彼的。这还是近于消极防止，根本问题还是要对国家、对人民、对公共财富有种深一层的爱，从政治远景上有这种爱，有这种认识。话说回来，文学艺术对这一问题，也还可以做点事，能收伟大良好效果！但如何方可产生这种作品，一面是作家的对国家的认识，另一面也是国家对作家的认识。

孩子们学习是什么情形？龙龙说有什么冬季锻炼，其实像他们那么大年龄，寒暑假中到矿场工厂去做做轻工，倒大有用处。因为即到工厂看看也是一种极好政治教育！文件上说的无产阶级领导的国家工业化，及农业机械化，如能结合眼见知识来进行政治教育，作用必然大得多。初中学生入工厂看看，可能因此会把数理学习兴趣提高，比其他讲演展览有效果。虎虎要学工，要发明，将来到工厂去有的是可以为国家减少浪费增加生产的机会，因为中国许许多多工厂生产都是小型的、旧式的，特别是轻工业生产人力使用和材料应用，要万万千有脑筋肯动脑筋的年轻工程师和年轻工人去努力！我这次回来，希望能先写些短篇，如还可以写，就盼望也能去工厂学些日子。希望有机会如此来学习下去，将来写新人新事也可具体些。

这里一些同志，凡教书的大多希望工作能在十天半月内告一段落，好赶开学期前回到北京。在中山公园音乐堂朱早观曾报告，至多不能过四月时间。如所说有效，我们假定用半个月坐路上车船，则二月十号左右可到县里去。至于去成都看看，恐得待将来了。到这里第一回伤风，难过得很，希望不要流鼻血。肋部间或还在痛，半夜醒回难受。走路从训练中已好得多，距离七八里，坡坡只两个，不过如呈贡县城中坡大，一星期总得有一回来回去听到乡会报。如十号即得离开，这个住处至多就只有十天住下了。

并候佳好。

从文正月三日

一九五二年于四川内江

短篇小说

　　说这个问题以前，我想在题目下加上一个子题，比较明白。

　　"一个短篇小说的作者，谈谈短篇小说的写作，和近二十年来中国短篇小说的发展。"

　　因为许多人印象里意识里的短篇小说，和我写到的说起的，可能是两样不同的东西，所以我还要老老实实声明一下：这个讨论只能说是个人对于小说一点印象、一点感想、一点意见，不仅和习惯中的学术庄严标准不相称，恐怕也和前不久确定的学术一般标准不相称。世界上专家或权威，在另外一时对于短篇小说规定的"定义""原则""作法"，和文学批评家所提出的主张说明，到此都暂时失去了意义。

　　什么是我所谓的"短篇小说"？要我立个界说，最好的界说，应当是我作品所表现的种种。若需要归纳下来简单一点，我倒还得想想，另外一时给这个题目做的说明，现在是不是还可应用。三年前我在师范学院国文会讨论会上，谈起"小说作者和读者"时，把小说看成"用文字很恰当记录下来的人事"。因为既然是人事，就容许包含了两个部分：一是社会现象，是说人与人相互之间的种种关系；二是梦的现象，便是说人的心或意识的单独种种活动。单是第一部分容易成为日常报纸记事，单是第二部分又容易成为诗歌。必须把人事和梦两种成分相混合，用语言文字来好好装饰剪裁，处理得极其恰当，才可望成为一个小说。

我并不觉得小说必须很"美丽"，因为美丽是在文字辞藻以外可以求得的东西。我也不觉得小说需要很"经济"，因为即或是个短篇，文字经济依然并不是这个作品成功的唯一条件。我只说要很"恰当"，这恰当意义，在使用文字上，就容许不怕数量的浪费，也不必对于辞藻过分吝啬。故事内容呢，无所谓"真"，亦无所谓"伪"（更无深刻平凡区别），要的只是那个"恰当"。文字要恰当，描写要恰当，全篇分配更要恰当。作品的成功条件，就完全从这种"恰当"产生。

我们得承认，一个好的文学作品，照例会使人觉得在真美感觉以外，还有一种引人"向善"的力量。我说的"向善"，这个词的意思，并不属于社会道德一方面"做好人"的理想，我指的是这个：读者从作品中接触了另外一种人生，从这种人生景象中有所启示，对"人生"或"生命"能做更深一层的理解。普通做好人的乡愿道德，社会虽异常需要，有许多简便方法工具可以利用，"上帝"或"鬼神"，"青年会"或"新生活"，或对付他们的心，或对付他们的行为，都可望从那个"多数"方面产生效果。不必要文学来做。至于小说可做的事，却远比这个重大，也远比这个困难。如像生命的明悟，使一个人消极地从肉体爱憎取予，理解人的神性和魔性，如何相互为缘，并明白生命各种形式，扩大到个人生活经验以外，为任何书籍所无从企及。或积极的提示人，一个人不仅仅能平安生存即已足，尚必须在他的生存愿望中，有些超越普通动物的打算，比饱食暖衣保全首领以终老更多一点的贪心或幻想，方能把生命引导到一个崇高理想上去。这种激发生命离开一个动物人生观，向抽象发展与追求的兴趣或意志，恰恰是人类一切进步的象征。这工作自然也就是人类最艰难伟大的工作。推动或执行这个工作，文学作品实在比较别的东西更其相宜。若说得夸大一点，到近代，别的工具都已办不了时，唯有"小说"还能担当这种艰巨。原因简单而明白：小说既以人事为经纬，举凡机智的说教，梦幻的抒情，一切有关人类向上的抽象原则学说，无一不可以把它综合组织到一个故事发展中。印刷术的进步，交通工具的进步，既得到分布的便利，更便利的还是近千年来读者传统的习惯，即多数认识文字的人，从一个故事取得娱乐与教育的习惯，在中国还好好存在。加之用文学作品来耗费他个人剩余生命，取得人生教育，从近三十年来年轻学生方面说，在社会心理上即贤于博弈。所以在过去，《三国志》或《红楼梦》所有的成就，显然不是用别的工具可以如此简便完成的。在当前，几个优秀作家在国民心理影响上，也不是什么做官的专家部长委员可办到的。在将来，一个文学作者若具有一种崇高人生理想，这理想希望它在读者生命中保有一种势力，将依然是件极其容易事情。用"小说"来代替"经典"，这种大胆看法，目前虽好像有点荒唐，却近于将来的事实。

这是我三年前对于小说的解释，说的虽只是"小说"，把它放在"短篇小说"上，似乎还说得通。这种看法也许你们会觉得可笑，是不是？不过真正可笑的还在后面，因为我个人还要从这个观点上来写三十年！三十年在中国历史上，算不得一个数目，但在个人生命中，也就够瞧了。这种生命的投资，普通聪明人是不干的！

有人觉得好笑以外也许还要有点奇怪，即从我说这问题一点钟两点钟得来的印象，和你们事先所猜想到的，读十年书听十年讲记忆中所保留的，很可能都不大相合。说说完了，于是散会。散会以后，有的人还当作笑话，继续谈论下去，有的人又匆匆忙忙地跑出大南门，预备去看九点场电影，有的人说不定回到宿舍，还要骂骂"狗屁狗屁，岂有此理"。这样或那样，总而言之，是不可免的。过了三点钟后，这个问题所能引起的一点小小纷乱也差不多就完事了。这也就正和我所要说的题目相合，与一个"短篇小说"在读者生命中所占有的地位相合，讲的或写的，好些情形都差不多。这并不是人生的全部，只那么一点儿，所要处理的，说它是作者人生的经验也好，是人生的感想也好，再不然，就说它是人生的梦也好。总之，作者所能保留到作品中的并不多，或者是一闪光、一个微笑，以及一瞥即成过去的小小悲剧，又或是一个人濒临生死边缘做的短期挣扎。不管它是什么，都必然受种种限制，受题材、文字以及读者听者那个"不同的心"所限制。所以看过或听过后，自然同样不久完事。不完事的或者是从这个问题的说明、表现方式上，见出作者一点语言文字的风格和性格，以及处理题材那点匠心独运的巧思，作品中所蕴蓄的人生感慨与人类爱。如果是讲演，连续到八次以上，从各个观点去说明的结果，或者能建设出一个明明朗朗的人生态度。如果是作品，一本书也不会给读者相同印象。至于听一回，看一篇，使对面的即能有会于心，保留一种深刻印象，对少数人言，即或办得到，对多数人言，是无可希望的！

新文学中的短篇小说，系随同二十二年前那个五四运动发展而来。文学运动本在五四运动以前，民六①左右，即由陈独秀、胡适之

---

① 民六，即民国六年，1917 年。

诸先生提出来，却因五四运动得到"工具重造工具重用"的机会。当时谈思想解放和社会改造，最先得到解放是文字，即语体文的自由运用。思想解放社会改造问题，一般讨论还受相当限制时，在文学作品试验上，就得到了最大的自由，从试验中日有进步，且得到一个"多数"（学生）的拥护与承认。虽另外还有个"多数"（旧文人与顽固汉）在冷嘲恶咒，它依然在幼稚中发育成长，不到六七年，大势所趋，新的中国文学史，就只有白话文学作品可记载了。谈到这点过去时，其实应当分开来说说，因为各部门作品的发展经过和它的命运，是不大相同的。

新诗革命当时最与传统相反，情形最热闹，最引起社会注意（作者极兴奋，批评者亦极兴奋），同时又最成为问题，即大部分作品是否算得是"诗"的问题。

戏剧在那里讨论社会问题，处理思想问题，因之有"问题"而无"艺术"，初期作者成绩也就只是热闹，作品并不多，且不怎么好。

小说发展得平平常常，规规矩矩，不如诗那么因自由而受反对，又不如戏那么因庄严而抱期望，可是在极短期间中却已经得到读者认可继续下去。

先从学生方面取得读者，随即从社会方面取得更多的读者，因此奠定了新文学基础，并奠定了新出版业的基础。若就近二十年来过去做个总结算，看看这二十年的发展，作者多，读者多，影响大，成就好，实应当推短篇小说。这原因加以分析，就可知道一是起始即发展得比较正常，作品又得到个自由竞争机会，新陈代谢作用大些，前仆后继，人才辈出，从作品中沙中捡金，沙子多金屑也就不少。其次即是有个读者传统习惯，来接受作品，同时还刺激鼓励优秀作品产生。

若讨论到"短篇小说"的前途时，我们会觉得它似乎是无什么"出路"的。它的光荣差不多已经变成为"过去"了。它将不如长篇小说，不如戏剧，甚至于不如杂文热闹。长篇小说从作品中铸造人物，铺叙故事又无限制，近二十年来社会的变，近五年来世界的变，影响到一人或一群人的事，无一不可以组织到故事中。一个长篇如安排得法，即可得到历史的意义，历史的价值，它且更容易从旧小说读者中吸收那个多数读者，它的成功伟大性是极显明的。戏剧娱乐性多，容易成为大时代中都会的点缀物，能繁荣商业市面，也能繁荣政治市面，所以不仅好作品容易露面，即本身十分浅薄的作品，有时说不定在官定价值和市定价值两方面，都被抬得高高的。就中唯有短篇小说，费力而不容易讨好，将不免和目前我们这个学校中的"国文系"情形相同，在习惯上还存在，事实上却好像对社会不大有什么用处，无出路是命定了的。

不过我想在大家都忘不了"出路"，多数人都被"出路"弄昏了头的时候，来在"国文学会"的讨论会上，给"短篇小说"重新算个命，推测推测它未来可能是个什么情形。有出路未必是好东西，这个我们从跑银行的大学生，有销路的杂志，和得奖的作品即可见到一二。那么，无出路的短篇小说，还会不会有好作者和好作品？从这部门作品中，我们还能不能保留一点希望，认为它对中国新文学前途，尚有贡献？要我答复我将说"有办法的"。它的转机即因为是"无出路"。从事于此道的，既难成名，又难牟利，且决不能用它去讨个小官儿做做。社会一般事业都容许侥幸投机，作伪取巧，用极小气力收最大效果，唯有"短篇小说"可是个实实在在的工作，玩花样不来，擅长"政术"的分子决不会来摸它。"天才"不是不敢过问，就是装作不屑于过问。即以从事写作的同道来说，把写短篇小说作终生事业，都明白它不大经济。这一来倒好了。短篇小说的写作，虽表面上与一般文学作品情形相差不多，作者的兴趣或信仰，却已和别的作者不相同了。支持一个作者的信心，除初期写作，可望从"读者爱好"增加他一点愉快，从事此道十年八年后，尚能继续下去的，作者那个"创造的心"，就必得从另外找个根据。很可能从"外面刺激凌轹"，转成为"自内而发"的趋势。作者产生作品那点"动力"，和对于作品的态度，都慢慢地会从普通"成功"，转为自觉"不朽"，从"附会政策"，转为"说明人生"。这个转变也可说是环境逼成的，然而，正是进步所必需的。由于作者写作的态度心境不同，似乎就与抄抄撮撮的杂感离远，与装模作样的战士离远，与逢人握手每天开会的官僚离远，渐渐地却与那个"艺术"接近了。

照近二十年来的文坛风气，一个作家一和"艺术"接近，也许因此一来，他就应当叫作"落伍"了，叫作"反动"了，他的作品并且就要被什么"检查"了，"批评"了，他的主张意见就要被"围剿"了，"扬弃"了。但我们可不必为这事情担心。这一切不过是一堆"词"而已，词是照例摇撼不倒作品的。作品虽用纸张印成，有些国家在作品上浇了些煤油，放火去烧它，还无结果！二三子玩玩字词，用作自得其乐的消遣，未尝无意义。若想用它做符咒，来消灭优秀作品，其无结果是用不着龟筮卜算的。

"落伍"是被证明已经"老朽""反动"，又是被裁判得受点处分，使用的意义虽都相当厉害，有时竟好像还和"侦探告密""坐牢杀头"这类事情牵连在一处。但文人用来加到文人头上时，除了满足一种卑鄙的陷害本能，是并无何等意义，不用担心吓怕的。因为这种词用惯后，用多后，明眼人都知道这对于一个诚实的作家，是不会有何作用的。文学还是文学，作品公正的审判人是"时间"（从每个人生命中流过的时间），作品在读者与时间中受试验，好的存在，且可能长久存在，坏的消灭，即一时间偶然侥幸，迟早间终必消灭。一个作者真正可怕的事，是无作品而充作家，或写点非驴非马作品应景凑趣，门面总算支持了，却受不了那个试验，在试验中即黯然无光。日月流转，即用过去二十年事实做个例，试回头看看这段短短路上的陈迹，也可长人不少见识。当时文坛逐鹿，恰如运动场上赛跑，上千种不同的人物，穿着各式各样的花背心和运动鞋，用各自习惯的姿势，从跑道一端起始，飞奔而前。就中有仅仅跑完一个圈子，即已力不从心，摇摇头退下场了的。有跑到三五个圈子，个人独在前面，即以为大功告成而不再干的。有一面跑一面还打量到做点别的节省气力事情，因此装作摔了一跤，脚一跛一跛向公务员丛中消失了的。也有得到亲戚、朋友、老板、爱人在旁拍巴掌叫好，自己却实在无出息，一阵子也败溃下来的。大致的说来，跑到三五年后，剩下的人数已不甚多。虽随时都有新补充分子上场，跑到十年后，剩下的可望到达终点的人就不过十来位了。设若这个竞赛是无终点的，每个人的终点即是死，工作的需要是发自于内的一点做人气概，以及支持三五十年的韧性，跑到后来很可能观众都不声不响，不拍掌也不叫好，多数作家难以为继，原是极其自然的。所以每三五年照例都有几个雄起起的人物，写了些得商人出力、读者花钱、同道捧场、官家道贺的作品，结果只在短短"时间"陶冶中，作品即已若存若亡，本人且有改业经商，发了三五万横财，讨个如夫人在家纳福的。或改业从政，做个小小公务员，写点子虚乌有报告的。或傍个小官，代笔做做秘书，安分乐生混日子下去的。这些人倒真是得到了很好的出路！逝者如斯，不舍昼夜，历史虽短，也就够令人深思！

"得到多数"虽已成为一种社会习惯，在文学发展中，倒也许正要借重"时间"，把那个平庸无用的多数作家淘汰掉，让那个真有作为诚敬从事的少数，在极困难挫折中受试验，慢慢地有所表现，反而可望见出一点成绩。（三五个有好作品的作家，事实上比三五百挂名作家更为明日社会所需要，原是显然明白的。）对这个少数作家而言，我觉得他们的工作，正不妨从"文学"方面拉开，安放到"艺术"里去，因为它的写作心理状态，即容易与流行文学观日见背驰，已渐渐和过去中国一般艺术家相近。他不是为"出路"而写作，这个意见是我十三年前提起过的，我以为值得旧事重提，和大家讨论讨论。

记得是民国十七年秋天，徐志摩先生要我去一个私立大学讲"现代中国小说"，上堂时，但见百十个人头在下面转动，我知道许多"脑子"也一定在同样转动。我心想："和这些来看我讲演的人，我说些什么较好？"所以就在黑板上写了一行字："请你们让我休息十分钟吧。"我意思倒是咱们大家看看，比比谁看得深。我当然就在那里休息，实在说就是给大家欣赏我那个乱蓬蓬的头，那种狼狈神气。到末后，我开口了，一说就是两点钟。下课钟响后，走到长廊子上时，听到前面两个人说："他究竟说些什么？"这种讲演从一般习惯看来，自然是失败了。那次"看"的人可能比"听"的人多，看的人或许还保留一个印象，听的人大致都早已忘掉了。忘不掉的只有我自己，因为算是用"人"教育"我"，真正上了一课。这一课使我明白文字和语言、视和听给人的印象，情形大不相同。我写的小说，正因为与一般作品不大相同，人读它时觉得还新鲜，也似乎还能领会所要表现的思想内容。至于听到我说起小说写作，却又因为解释的与一般说法不同，与流行见解不合，弄得大家莫名其妙了。这对于我个人，真是一种离奇的教育。它刺激我在近十年中，继续用各种方式去试验，写了一些作品和读者对面。我写到的一堆故事，或者即已说明我对这个问题的意见和态度，若不曾从我作品中看出一点什么，这种单独的讲演，是只会做成你们的复述那个"他究竟是说什么"印象的。

其实当时说的并不稀奇古怪，不过太诚实一点罢了。"诚实"二字虽常常被文学作家和理论家提出，可是大多数人照例都怕和诚实对面。因为它似乎是个乡巴佬使用的名词，附于这个名词下的是：坦白，责任，超越功利而忠贞不易，超越得失而有所为有所不为。把这名词带到都市上来，对"玩"文学的人实在是毫无用处的。其实正是文学从商业转入政治，"艺术"或"技巧"都在被嘲笑中地位缩成一个零。以能体会时代风气写平庸作品自夸的，就大有其人。这些人或仿佛十分前进，或俨然异常忠实，用阿谀"群众"或阿谀"老板"方式，认为即可得到伟大成就。另外又有一部分作家，又认幽默为人生第一，超脱潇洒地用个玩票白相态度来有所写作，谐趣气氛的无节制，人生在作者笔下，即普遍成为漫画化。"浅显明白"的原则支配了作者心和手，其所以能够如此，即因为这个原则正可当作作品草率马虎的文饰。风气所趋，作者不甘落伍的，便各在一种预定的公式上写他的传奇，产生并完成他"有思想"的作品。或用一个滑稽讽笑的态度，来写他的无风格、无性格、平庸乏味的打哈哈作品。如此或如彼，目标所在是"得到多数"。用的是什么方法，所得到的又是什么，都不在意。

关于这一点，当时我就觉得，这是不成的。社会的混乱，如果一部分属于一般抽象原则价值的崩溃，作者还有点自尊心和自信心，应当在作品中将一个新的原则重建起来。应当承认作品完美即为一种秩序。一切社会的预言者，本身必须坚实而壮健，才能够将预言传递给人。作者不能只看今天明天，还得有个瞻望远景的习惯，五十年一百年世界上还有群众！新的文学要它有新意，且容许包含一个人生向上的信仰，或对国家未来的憧憬，必须得从另外一种心理状态来看文学，写作品，即超越商业习惯上的"成功"，完全如一个老式艺术家制作一件艺术品的虔敬倾心来处理，来安排。最高的快乐从工作本身即可得到；不待我求。这种文学观自然与当时"潮流"不大相合，所以对我本来怀有好感的，以为我莫名其妙，对我素无好感的，就说这叫作"落伍""反动"。不过若注意到这是从左右两方面来的诅咒，就只能令人苦笑了。

我是个乡下人，乡下人的特点照例"相当顽固"，所以虽被派"落伍"了十三年，将来说不定还要被文坛除名，还依然认为一个作者不将作品与"商业""政策"混在一处，他脑子会清明一些。他不懂商业或政治，且极可能把作品也写得像样些。他若是一个短篇小说作者，肯从中国传统艺术品取得一点知识，必将增加他个人生命的深度，增加他作品的深度。一句话，这点教育不会使他堕落的！如果他会从传统接受教育，得到启迪或暗示，有助于他的作品完整、深刻与美丽，并增加作品传递效果和永久性，都是极自然的。

我说的传统，意思并不是指从史传以来，涉及人事人性的叙述，两千多年来早有若干作品可以模仿取法。那么承受传统毫无意义可言。主要的是有个传统艺术空气，以及产生这种种艺术品的心理习惯，在这种艺术空气心理习惯中，过去中国人如何用一切不同的材料，不同的方法，来处理人的梦，而且又在同一材料上，用各样不同方法，来处理这个人此一时或彼一时的梦。艺术品的形成，都从支配材料着手，艺术制作的传统，即一面承认材料的本性，一面就材料性质注入他个人的想象和感情。虽加人工，原则上却又始终能保留那个物性天然的素朴。明白这个传统特点，我们就会明白中国文学可告给作家的，并不算多，中国一般艺术品告给我们的，实在太多太多了。

试从两种艺术品的制作心理状态，来看看它与现代短篇小说的相通处，也是件极有意义的事情。一由绘画涂抹发展而成的文字，一由石器刮削发展而成的雕刻，不问它是文人艺术或应用艺术，艺术品之真正价值，差不多全在于那个作品的风格和性格的独创上。从材料方面言，天然限制永远存在，从形式方面言，又有个社会习惯限制。然而一个优秀作家，却能够于限制中运用"巧思"，见出"风格"和"性格"。说夸张一点，即是作者的人格，作者在任何情形下，都永远具有上帝造物的大胆与自由，却又极端小心，从不滥用那点大胆与自由超过需要。作者在小小作品中，也一例注入崇高的理想、浓厚的感情，安排得恰到好处时，即一块顽石、一把线、一片淡墨、一些竹头木屑的拼合，也见出生命洋溢。这点创造的心，就正是民族品德优美伟大的另一面。在过去，曾经产生过无数精美的绘画、形制完整的铜器或玉器、美丽温雅的瓷器，以及形色质料无不超卓的漆器。在当前或未来，若能用它到短篇小说写作上，用得其法，自然会有些珠玉作品，留到这个人间。这些作品的存在，虽若无补于当前，恰恰如杜甫、曹雪芹在他们那个时代一样，作者或传说饿死，或传说穷死，都源于工作与当时价值标准不合。然而百年后或千载后的读者，反而唯有从这种作品中，取得一点生命力量，或发现一点智慧之光。

制砚石的高手，选材固在所用心，然而在一片石头上，如何略加琢磨，或就材质中小小毛病处，因材使用作一个小小虫蚀、一个小池，增加它的装饰性，一切都全看作者的设计，从设计上见出优秀与拙劣。一个精美砚石和一个优秀短篇小说，制作的心理状态（即如何去运用那点创造的心），情形应当约略相同。不同的为材料，一是石头，顽固而坚硬的石头，一是人生，复杂万状充满可塑性的人生。可是不拘是石头还是人生，若缺少那点创造者的"匠心独运"，是不会成为特出艺术品的。关于这件事，《红楼梦》作者曹雪芹，比我们似乎早明白了两百年。他不仅把石头比人，还用雕刻家的手法，来表现大观园中每一个人物，从语言行为中见身份性情，使两世纪后读者，还仿佛可看到这些纸上的人，全是些有血有肉有哀乐爱憎感觉的生物。（谈历史的多称道乾隆时代，其实那个辉辉煌煌的时代，除了遗留下一部《红楼梦》可作象征，别的作品早完了！）

再从宋元以来中国人所作小幅绘画上注意。我们也可就那些优美作品设计中，见出短篇小说所不可少的慧心和匠心。这些绘画无论是以人事为题材，以花草鸟兽云树水石为题材，"似真""逼真"都不是艺术品最高的成就，重要处全在"设计"。什么地方着墨，什么地方敷粉施彩，什么地方竟留下一大片空白，不加过问。有些作品尤其重要处，便是那些空白处不着笔墨处，因比例上具有无言之美，产生无言之教。

短篇小说的作者，能从一般艺术鉴赏中，涵养那个创造的心，在小小篇章中表现人性，表现生命的形式，有助于作品的完美，是无可疑的。

短篇小说的写作，从过去传统有所学习，从文字学文字，个人以为应当把诗放在第一位，小说放在末一位。一切艺术都容许作者注入一种诗的抒情，短篇小说也不例外。由于对诗的认识，将使一个小说作者对于文字性能具特殊敏感，因之产生选择语言文字的耐心。对于人性的智愚贤否、义利取舍形式之不同，也必同样具有特殊敏感，因之能从一般平凡哀乐得失景象上，触着所谓"人生"。尤其是诗人那点人生感慨，如果成为一个作者写作的动力时，作品的深刻性就必然因之而增加。至于从小说学小说，所得是不会很多的。

所以短篇小说的明日，是否能有些新的成就，据个人私意，也可以那么说，实有待于少数作者，是否具有勇气肯从一个广泛的旧的传统最好艺术品中，来学习取得那个创造的心，印象中保留着无数优秀艺术品的形式，生命中又充满活泼生机，工作上又不缺少自尊心和自信心，来在一个新的观点上，尝试他所努力从事的理想事业。

或者会有人说，照你个人先前所说，从十八年起文学即已被政治看中，一切空洞理想恐都不免为一个可悲可怕事实战败，即十多年来那个"习惯"，以及在习惯中所形成的偏见，必永远成为进步的绊脚石。原因是作家如不能再成为"政策"的工具，即可能成为"政客"的敌人。一种政治主张或政客意见不能制御作家，有一天政治家做作的庄严，便必然受作品摧毁。因之从官僚政客观点来说，文学放到政治部或宣传部，受培养并受检查，实在是个最好最合理地方，限制或奖励，异途同归，都归于三等政客和小官僚来控制运用第一流作家打算上。其实这么办，结果是不会成功的，不过增加几个不三不四的作家，多一些捧场凑趣装模作样的机会，在一般莫名其妙的读者中，推销几百本平庸作品罢了。对于这方面的明日发展，政治是无从"促成"也无从"限制"的。

然而对面既是十多年来养成的一种根深蒂固的习惯，使一般作家的自尊心和自信心都极其容易消失，空洞的乐观，当然还不够。明日的转机，也许就得来看看那个"少数"如何"战争"了。若想到一切战争都不免有牺牲，有困难，必须要有无限的勇气和精力支持，方能战胜克服。从小以见大，使我们对于过去、当前，各在别一处诚实努力，又有相当成就的几个作者，不论他是什么党派，实在都值得特别尊敬。因为这也是异途同归，归于"用作品和读者对面"。新文学运动，若能做到用作品直接和读者对面，这方面可做的事，即从娱乐方式上来教育铸造一个新的人格，如何向博大、深厚、高尚、优美方面去发展，且启发这个民族的情感，如何在忧患中能永远不灰心、不丧气，增加抵抗忧患的韧性以及翻身的信心，就实在太多了。

一九四一年五月二日在西南联大国文学会讲
五月二十日在昆明校正

谈"写游记"

写游记像是件不太费力的事情，因为任何一个小学生，总有机会在作文本子上留下点成绩。至于一个作家呢，只要他肯旅行，就自然有许多可写的事事物物搁在眼前。情形尽管是这样，好游记可不怎么多。编选高级语文教本的人，将更容易深一层体会到，古今游记虽浩如烟海，入选时实费斟酌。古典文学游记，《水经注》已得多数人承认，文字清美。同样一条河水，三五十字形容，就留给人一个深刻印象，真可说对山水有情。但是不明白南北朝时期文字风格的读者，在欣赏上不免有隔离。《洛阳伽蓝记》文笔比较富丽，景物人事相配合的叙述法，下笔极有分寸，特别引人入胜，好处也容易领会些。

宋人作《洛阳名园记》，时代稍近，文体又平实易懂，记园林花木布置兼有对时人褒贬寓意，可算得一时佳作。叙边远外事如《大唐西域记》《岭外代答》和《高丽图经》诸书，或直叙旅途见闻，或分门别类介绍地方物产、制度、风俗人情，文笔条理清楚，千年来读者还可从书中学得许多有用知识。从这些各有千秋的作品中，我们还可得到一种重要启示：好游记和好诗歌相似，有分量作品不一定要字数多，不分行写依然是诗。作游记不仅是描写山水灵秀清奇，也容许叙事抒情。读者在习惯上对于游记体裁的要求不苛刻，已给作者用笔以极大方便和鼓励。好游记不多另有原因。"文以载道"，在旧社会是句极有势力的话，把古代一切作家的思想都笼罩住了。诗歌、戏剧、小说虽然从另一角度落笔，突破限制，得到了广大群众。然而大多数作者，还是乐于作卫道文章，容易发财高升。个人文集，也总是把庙堂之文放在最前面。游记文学历来不列入文章正宗，只当成杂著小品看待，在旧文学史中位置并不怎么重要。近三十年很有些好游记，写现代文学史的，也不过聊备一格，有的且根本不提。

写游记必临水登山，善于使用手中一支笔为山水传神写照，令读者如身莅其境，一心向往，终篇后还有回味余甘，进而得到一种启发和教育，才算是成功作品。这里自然要具备一个条件，就是作者得好好把握住手中那支有色泽、富情感、善体物、会叙事的笔。他不仅仅应当如一个优秀山水画家，还必须兼有一个高明人物画家的长处，而且还要博学多通，对于艺术各部门都略有会心，譬如音乐和戏剧，让主题人事在一定背景中发生、存在时，动静之中似乎有些空白处，还可用一种恰如其分的乐声填补空间。

这个比方可能说得有点过了头，近乎夸诞玄远。不过理想文学佳作，不问是游记还是短篇小说，实在都应当给读者这么一种有声有色鲜明活泼的印象。如何培养这支笔，是一个得商讨待解决的问题。

近三十年来，报纸、杂志中很有些特写式游记，写国内新人、新事、新景物，文字素朴，内容扎实，充满一种新的泥土生活气息，却比某些性质相同的短篇小说少局限性，比某些分析探讨的论文具说服力。有的作者并非职业作家，因此不必受文学作品严格的要求影响，表现上得到较大的自由。又有些还刚离开大学不久，最多习作机会还不过是学生时代写写情书或家信，就从这个底子上进行写作，由于面对的生活丰富，问题新鲜，作品给读者印象却自然而亲切。我也欢喜另外一种专家学者写成的游记，虽引古证今，可不落俗套，见解既好，文笔又明白畅达，当成史地辅助读物，对读者有实益。好游记种类还多，上二例成就比较显著。

另外还有两种游记，比较普通常见：一为报刊上经常可读到的某某出国海外游记，特殊性的也对读者起教育作用，一般性的或系根据导游册子复述，又或虽然目击身经，文字条件较差，只知直接叙事，不善写景写人，缺少文学气氛，自然难给读者深刻印象。另一种是国内游记，作者始终还不脱离写卷子的基本情绪，不拘到什么名胜古迹地方去，凡见到的事物，都无所选择，一一记下。正和你我某一时在北海大石桥边、颐和园排云殿前照相差不多，虽背景壮丽，天气又十分温和，人也穿着得整齐体面，还让那位照相师热情十分地反复指点，直到装成微笑态，得到照相师点头认可，才"巴达"一下，大功告成。可是相片洗出看看，照例主题背景总是呆呆的，彼此相差不多，近于个人纪念性记录，缺少艺术所要求的新鲜。本人即或以为逼真，他人看来实在不易感动。这种相成天有人在照，同样游记也随时有人在写，虽和艺术要求有点距离，却依旧有广大读者。由于在全国范围内舟车行旅中，经常有大量群众，都需要阅读报刊，这种游记有一定群众基础。还有一种不成功的游记，作者思想感情被理论上几个名词缚得紧紧的，一动笔老不忘记教育他人；文思既拙滞，却只顾抄引格言名句，盼望人从字里行间发现他的哲理深思，形成一种自我陶醉。其实严肃有余，枯燥无味，既少说服力，也少感染力，写论文已不大济事，作游记自然更难望成功。

写游记除"阿丽思"女士的幻想旅行作品不计，此外总得有点生活基础。不过尽管有丰富新鲜生活经验，如没有运用文字的表现力，又缺少对外物的锐敏感觉，还是不成功。不拘写什么自然总是无生气，少新意，缺少光彩。他的毛病正如一个不高明的作曲家，仅记住些和声原理，五线谱的应用却不熟悉，一切乐器上手也弹不出好声音。即或和千年前唐玄宗一样，居然有机会梦游天宫，得见琼楼玉宇间那群紫绡仙子，在翠碧明蓝天空背景中轻歌曼舞，乐曲舞艺都佳妙无比，并且人醒回来时，印象还十分清楚明白，可是想和唐玄宗一样，凭回忆写个《紫云回》舞曲，却办不到做不好。原因是手中没有得用工具。补救方法在改善学习，先做个好读者。其次是把文字当成工具好好掌握到手中，必须用长时期"写作实践"来证实"理论概括"，绝不宜用后者代替前者，以为省事。写游记看来十分简单，搞文学就绝不能贪图省事。

一九五七年六月二十日

我们怎样去读新诗

要明白新诗，先应当略略知道新诗的来源及其变化。

新诗似乎应当分作三个时期去认识去理解。

一、尝试时期（民国六年到十年或十一年）；二、创作时期（民国十一年到十五年）；三、成熟时期（民国十五年到十九年）。第一个时期，列为尝试时期，因为在当时每一个诗人所作的诗，都还不免有些旧诗痕迹，每一个诗人的观念与情绪，并不完全和旧诗人两样。还有，因为诗的革命由胡适之等提出，理论精详而实际所有作品在技巧形式各方面，各自保留些诗词原有的精神，因此引起反响、批评、论驳。诗的标准虽有所不同，实在还是渐变而不能锐变。并且作者在作品上仍然采用了许多古诗乐府小词方法，所以诗的革命虽创自第一期各诗人，却完成于第二期。能守着第一期文学革命运动关于新诗的主张，写成比较完美的新体诗，情绪技巧也渐与旧诗完全脱离，这是第二期几个诗人做的事。诗到第二期既与旧诗完全划分一时代趣味，因此在第一期对于白话诗作恶意指摘者才哑了口，新诗在文学上提出了新的标准，旧的拘束不适用于新的作品，又因为一种方便（北京《晨报副刊》有诗周刊），各作者理论上既无须乎再与旧诗拥护者作战（如胡适之刘复当时），作品上复有一机会在合作上清算成绩（徐志摩等新诗周刊有一诗会，每周聚集各作者，讨论作品或读新作）。故中国新诗的成绩，似应以这时为最好。新诗的标准的完成，也应数及这时诗会诸作者的作品。但这时的稍前与稍后，另有两种诗发现，为不受这一时期新诗的标准所拘束，另有发展，并取得新成就。其一是在上海方面的创造社诗派，郭沫若的浪漫主义夸张豪放可作一代表。其一是独出诗集数种的李金发。以热情洋溢为年轻人所欢喜，是创造社郭沫若的诗，完全与徐志摩、闻一多、朱湘各诗人作品风格异途。从文言文状事拟物名词中，抽出种种优美处，以幻想的美丽作诗的最高努力，不缺象征趣味，是李金发诗的特点。诗到第三期，因时代为中国革命已进入一个新时代，从前人道主义英雄主义似乎为诗人当然的人格，并不出奇，但到第三期，有专以写标语口号的诗人出现了。写爱情的如徐志摩，和论人生的理智透明如闻一多，或以写自然，对世界歌唱温暖的爱的如朱湘，都仿佛受了小小揶揄。因此不甚同意标语口号诗的作者，作品又走了一新方向，从新的感觉上赞美官能的爱，或使用错觉，在作品中交织幻想的抒情的美；或取回复姿势，从文言文找寻新的措辞。但有两个原因使诗在成熟中趋于沉默。第一个是刊物上对于诗失去了兴味，第二个是作者不容易有超越第二期诸作者所显示出的文字的完美与韵律的完美。这几年来新的小册子诗集虽并不少，但这类诗作多数缺少在各大刊物上与读者见面的机会，所以诗的一方面感到消沉，若能把散文创作在一二年来进步做一比较，则更可明白第三期新诗的成绩难于说是丰收的。

对于这三个时期的新诗，从作品、时代、作者各方面加以检察、综合比较的有所论述，在中国这时还无一个人着手。

因为这事并不容易，繁难而且复杂，所以为方便起见，这三个时期每一时期还应作为两段。譬如第一时期，胡适之、沈玄庐、刘大白、刘复、沈尹默这几个人是一类，康白情、俞平伯、朱自清、徐玉诺、王统照，又是一类，这因为前几个人的诗，与后几个人的诗，所得影响完全不同的缘故。第一期还应另外论到的，是冰心、周作人、陆志韦这三个人。冰心的小诗虽在单纯中有所发展，缺少了诗的完全性，但毫无可疑的是这些小诗的影响，直到最近还有不少人从事模仿。周作人在《新青年》时代所作所译的散文诗，是各散文诗作者中最散文的一个，使文字离去辞藻成为言语，同时也影响到后来散文风格的形成。胡适之是与周作人同样使人不会忘记的。胡适之的明白畅达，周作人的清淡朴讷，后者在现代中国创作者取法的似乎还稍多。陆志韦诗虽在读者中不甚发生影响，对其《渡河》一集发生兴味的，不是读者倒是当时的其他作者。因为把诗从散文上发展，在当时不缺少找寻新路的勇敢的，是这作者。作者的《渡河》，是用作品提出了一些新的方向，与当时为白话诗而同旧习惯趣味作战的玄庐、大白、沈尹默、刘复，是更勇敢地对于新诗做过实际改革试验的。

到第二时期，则应将徐志摩、闻一多、朱湘、饶孟侃等作为一类，每一个作者的作品皆当分别讨论，综合批评，这是第二期第一段。这一时期诸人在作品上似乎完全做到了第一期诗人在理论上所要求的新诗。然而韵律分行，文字奢侈，与平民文学要求却完全远离了。另外在体裁上显出异样倾向，时代且略后，则有于赓虞、李金发、冯至、韦丛芜这几个人，为新诗作者与作品第二期的第二段。第二期第一段几个作者，在作品中所显示的情绪的健康与技巧的完美，第二段几个作者是比较疏忽的。然而那种诗人的忧郁气氛、颓废气氛，却也正是于赓虞、李金发等糅合在诗中有巧妙处置而又各不相同的特点！于赓虞作品表现的是从生存中发生厌倦与幻灭情调，与冯至、韦丛芜以女性的柔和忧郁，对爱作抒情的低诉、自剖、梦呓，又是完全不同了。同是常常借用了古典文字使辞藻夸张与富丽，李金发则仿佛是有时因为对于语体文字的生疏，对于表示惊讶，如郭沫若、王独清所最习惯用过的"哟"字或"啊"字，在李金发却用了"吁"或"嗟乎"字样。

或整句的采用，做自己对于所欲说明的帮助，是李金发的作品引人注意的一点。但到于赓虞，却在诗中充满了过去的诗人所习用表示灵魂苦闷的种种名词，丝毫不遗，与第一期受旧诗形式拘束做努力摆脱的勇敢行为的完全相反，与李金发情调也仍然不能相提并论。不过在第一期新诗，努力摆脱旧诗仍然失败了的，第二期的李、于，大量地容纳了一些旧的文字，却很从容地写成了完全不是旧诗的作品，这一点，是当从刘大白等诗找出对照的比较，始可了然明白的。

第三期诗，第一段为胡也频、戴望舒、姚蓬子。第二段为石民、邵洵美、刘宇。六个人都写爱情，在官能的爱上有所赞美，如胡也频的《也频诗选》、戴望舒的《我的记忆》、姚蓬子的《银铃》、邵洵美的《花一般的罪恶》，都和徐志摩风格相异，与郭沫若也完全两样。胡也频诗方法从李金发方面找到同感，较之李金发形式纯粹易懂点。胡也频的诗，并不是朱湘那种在韵上找完美的诗、散文的组织，使散文中容纳诗人的想象，却缺少诗必需的韵。戴望舒在用字用韵上努力，而有所成就，同样带了一种忧郁情怀，这忧郁，与冯至、韦丛芜诸人作品，因形式不同，也有所差别了。蓬子的沉闷，在厌世的观念上有同于赓虞相近处，文字风格是不相同的。邵洵美以官能的颂歌那样感情写成他的诗作，赞美生，赞美爱，然而显出唯美派人生的享乐，对于现世的夸张的贪恋，对于现世又仍然看到空虚；另一面看到的破灭，这诗人的理智，却又非闻一多处置自己观念到诗中的方法。石民的《良夜与噩梦》，在李金发的比拟想象上，也有相近处，然而调子，却在冯至、韦丛芜两人之间可以求得那悒郁处。刘宇是最近诗人，他的诗在闻一多、徐志摩两人诗的形式上有所会心，把自己因体质与生活而成的弱点，加入在作品上，因此使诗的内容有病的衰弱与情绪的纷乱，有种现代人的焦躁，不可遏制。若把同一取法于此两人诗的外形，而有所写作的青年诗人陈梦家作品拿来比较，便可明白陈诗的精纯，然而这精纯，在另一方面，也稍稍有了凝固的情形，难于超越，不易变化了。

把创作小说，容纳于同一个要求中，如五四运动左右，是人道主义极盛的时期。诗到那时也是这样。同情，怜悯，缺少这个是不行的。一切的观念是绅士的，慈善的。到稍后，年轻人自己有痛苦，却来写自己的欲望了，所以郁达夫小说的自诉，有空前的成就。民十二到民十五，创作小说的方向，是在恋爱故事做整个的努力的，情诗也在这时有极好成就。到民十五年后，有些人革命了，创作多了一个方向，把诗要求抹布阶级"爬起来，打你的敌人一巴掌"那种情形上面，新的做人的努力是可尊敬的。这里使我们记起一个还应当提到的人，这人就是蒋光慈。这人在小说与诗创作上，都保留到创造社各作家的浪漫派文人气息。他从不会忘记说他是"一个流浪文人"或"无产诗人"，这种"作家"的趣味，同长虹陷在同一境遇里去了。长虹在"天才"意识上感到快乐，夸大反而使自己缩小了。蒋光慈在他作品成绩上，是否如他朋友感到那种过高估价，是值得商讨的。书贾善凑热闹，作者复敏于自炫，或者即所谓海上趣味的缘故，所以诗的新的方向，蒋光慈无疑可说是个革命诗人。或者胡也频可以有更好成就，因为新的生活态度的决定，较立于顽强朴素一方面。

总起来说，是这样：

第一期的诗，是当时文学革命的武器之一种。但这个武器的铸造，是在旧模中支配新材料，值得说的是一本《尝试集》，一本《刘大白的诗》，一本《扬鞭集》。另外在散文中改造诗，是一本《过去的生命》。另外在散文上帮助了发展，就是说关于描写的方法繁复，是《西还》同《草儿》。要明白关于形式措辞的勇敢，是《女神》同《渡河》。

第二期的诗，在形式技巧上算完成了。《草莽集》《死水》《志摩的诗》，是三本较完美的诗。韦丛芜的《群山》，写故事诗明白婉约，清丽动人，且是中国最长之叙事抒情诗。冯至的《昨日之歌》，年轻人热情与忧郁，使作风特殊不同。于赓虞的《晨曦之前》，悲哀沉痛，病的狂痫气氛，充满了作品。

李金发的《微雨》，从文言中借来许多名词，补充新的想象，在诗中另成一风格。若欲知道散文诗这一名称所赋的意义，是《过去生命》那种诗体裁以外的存在，则焦菊隐的《夜哭》可以说明。

第三期的诗，一种是石民的《良夜与噩梦》、胡也频的《也频诗选》可以归为李金发一类；一种是邵洵美的《花一般罪恶》、刘宇的《沉淀》，可以归为徐志摩一类。另外就是新方向的诗歌，如戴望舒、蓬子之诗，在文字上找寻象征的表现方法。或从苏俄歌颂革命的诗中，得到启示，用直截手段，写对于革命希望和要求，以及对现世否认的诗歌，有蒋光慈的《战声》同其他集子。

论技巧

几年来文学词典上有个名词极不走运，就是"技巧"。多数人说到技巧时，就有一种鄙视意识。另外有一部分人却极害羞，在人面前生怕提这两个字。"技巧"两个字似乎包含了纤细、琐碎、空洞等等意味，有时甚至于带点猥亵下流意味。对于小玩具小摆设，我们褒奖赞颂中，离不了"技巧"一词，批评一篇文章，加上"技巧得很"时，就隐喻似褒实贬。说及一个人，若说他"为人有技巧"，这人便俨然是个世故滑头样子。总而言之，"技巧"二字已被流行观念所限制、所拘束，成为要不得的东西了。流行观念的成立，值得注意，流行观念的是非，值得讨论。

《诗经》上的诗，有些篇章读来觉得极美丽，《楚辞》上的文章，有些读来也觉得极有热情，它们是靠技巧存在的。骈体文写得十分典雅，八股文章写得十分老到，毫无可疑，也在技巧。前者具永久性，因为注重安排文字，达到另外一个目的，就是亲切、妥帖、近情、合理的目的。后者无永久性，因为除了玩弄文字以外毫无好处，近于精力白费，空洞无物。同样是技巧，技巧的价值，是在看它如何使用而决定的。

一件恋爱故事，赵五爷爱上了钱少奶奶，孙大娘原是赵五爷的宝贝，知道情形，觉得失恋，气愤不过，便用小洋刀抹脖子自杀了。同样这么一件事，由一个新闻记者笔下写来，至多不过是就原来的故事，加上死者胡同名称、门牌号数，再随意记记屋中情形，附上几句公子多情，佳人命薄……于是血染茵席，返魂无术，如此如此而已。可是这件事若由冰心女士写下来，大致就不同了。记者用的是记者笔调，可写成一篇社会新闻。冰心女士懂得文学技巧，又能运用文学技巧，也许写出来便成一篇杰作了。从这一点说来，一个作品的成立，是从技巧上着眼的。

同样这么一件事，冰心女士动手把它写成一篇小说，称为杰作；另外一个作家，用同一方法、同一组织写成一个作品，结果却完全失败。在这里，我们更可以看到一个作品的成败，是决定在技巧上的。

就"技巧"一词加以诠释，真正意义应当是"选择"，是"谨慎处置"，是"求妥帖"，是"求恰当"。一个作者下笔时，关于运用文字铺排故事方面，能够细心选择，能够谨慎处置，能够妥帖，能够恰当，不是坏事情。假定有一个人，在同一主题下连续写故事两篇，一则马马虎虎，信手写下，杂凑而成；一则对于一句话一个字，全部发展，整个组织，皆求其恰到好处，看去俨然不多不少。这两个作品本身的优劣，以及留给读者的印象，明明白白，摆在眼前。一个懂得技巧在艺术完成上的责任的人，对于技巧的态度，似乎应当看得客观一点的。

也许有人会那么说："一个作品的成功，有许多原因。其一是文字经济，不浪费，自然，能亲切而近人情，有时虽有某些夸张，那好处仍然是能用人心来衡量，用人事做比较。至于矫揉造作，雕琢刻画的技巧，没有它，不妨事。"请问阁下：能经济，能不浪费，能亲切而近人情，不是技巧是什么？所谓矫揉造作，实在是技巧不足；所谓雕琢刻画，实在是技巧过多。是"不足"与"过多"的过失，非技巧本身过失。

文章徒重技巧，于是不可免转入空洞、累赘、芜杂，猥琐的骈体文与应制文产生。文章不重技巧而重思想，方可希望言之有物，不做枝枝节节描述，产生伟大作品。所谓伟大作品，自然是有思想，有魄力，有内容，文字虽泥沙杂下，却具有一泻千里的气势的作品。技巧被诅咒，被轻视，同时也近于被误解，便因为，一，技巧在某种习气下已发展过多，转入空疏；二，新时代所需要，实在不在乎此。社会需变革，必变革，方能进步。徒重技巧的文字，就文字本身言已成为进步阻碍，就社会言更无多少帮助。技巧有害于新文学运动，自然不能否认。

唯过犹不及。正由于数年来技巧二字被侮辱，被蔑视，许多所谓有思想的作品企图刻画时代变动的一部分或全体，在时间面前，却站立不住，反而更容易被"时代"淘汰忘却了。一面流行观念虽已把技巧二字抛入茅坑里，事实是，有思想的作家，若预备写出一点有思想的作品，引起读者注意，推动社会产生变革，作家应当作的第一件事，还是得把技巧学会。

目前中国作者，若希望把本人作品成为光明的颂歌，未来世界的圣典，既不知如何驾驭文字，尽文字本能，使其具有光辉、效力，更不知如何安排作品，使作品产生魔力，这颂歌、这圣典，是无法产生的。人类高尚的理想、健康的理想，必须先溶解在文字里，这理想方可成为"艺术"。无视文字的德性与效率，想望作品可以做杠杆、做火炬、做炸药，皆为徒然妄想。因为艺术同技巧原本不可分开，莫轻视技巧，莫忽视技巧，莫滥用技巧。

一九三五年八月二十七日作

论特写

近十余年来，报纸上的特写栏，已成为读者注意中心。有些报道文章，比社论或新闻还重要，比副刊杂志上文章，也更能吸引读者，不仅给人印象真实而生动，还将发生直接广泛教育效果。这种引人入胜的作用，即或只出于一种来源不远的风气习惯，可是我们却不能不承认，在已成风气习惯后，这类作品的真实价值，必然得重估！它的作用在目前已极大，还会影响到报纸的将来，更会影响到现代文学中散文和小说形式及内容。特写大约可分作三类，即专家的"专题讨论"和普通外勤的"叙事""写人"。本文只谈一谈用新闻记者名分作的"叙事"。

试就几个"大手笔"的作品来看，就可知他们的成就并非偶然。凡属叙事，不能缺少知识、经验和文笔，正如用笔极有分寸的记者之一徐盈先生所说：要眼到，心到，手到，才会写得出好的报道文章。他说的自然出于个人心得，一般学习可不容易从这三方面得到证实。因为"三到"未必就可产生好文章。同是知识、经验和文笔，在将三者综合表现上得失就可见出极大差别。检视这点差别时，有时可用个人立场兴趣，或政治信仰、人生态度不同作说明（但这完全是表面的解释）。有时又似乎还得从更深方面去爬梳（即如此钩深索隐，将依然无什么结果）。为的是它正如文学，一切优秀成就一切崭新风格都包含了作者全生命人格的复杂综合，彼此均不相同。能理解可不容易学习，比一个伟大作品容易认识理解，但也比同一伟大作品难于把握取法。

　　以个人印象言，近十年这部门作品的成就，可说量多而质重，实值得当成一个单独项目来研究，来学习。把四个作者成就作例，可测验一下这类作品是否除"普及"外还有点"永久性"，是否除"通常效果"外还有点"特别价值"？这四个人的姓名和作品是：范长江的《塞上行》、赵超构的《延安一月》、萧乾的《南德的暮秋》及其他国外通讯记事徐盈的《西北纪游》《烽火十城》《华北工业》。"九一八"后华北问题严重而复杂，日本人用尽种种方法使之特殊化，南京政府和地方政府却各有打算，各有梦想。国人谈华北问题，很显明，一切新闻一切理论，若不辅助以当时在《大公报》陆续发表的《长江通讯》，是不容易有个明确的印象的。作者谈军事政治部分，欢喜连叙带论。从一个专家看来，可以说多拾人牙慧，未必能把握重心。但写负责人在那一片土地上的言谈活动及社会情况，却得到极大成功。比如写百灵庙之争夺过程，写绥远、大同、张家口之社会人事，写内蒙古和关内经济关系……以及这几个区域日本人的阴谋与活动，都如给读者看一幅有声音和性格的彩色图画。这点印象是许多人所同具的。所以到抗战时期民国二十七八年左右，这些通讯结集的单行本，就经几个朋友推荐，成为西南联大国文系一年级同学课外读物。因为大家都觉得，叙事如果是习作条件之一，这本书宜有助于学习叙事。尤其是战事何时结束不可知，倘若有一天大学生必须从学校走出，各自加入军队或其他部门工作，又还保留个写杂记做通讯的兴趣时，这本书更值得做一本必读书。但结果却出人意料，同学看巴金、茅盾小说完篇的多，看《塞上行》保留深刻印象的却并不多。这本书在时间上发生了隔离作用，所说到的一切事情，年轻朋友失去了相关空气，专从文学上欣赏，便无从领会，竟似乎比其他普通游记还不如了。读朱自清的《欧游杂记》、郁达夫的《钓台的春昼》、邓以蛰的《西班牙斗牛》、徐志摩的《我所知道的康桥》，都觉得有个鲜明印象，读《塞上行》竟看不下去。在这里，让我们明白一个问题，即新闻纪事那时候和文学作品在读者印象中还是两件事。学校中人对于文学作品印象，大都是从中小学教科书的取材所范围，一面更受一堆出版物共同做成的印象所控制，新闻纪事由于文体习惯不同，配合新闻发表，能吸引读者，单独存在，当作文学作品欣赏，即失去其普遍意义，更难说永久性了。

第二种作品与前作相隔已十年，是和平前后轰动一时《延安一月》。从作品言，作者用笔谨慎而忠实，在小处字里行间隐含褒贬，让读者可以体会。他写的虽不是历史，可得要个历史家的忠正与无私。他的长处不仅值得称道，还值得取法。从读者言，这个区域的人和事，正由于与中央隔离对峙，是国内年轻人希望和忧虑的集中点，如今对国人关心诸事能一一叙述，作品成功可说是必然的。

《大公报》记者萧乾，算是中国记者从欧洲战场讨经验供给国人以消息的一人。他明白，重大事件有英美新闻处不惜工本的专电，和军事新闻影片，不用他操心。所以他写伦敦轰炸，就专写小事，如作水彩画，在设计和用色上都十分细心，使成为一幅明朗生动的速写。写英国人民在钢铁崩裂、房屋圮坍、生命存亡莫卜情景中，接收分定上各种挫折时，如何永远不失去其从容和幽默，不失去对战事好转的信心；写人性中的美德，与社会习惯所训练的责任；写对花草和猫犬的偏爱。即不幸到死亡，仿佛从死亡中也还可见出生机。这种通讯寄回中国不久，恰恰就是重庆昆明二市受日机疲劳轰炸最严重，而一切表现，也正是同盟国记者用钦佩和同情态度作报道时。看萧乾作品，更容易引起国人一种克服困难的勇气和信心。这可说是中国记者用抒情的笔，写海外战争报道配合国内需要最成功的一例。并且这只是个起点，作者作品给读者的印象更深刻的，还应当数随盟军进入欧陆的报道，完全打破了新闻的纪录。用一个诗人的笔来写经过战火焚烧后欧陆的城乡印象，才真是"特写"。虽说作品景物描绘多于事件叙事，抒情多于说理，已失去新闻叙事应有习惯，但迄今为止，我还不曾见有其他作者，能将"新闻叙事"和"文学抒情"结合得如此恰到好处，取得普遍而持久成功的。

但是从教育观点出发，来检查一下这部门作品成就时，个人却和国内许多青年读者有相同印象，对于徐盈先生近十年的贡献，表示敬意。从民国二十三年《国闻周报》时代，作者带调查性的游记见出一支笔和农村经济关联十分密切。但那时候报纸特写栏，正是"范长江时代"，注意这种有知识有见解游记的人并不多。抗战后，却载出了作者有关西南诸省及后方建设的种种报道，用区域特性作单位，由人事到土地，一一论述，写他的《西南纪游》人事禁忌多，虽畅所欲言，涉及其他问题时，又怕和对外有关，说多了或者反而会为敌伪利用。然而从教育后方年轻读者意义说来，作者一支笔实已尽了最大努力。且处处隐见批评，尤其是属于政治经济上人事弱点，和工业技术上两难，从当事方面所报道和牢骚，都能归纳于叙述中，对普通读者为鼓励，对当事方面却具建议性和批判性。作者最应受推崇的较近作品还是复员期间军调进行时写成的各篇章。

《烽火十城》和有关华北日人十年经营、国人接收一年即破坏殆尽的《华北工业》。前者写追随马歇尔飞来飞去于华北五省几个大据点上所见到的人物，所接触的人事，把握问题既准确，叙述复生动，可说是数十年来最有生命的一个叙事诗。不仅在当时有教育作用，于明日还有历史作用，文笔活泼而庄严。尤其是作者从叙述中有轻有重，所暗示政治上的失败，给读者的启发亦甚多。后一书的写作方法大不相同，多就各方面所得统计资料、报告，加以综合排比，更就个人眼目接触，来写这些工业单位前前后后如何由"存在"而"停顿"，由"有"而变"无"，在对照上更充分叙述某一方面的无知自私而贪得，形成的接收的失败，如何惨，如何无可补救！一切专门家和有良心的公民，活在这个悲剧环境中，都只有深刻痛苦和手足无措。如果"必读书"的制度还保存，除大学中学生外，还有指派地方官吏、军营将士和军校学生的可能，我想这个应当是本值得推荐的小书。因为让读者明白由于少数人只想从战争找结论，仅仅华北平津一个单位，即毁坏多少建设，影响到这个国家将来严重到什么程度！过去的事虽然已无法补救，未来是否尚可做些安排，凡事都还要看未来。不过这个作品的存在价值，与文学实不相干，虽然作者在文学创作多方面做过尝试，传记、小说、戏剧、电影剧本，都曾有成就，这个作品的好处，可说恰恰是缺少文学性却不失其永久性。虽如一个专题分析，却是用一个叙事方法引领读者进入本题。

从这四个人的工作表现，检查到新闻叙事的得失时，我们明白，即一个优秀特写作者，广泛的认识与人类的温情，都不能缺少。

理想的叙事高手，还必须有一个专门家或学者的知识，以及一个诗人一个思想家的气质，再加上点宗教徒的热情和悲悯，来从事这个工作，十年八年才可望有新而持久的记录。人才如何从学习训练来培育，以我私见，国内大学新闻系的课程，或得重新设计设计了。因为这部门的工作，从报馆主持人来说，目前还看不出比社论见出抽象价值，比广告见出具体价值。但事实上容许寄托一些更新的希望于未来。

新闻系的主持人若具远见，把"业务管理"与"持笔作文"于第三年分组，使某一组学生给予文史修养，及哲学、美术、心理、社会等等课程分量加重，学习用笔也得做个长期训练应当是值得考虑的试验。若照目前制度和方式，可不大济事，不仅浪费了许多优秀人才，且把这部门工作可寄托的希望，也浪费了。

这件事现在说来，也许像是痴人说梦，和"现实"不大调和。因为即就特写作者本身言，是乐意用一个普通新闻从业员身份来推进工作，把个人渡入政界？还是打量来用笔作桥梁，渡入思想家领域？正因为此，更让我们对一群在大学学习正在生长的后来者，为增加他们对人类服务的热忱，以及独立人格的培养、文笔有效率的应用，觉得还应当做点准备。不仅学校的课程待补充修正，即我们对于这种优秀记者的优秀成就，也得重新认识、估价，并寄托以较多希望，才是道理！

一九四八年二月

情绪的体操

先生：

　　我接到你那封极客气的信了，很感谢你。你说你是我作品唯一的读者，不错，你读得比别人精细，比别人不含糊，也比一般读者客观，我承认。但你我之间终有种距离，并不因你那点同情而缩短。你讨论散文形式同意义，虽出自你一人的感想，却代表了部分或多数读者的意见。

　　我文章并不重在骂谁讽刺谁，我缺少这种对人苛刻的兴味，那不是我的长处。我文章并不在模仿谁，我读过的每一本书上的文字我原皆可以自由使用。我文章并无何等哲学，不过是一堆习作，一种"情绪的体操"罢了。是的，这可说是一种"体操"，属于精神或情感那方面的。一种使情感"凝聚成为渊潭，平铺成为湖泊"的体操，一种"扭曲文字试验它的韧性，重摔文字试验它的硬性"的体操。你厌烦体操是不是？我知道你觉得这两个字眼儿不雅相，不斯文。它极容易使你联想到铁牛、水牛，那个人的体魄威胁了你，使你想到青年会柚木柜台里的办事人，一点乔装的谦和，还有点儿俗，有点儿对洋上司的谄媚。使你想起"美人鱼"，从相片上看来人已胖多了。……

　　可是，你不说你是一个"作家"吗？不是说"文字越来越沉，思想越来越涩"？

先生，一句话，这是你读书的过错。你的书本知识即或可以吓学生，骗学生，让人留下个博学鸿儒的印象，却不能帮助你写一个短短故事达到精纯完美。你读的书虽多，那一大堆书可并不消化，它不能营养你反而累坏了你。你害了精神上的伤食病，脑子消化不良，晒太阳、吃药都毫无益处。你缺少的就正是那个"情绪的体操"！你似乎简直就不知道这样一个名词，它的具体含义以及它对于一个作家所包含的严重意义。打量换换门径来写诗？不成。痼疾还不治好以前，你一切设想全等于白费。

你得离开书本独立来思索，冒险向深处走，向远处走。思索时你不能逃脱苦闷，可用不着过分担心，从不听说一个人会溺毙在自己思索里。你不妨学学情绪的散步，从从容容，五十米，两百米，一里，三里，慢慢地向无边际一方走去。只管向黑暗里走，那方面有的是炫目的光明。你得学"控驭感情"，才能够"运用感情"。你必须"静"，凝眸先看明白了你自己。你能够"冷"方会"热"。

文章风格的独具，你觉得古怪，觉得迷人，这就证明你在过去十年中写作方法上精力的徒费。一个作家在他作品上制造一种风格，还不是极容易事情？

你读了多少好书，书中什么不早已提到？假若这是符咒，你何尝不可以好好地学一学，自己来制作些比前人更精巧的效率特高的符咒？好在我还记起你那点"消化不良"，不然对于你这博学而无一能真会感到惊奇。你也许过分使用了你的眼睛，却太吝啬了你那其余官能。真正搞文学的人，都必须懂得"五官并用"不是一句空话！谁能否认你有个灵魂，但那是发育不全的灵魂。

你文章纵格外努力也永远是贫乏无味。你自己比别人或许更明白那点糟处，直到你自己能够鼓足勇气，来在一个陌生人面前承认，请想想，这病已经到了什么样一种情形！

一个习惯于情绪体操的作者，服侍文字必觉得比服侍女人还容易得多。因为文字是一个一个待你自己选择的，能服从你自己的"意志"，只要你真有意志。你的事恰恰同我朋友××一样：你爱上艺术他却倾心于一个女人，皆愿意把自己故事安排得十分合理，十分动人，皆想接近那个"神"，皆自觉行为十分庄严，其实却处处充满了呆气。我那朋友到后来终于很愚蠢地自杀了，用死证实了他自己的无能。你并不自杀，只因为你的失败同失恋在习惯上是两件事。你说你很苦闷，我知道你的苦闷。给你很多的同情可不合理，世界上像你这种人太多了。

你问我关于写作的意见，属于方法与技术上的意见，我可说的还是劝你学习学习一点"情绪的体操"，让它们把你十年来所读的书在各种用笔过程中消化消化，把你十年来所见的人事在温习中也消化消化。你不妨试试看。把日子稍稍拉长一点，把心放静一点，三年五年维持下去，到你能随意调用字典上的文字，自由创作一切哀乐故事时，你的作品就美了，深了，而且文字也有热有光了。你不用害怕空虚，事实上使你充实、结实还靠的是你个人能够不怕人事上"一切"，不怕幼稚荒诞的诋毁批评或权威的指摘。你不妨为任何生活现象所感动，却不许被那个现象激发你到失去理性，你不妨挥霍文字，浪费辞藻，却不许自己为那些华丽壮美文字脸红心跳。你写不下去，是不是？照你那方法自然无可写的。你得习惯于应用一切官觉，就因为写文章原不单靠一只手。你是不是尽嗅觉尽了他应尽的义务，在当铺朝奉以及公寓伙计两种人身上，也有兴趣辨别得出他们那各不相同的味儿？你是不是睡过五十种床，且曾经温习过那些床铺的好坏？你是不是……

你嫌中国文字不够用不合用。别那么说。许多人都用这句话遮掩自己的无能。你把一部字典每一页都翻过了吗？很显然的，同旁人一样，你并不做过这件傻事。你想造新字，描绘你那新的感觉，这只像是一个病人欺骗自己的话语。跛了脚，不能走动时，每每告人正在设计制造一对翅膀轻举高飞。这是不切事实的胡说，这是梦境。第一你并没有那个新感觉，第二你造不出什么新符咒。放老实点，切切实实治一治你那个肯读书却被书籍壅塞了脑子压断了神经的毛病！不拿笔时你能"想"，不能想时你得"看"，笔在手上时你可以放手"写"，如此一来，你的大作将慢慢活泼起来了，放光了。到那个时节，你将明白中国文字并不如一般人说的那么无用。你不必用那个盾牌掩护自己了。你知道你所过目的每一本书上面的好处，记忆它，应用它，皆极从容方便，你也知道风格特出、故事调度皆太容易了。

你试来做两年看看。若有耐心还不妨日子更多一点。不要觉得这份日子太长远！我说的还只是一个学习理发小子满师的年限。你做的事难道应当比学理发日子还短些？我问你。

抽象的抒情 ①

照我思索，能理解"我"。

照我思索，可认识"人"。

生命在发展中，变化是常态，矛盾是常态，毁灭是常态。生命本身不能凝固，凝固即近于死亡或真正死亡。唯转化为文字，为形象，为音符，为节奏，可望将生命某一种形式、某一种状态，凝固下来，形成生命另外一种存在和延续，通过长长的时间，通过遥遥的空间，让另外一时另一地生存的人，彼此生命流注，无有阻隔。文学艺术的可贵在此。文学艺术的形成，本身也可说即充满了一种生命延长扩大的愿望。至少人类数千年来，这种挣扎方式已经成为一种习惯，得到认可。凡是人类对于生命青春的颂歌，向上的理想，追求生活完美的努力，以及一切文化出于劳动的认识、种种意识形态，通过各种材料、各种形式产生创造的东西，都在社会发展（同时也是人类生命发展）过程中，得到认可、证实，甚至于得到鼓舞。

因此，凡是有健康生命所在处，和求个体及群体生存一样，都必然有伟大文学艺术产生存在，反映生命的发展、变化、矛盾，

---

① 这是一篇沈从文未写完的遗作。根据沈从文来往书信，本文可能在 1961 年 7 月至 8 月初写于青岛，也可能是 8 月回京后所作。

以及无可奈何的毁灭（对这种成熟良好生命毁灭的不屈、感慨或分析）。文学艺术本身也因之不断地在发展、变化、矛盾和毁灭。但是也必然有人的想象以内或想象以外的新生，也即是艺术家生命愿望最基本的希望，或下意识的追求。而且这个影响，并不是特殊的，也是常态的。其中当然也会包括一种迷信成分，或近于迷信习惯，使后来者受到它的约束。正犹如近代科学家还相信宗教，一面是星际航行已接近事实，一面世界上还有人深信上帝造物，近代智慧和原始愚昧，彼此共存于一体中，各不相犯，矛盾统一，契合无间。因此两千年前文学艺术形成的种种观念，或部分，或全部在支配我们的个人的哀乐爱恶情感，事不足奇。约束限制或鼓舞刺激到某一民族的发展，也是常有的。正因为这样，也必然会产生否认反抗这个势力的一种努力，或从文学艺术形式上做种种挣扎，或从其他方面强力制约，要求文学艺术为之服务。前者最明显处即现代腐朽资产阶级的无目的无一定界限的文学艺术。其中又大有分别，文学多重在对于传统道德观念或文字结构的反叛。艺术则重在形式结构和给人影响的习惯有所破坏。

特别是艺术最为突出，是变态，也是常态。从传统言，是变态。从反映社会复杂性和其他物质新形态而言，是常态。不过尽管这样，我们还是有如下事实，可以证明生命流转如水的可爱处，即在百丈高楼一切现代化的某一间小小房子里，还有人读荷马或庄子，得到极大的快乐，极多的启发，甚至于不易设想的影响。又或者从古埃及一个小小雕刻品印象，取得他——假定他是一个现代大建筑家——所需要的新的建筑装饰的灵感。他有意寻觅或无心发现，我们不必计较，受影响得启发却是事实。由此即可证明艺术不朽，艺术永生。有一条件值得记住，必须是有其可以不朽和永生的某种成就。自然这里也有种种的偶然，并不是什么一切好的都可以不朽和永生。事实上倒是有更多的无比伟大美好的东西，在无情时间中终于毁了，埋葬了，或被人遗忘了。只偶然有极小一部分，因种种偶然条件而保存下来，发生作用。不过不管是如何的稀少，却依旧能证明艺术不朽和永生。这里既不是特别重古轻今，以为古典艺术均属珠玉，也不是特别鼓励现代艺术完全脱离现实，以为当前没有观众，千百年后还必然会起巨大作用。只是说历史上有这么一种情形，有些文学艺术不朽的事实。甚至于不管留下的如何少，比如某一大雕刻家，一生中曾做过千百件当时辉煌全世界的雕刻，留下的不过一个小小塑像的残余部分，却依旧可反映出这人生命的坚实、伟大和美好，无形中鼓舞了人克服一切困难挫折，完成他个人的生命。这是一件事。

另一件是文学艺术既然能够对社会对人发生如此长远巨大影响，有意识把它拿来、争夺来，就能为新的社会观念服务。新的文学艺术，于是必然在新的社会——或政治目的制约要求中发展，且不断变化。必须完全肯定承认新的社会早晚不同的要求，才可望得到正常发展。这就是社会主义制度下对文学艺术的要求。事实上也是人类社会由原始到封建末期、资本主义烂熟期，任何一时代都这么要求的。不过不同处是更新的要求却十分鲜明，于是也不免严肃到不易习惯情形。政治目的虽明确不变，政治形势、手段却时时刻刻在变，文学艺术因之创作基本方法和完成手续，也和传统大有不同，甚至于可说完全不同。作者必须完全肯定承认，作品只不过是集体观念某一时某种适当反映，才能完成任务，才能毫不难受地在短短不同时间中，有可能在政治反复中，接受两种或多种不同任务。艺术中千百年来的以个体为中心的追求完整、追求永恒的某种创造热情，某种创造基本动力，某种不大现实的狂妄理想（唯我为主的艺术家情感）被摧毁了。新的代替而来的是一种也极其尊大也十分自卑的混合情绪，来产生政治目的及政治家兴趣能接受的作品。这里有困难是十分显明的。矛盾在本身中即存在，不易克服。有时甚至于一个大艺术家、一个大政治家，也无从为力。

　　他要求人必须这么做，他自己却不能这么做，做来也并不能令自己满意。现实情形即道理他明白，他懂，他肯定承认，从实践出发的作品可写不出。在政治行为中，在生活上，在一般工作里，他完成了他所认识的或信仰的，在写作上，他有困难处。因此不外两种情形，他不写，他胡写。不写或少写倒居多数。胡写则也有人，不过较少。因为胡写也需要一种应变才能，作伪不来。这才能分两种来源：一是"无所谓"的随波逐流态度，一是真正的改造自我完成。截然分别开来不大容易。居多倒是混合情绪。总之，写出来了，不容易。伟大处在此。作品已无所谓真正伟大与否。适时即伟大。伟大意义在文学艺术作品中已有了根本改变。这倒极有利于促进新陈代谢，也不可免有些浪费。总之，这一件事是在进行中。一切向前了。一切真正在向前。更正确些或者应当说一切在正常发展。社会既有目的，六亿五千万人的努力既有目的，全世界还有更多的人既有一个新的共同目的，文学艺术为追求此目的、完成此目的而努力，是自然而且必要的。尽管还有许多人不大理解，难以适应，但是它的发展还无疑得承认是必然的、正常的。

　　问题不在这里，不在承认或否认。否认是无意义的、不可能的。否认情绪绝不能产生什么伟大作品。问题在承认以后，如何创造作品。这就不是现有理论能济事了，也不是什么单纯社会物质鼓舞刺激即可得到极大效果。想把它简化，以为只是个"思想改造"问题，也必然落空。即补充说出思想改造是个复杂长期的工作，还是简化了这个问题。不改造吧，斗争，还是会落空。因为许多有用力量反而从这个斗争中全浪费了。许多本来能做正常运转的机器，只要适当擦擦油，适当照料保管，善于使用，即可望好好继续生产的——停顿了。有的是不是个"情绪"问题？是情绪使用方法问题？这里如还容许一个有经验的作家来说明自己问题的可能时，他会说是"情绪"，也不完全是"情绪"。不过情绪这两个字含意应当是古典的，和目下习惯使用含意略有不同。一个真正的唯物主义者，会懂得这一点。正如同一个现代科学家懂得稀有元素一样，明白它蕴蓄的力量，用不同方法，解放出那个力量，力量即出来为人类社会生活服务。不懂它，只希望元素自己解放或改造，或者责备它是"顽石不灵"，都只能形成一种结果：消耗、浪费、脱节。有些"斗争"是由此而来的。结果只是加强消耗和浪费。必须从另一较高视野看出这个脱节情况，不经济、不现实、不宜于社会整个发展，反而有利于"敌人"时，才会变变。也即是古人说的"穷则通，通则变"。

　　如何变？我们实需要视野更广阔一点的理论，需要更具体一些安排措施。真正的文学艺术丰收基础在这里。对于衰老了的生命，希望即或已不大。对于更多的新生少壮的生命，如何使之健康发育成长，还是值得研究。且不妨做种种不同试验。要客观一些。必须明白让一切不同品种的果木长得一样高，结出果子一种味道，没有必要，也不可能，放弃了这种不客观不现实的打算。必须明白机器不同性能，才能发挥机器性能。必须更深刻一些明白生命，才可望更有效地使用生命。文学艺术创造的工艺过程，有它的一般性，能用社会强大力量控制，甚至于到另一时能用电子计算机产生（音乐可能最先出现），也有它的特殊性，不适宜用同一方法，更不是"揠苗助长"方法所能完成。事实上社会生产发展比较健全时，也没有必要这样做。听其过分轻浮，固然会消极影响到社会生活的健康，可是过度严肃的要求，有时甚至于在字里行间要求一个政治家也做不到的谨慎严肃。尽管社会本身，还正由于政治约束失灵形成普遍堕落，即在艺术若干部门中，也还正在封建意识毒素中散发其恶臭，唯独在文学作品中却过分加重他的社会影响、教育责任，而忽略他的娱乐效果（特别是对于一个小说作家的这种要求）。过分加重他的道德观念责任，而忽略产生创造一个文学作品的必不可少的情感动力。因之每一个作者写他的作品时，首先想到的是政治效果、教育效果、道德效果。更重要有时还是某种少数特权人物或多数人文中重点线，是专案人员用红笔留在原稿上的痕迹。下同。"能懂爱听"的阿谀效果。他乐意这么做，他完了。他不乐意，也完了。前者他实在不容易写出有独创性独创艺术风格的作品，后者他写不下去，同样，他消失了，或把生命消失于一般化，或什么也写不出。他即或不是个懒人，还是作成一个懒人的结局。他即或敢想敢干，不可能想出什么干出什么。这不能怪客观环境，还应当怪他自己。因为话说回来，还是"思想"有问题，在创作方法上不易适应环境要求。即"能"写，他还是可说"不会"写。难得有用的生命，难得有用的社会条件，难得有用的机会，只能白白看着错过。这也就是有些人在另外一种工作上，表现得还不太坏，然而在他真正希望终身从事的业务上，他把生命浪费了。真可谓"辜负明时盛世"。然而他无可奈何。不怪外在环境，只怪自己，因为内外种种制约，他只有完事。他挣扎，却无济于事。他着急，除了自己无可奈何，不会影响任何一方面。他的存在太渺小了，一切必服从于一个大的存在、发展。凡有利于这一点的，即活得有意义些，无助于这一点的，虽存在，无多意义。他明白个人的渺小，还比较对头。他妄自尊大，如还妄想以为能用文字创造经典，又或以为即或不能创造当代经典，也还可以写出一点如过去人写过的，如像《史记》，三曹诗，陶、杜、白诗，苏东坡词，曹雪芹小说，实在更无根基。时代已不同。他又幸又不幸，是恰恰生在这个人类历史变动最大的时代，而又恰恰生在这一个点上，是个需要信仰单纯、行为一致的时代。

在某一时历史情况下，有个奇特现象：有权力的十分畏惧"不同于己"的思想。因为这种种不同于己的思想，都能影响到他的权力的继续占有，或用来得到权力的另一思想发展。有思想的却必须服从于一定权力之下，或妥协于权力，或甚至于放弃思想，才可望存在。如把一切本来属于情感，可用种种不同方式吸收转化的方法去尽，一例都归纳到政治意识上去，结果必然问题就相当麻烦，因为必不可免将人简化成为敌与友。有时候甚至于会发展到和我相熟即友，和我陌生即敌。这和社会事实是不符合的。人与人的关系简单化了，必然会形成一种不健康的隔阂、猜忌、消耗。事实上社会进步到一定程度，必然发展是分工。也就是分散思想到各种具体研究工作、生产工作以及有创造性的尖端发明和结构宏伟包容万象的文学艺术中去。只要求为国家总的方向服务，不勉强要求为形式上的或名词上的一律。让生命从各个方面充分吸收世界文化成就的营养，也能从新的创造上丰富世界文化成就的内容。让一切创造力得到正常的不同的发展和应用。让各种新的成就彼此促进和融和，形成国家更大的向前动力。让人和人之间相处得更合理。让人不再用个人权力或集体权力压迫其他不同情感观念反映方法。这是必然的。社会发展到一定进步时，会有这种情形产生的。但是目前可不是时候。什么时候？大致是政权完全稳定，社会生产又发展到多数人都觉得知识重于权力，追求知识比权力更迫切专注，支配整个国家，也是征服自然的知识，不再是支配人的权力时。我们会不会有这一天？应当有的。因为国家基本目的，就正是追求这种终极高尚理想的实现。有旧的一切意识形态的阻碍存在，权力才形成种种。主要阻碍是外在的，但是也还不可免有的来自本身。一种对人不全面的估计，一种对事不明确的估计，一种对"思想"影响二字不同角度的估计，一种对知识分子缺少□□①的估计。十分用心，却难得其中。本来不太麻烦的问题，做来却成为麻烦。认为权力重要又总担心思想起作用。

事实上如把知识分子见于文字、形于语言的一部分表现，当作一种"抒情"看待，问题就简单多了。因为其实本质不过是一

---

① 原稿如此，原稿缺二字。

种抒情。特别是对生产对斗争知识并不多的知识分子，说什么写什么差不多都像是即景抒情，如为人既少权势野心又少荣誉野心的"书呆子"式知识分子，这种抒情气氛，从生理学或心理学说来，也是一种自我调整，和梦呓差不多少，对外实起不了什么作用的。随同年纪不同，差不多在每一个阶段都必不可免有些压积情绪待排泄，待疏理。从国家来说，也可以注意利用，转移到某方面，因为尽管是情绪，也依旧可说是种物质力量。但是也可以不理，明白这是社会过渡期必然的产物，或明白这是一种最通常现象，也就过去了。因为说转化，工作也并不简单，特别是一种硬性的方式，性格较脆弱的只能形成一种消沉，对国家不经济。世故一些的则发展而成阿谀。阿谀之有害于个人，则如城北徐公故事，无益于人。阿谀之有害于国事，则更明显易见。古称"千人诺诺，不如一士谔谔"。诺诺者日有增，而谔谔者日有减，有些事不可免做不好，走不通。好的措施也有时变坏了。

　　一切事物形成有它的历史原因和物质背景，目前种种问题现象，也必然有个原因背景。这里包括半世纪的社会变动，上千万人的死亡，几亿人的生活方式和生活愿望的基本变化，而且还和整个世界的问题密切相关。从这里看，就会看出许多事情的"必然"。观念计划在支配一切，于是有时支配到不必要支配的方面，转而增加了些麻烦。控制益紧，不免生气转促。淮南子早即说过，恐怖使人心发狂，《内经》有忧能伤心记载，又曾子有"蓬生麻中，不扶自直，白沙在涅，与之俱黑"语。周初反商政，汉初重黄老，同是历史家所承认在发展生产方面努力，而且得到一定成果。时代已不同，人还不大变。……伟大文学艺术影响人，总是引起爱和崇敬感情，决不使人恐惧忧虑。古代文学艺术足以称为人类共同文化财富也在于此。事实上，在旧戏里我们认为百花齐放的原因得到较多发现较好收成的问题，也可望从小说中得到，或者还更多得到积极效果，我们却不知为什么那么怕它。旧戏中充满封建迷信意识，极少有人担心他会中毒。旧小说也这样，但是却不免会要影响到一些人的新作品的内容和风格。近三十年的小说，却在青年读者中已十分陌生，甚至于在新的作家心目中也十分陌生。

霉斋
闲话

第
三
辑

甲辰闲话一

　　我预备在我活着的日子里，写下几个小说，从三十岁起始到五十岁止，这二十年内条件许可当把它继续完成，我将用下述各样名字，作为我每个作品的题名。

　　一、黄河，写黄河两岸北方民族与这一条肮脏肥沃河流所影响到的一切。

　　二、长江，写长江中部以及上下游的革命纠纷。

　　三、长城，写边地。

　　四、上海，写工人与市侩对立的生活。

　　五、北京，以北京为背景的历史的社会的综集。

　　六、父亲，纪念我伟大抱负的爸爸。

　　七、母亲，纪念我饱经忧患的妈妈。

　　八、我，记述我从小到大的一切。

　　九、她，写一切在我生活中对我有过深刻影响的女人。

　　十、故乡，故乡的民族性与风俗及特殊组织。

　　十一、朋友，我的债主和我的朋友，如何使我生活。（这是我最不应该忘却的一本书。）但是，看看这一篇生活的账目，使我有点忧郁起来了。我已经写了许多文章，还要写那么些文章，我到后是不是死在路边还得请朋友去赊一具棺材？同时我在什么时候死去，是不是将因为饥饿或同饥饿差不多的原因？我曾答应过一个在北京协和医科大学学医的朋友，在我死后把尸身赠给他，许可意随他处置，我是不是到那时还能好好地躺在北京一个公寓里或协和的地下室咽那最后的一口气？想到这些，我又觉得我最相宜的去处，倒是另外一个事业了。

我最欢喜两件事情，一种是属于"文"的，就是令我坐在北京琉璃厂的一个刻字铺里，手指头笼上一个皮套儿，用刀按在硬木上刻宋体字，因为我的手法较敏捷活泼，常常受掌柜的奖励，同时我又眼见到另一个同伴，脸上肮脏，把舌子常常叼在嘴角上，也在那里刻字。我常常被奖励，这小子却常常得到掌柜大而多毛的巴掌。还有我们做手艺是在有白白的太阳的窗下做的。我仿佛觉得那些地方是我最相宜的地方，同时是我最适当的事业。另外我还想到一种属于"武"的生活，上海民国路有些小弄子里，有些旧式的铜匠铺，常常有几个全个身上脸上黑黢黢的小子，嘴唇皮极厚，眼睛极小，抿着嘴巴，翻动白眼，伸出瘦瘦的胳膊，蹲身在鹤嘴口旁捶打铜片，或者拿着铜杆儿，站立在镀镍的转轮边，一条长长的污浊的皮带，从屋梁上搭下来，带着钢轮飞动，各处是混杂的声音，各处是火花。这些地方也一定能做我灵魂的住宅。

如今这两种生活都只能增加我的羡慕，他们的从容，在我印象中，正如许多美丽女子的影子在许多年轻多情的男子的头脑中，保留着不能消失，同时这印象却苦恼到灵魂的。

我的文章，是羡慕这些平凡，为人生百事所动摇，为小到这类职业也非常的倾心才写出的。记得在上海时，有一个不认识的人，给了我一个信，说是十分欢喜我也同情我作品，要约我见一次面。我自然得答应，把回信寄去，不久这个朋友就来了。来时出我意外的,还带了他一个风致楚楚的太太来。我的住处楼下是一个馆子,自然在方便中我就请他们喝汤吃菜。(这太太的美貌年轻,想起来很有点使我生气。)两夫妇即刻同我那么熟悉,我还不大明白这个理由,便是我文章做成了这友谊。到后他们要我带他们到一个最有趣的地方去玩,我记起了爱多亚路萨坡赛路口一个铜作铺的皮带同转轮同那一群脏人了,就带着这年轻夫妇到那里去,站到门外看了半天。第二天,这朋友夫妇以为我"古怪有趣",又来我住处。这一次我可被他们拉到另外一个好地方吃喝去了。回家时,我红着脸说,我不习惯那个派头,我不习惯在许多体面男人女人面前散步或吃喝。他们更以为我"古怪有趣"。我们的友谊,到现在还保持得很好,上面那些话,这朋友见到,他是不会生气的。不过我的兴味同社会上层的人就距离得那么远,我的忧郁,什么人会知道?

一九三一年六月十日作

甲辰闲话二

我的疑心病到近来真已无药可以医治了。让我做一个比喻，一只被人打过一次的狐狸，平生仅只被人打过一次，从此对于人自然就不大放心了的。尤其是对于那些仿佛很有一点不同气概的人，它总愿意同他远一点。我许多地方都好像一只狐。过去生活并不止打过我一次，所以我把享受别人的友谊同尊敬的权利完全失去了。不要笑我，这事已够悲惨了的。

有一个听人说了差不多十年的"聪明体面"人，我因别的一个机会见了，那时心里想，这可太幸福了，因为许多拜佛的人，是以见到一次他所信仰的佛为荣幸的。往年活佛到北京时，许多蒙古人倾家来见一次活佛，到回去时连路费也没有，但他们还很快乐。宗教的倾心，其中原包含一种奴性的皈依，我对于好些女人差不多也是如此。可是人家一开口就说我的文章，我在卑微里放光的灵魂，即刻为这出于意外的事感到不幸了。我疑心人家是特意来制造一套精致的废话，来娱乐我这寂寞寡欢的人。我能比任何人还善于体会别人的友谊，但我照例还要疑心别人对我所说的是一种废话（凡是说到文章的，我都认为是废话）。这小丑人格，原同我外表不十分相合，所以别人照例也绝不知道我如何怀着无用可怜的心情，希望人家不用这样太虐待我的。别人坦白的言语，窘我到只想躲避生人，同时也就使我同一些熟人永远不能相熟，这狐狸兽类性格的形成，容我去分析，结果我便看到了另外一种生活，十分觉得可哀。习惯于穴居独处的理由，除了我自己能明白，此外是没有可希望了的。

又如最近我到过一个人家去，这人是我六年前便同他一个弟兄非常熟识的。机会自然仍得谈到文章，我一面勉强吃喝，一面就只想逃走，总觉得这不过一种圈套，有意抛过来便落在头上。若不同我说到这些事，我还一切自由，毫无拘束，一开口，即由于这"友谊"成为"灾难"，当前的景况，全觉得不容易支持了。

这些人，正如其他许多人一样，料不到我是那么一个无福气享受别人友谊同尊敬，性格的病态会到这样子的。

还有某女作家，一见我，就问我上海的青红帮同什么名女人的最新事情。我说这个我可不大注意，因为凡属于这些，一定得订许多小报，才够资格谈的，我平时看报，很疏忽这一项。我虽然申明我对于这一类知识并不渊博，但这女作家大有除此便无话可说的神气。回来时，我便同我的朋友说："我今天非常难受，因为被人当作怪人，许多话不谈，就只同我谈这一类无聊的话。这显然是她以为我只可以谈这类问题的。"

朋友听到我的牢骚，只能干笑，他告我许多人就只能谈这一类话，同时仿佛锦心绣口的人，更对于这件事感到趣味。

这女作家的性格，许多人都证明过了，我还是很不快乐。别人天生的兴味，也能带给我一些苦恼，这也是我愿意同人离远一点的理由。

不过倘若我并不常常把自己看得太小，同时又不把别人看得太大，我不是就随时随地都可以从另一方面得到神清气爽的机会了吗？

　　一只鸡，小时候常被盘旋空中的鹰所恐吓，到长大后，看到凡在空中飞的鸟，总以为那是鹰了，就非常地害怕。其实在天空里飞的老鸹，身重最多不过六两，所吃的只是小虫，所梦的只是小虫，这老鸹，即或知道鸡怕它，也仍然只能吃小虫梦小虫的。这寓言，似乎在什么书上见过一次。若不是在书上，那就一定是在一个人的客厅里依稀读过了。

一九三一年七月

窄而霉斋闲话

中国诗歌趣味，是带着一个类乎宗教的倾心，可以用海舶运输而流行的。故民国十九年时代，中国虽一切还是古旧的中国，中国的新诗，便有了机械动力的声音。这声音，遥遥来自远处，如一袭新衣样子，因其崭新，而装饰于诗人想象中，极其流行。因此唯美的诗人，以憔悴的眼睛，盼望太平洋另一端连云高楼，写着文明的都市的赞美诗；普罗诗人，也以憔悴的眼睛，盼望到西伯利亚荒原的尽头，写着锻铁厂、船坞以及其他事物倾心的诗。瞩目远景，幻想天国，诗人的从容权利，古今原无二致。然而数数稍前一时的式样，仅使人对那业已为人忘却的"人生文学"，倍增感慨了。

"京样"的"人生文学"，提倡自于北京，而支配过一时节国内诗歌的兴味，诗人以一个绅士或荡子的闲暇心情，窥觑宽泛的地上人事，平庸、愚鲁、狡猾、自私，一切现象使诗人生悲悯的心，写出对不公平的抗议，虽文字翻新，形式不同，然而基本的人道观念，以及抗议所取的手段，仍俨然是一千年来的老派头，所以老杜的诗歌，在精神上当时还为诸诗人崇拜取法的诗歌。但当前诸人，信心坚固，愿力宏伟，弃绝辞藻，力取朴质，故人生文学这名词却使人联想到一个光明的希望。这人生文学，式样古拙，旋即消灭，除了当时的多数学生，以及现时的少数中学教员，能记忆某某名句出自某某外，在目前，已找不出什么痕迹存在了。

京样的人生文学结束在海派的浪漫文学兴起以后，一个谈近十年来文学之发展的情况的人，是不至于有所否认的。人生文学的不能壮实耐久，一面是创造社的兴起，也一面是由于人生文学提倡者同时即是"趣味主义"讲究者。趣味主义的拥护，几乎成为文学见解的正宗，看看名人杂感集数量之多，以及稍前几个作家诙谐讽刺作品的流行，即可明白。讽刺与诙谐，在原则上说来，当初原不悖于人生文学，但这趣味使人生文学不能端重，失去严肃，琐碎小巧，转入泥里，从此这名词也渐渐为人忘掉了。

上面提及人生文学的没落，所据虽多在诗歌以外，然而诗歌的人生文学，却以同一意义而"不"人生文学的。

"京样"不能流行以后，海上趣味也使人厌倦，诗歌的方面，用最世俗的形容，应当穿上"洋服"才美观的时代就到了。我要学上海商人的口吻，不避采用更富市侩气的名词，"来路货"，在诗歌方面，有一种新的价值，这是我们全无力量去做否认的。格律废弃既为当然的事实，商籁体①的分行，我们若不明白，便不足欣赏新诗，无资格评论新诗。在形式方面，自由诗人多数是那么守着新的法令才似乎配说"写诗"的。

在内涵方面，一个诗人若不拘束他的情绪到前述两个极远的国度趣味里去，也仿佛不能写出一首"好"诗。目前的新诗，标

---

① 商籁体：商籁体意大利文为 Sonetto，为英文、法文 Sonnet 的音译，又名十四行诗，是欧洲一种格律严格的抒情诗体，闻一多、孙大雨等较早尝试这种诗体的创作。

尺既悬于这两类作家手中，若不读诗，那你还是一个自由的人，真可羡慕，若对于诗还不缺少兴味，你的兴味便不许你再有自由了。这种现象我觉得并不是好现象。

新的趣味除了用更新的趣味来代替以外，菲薄并不能动摇事实，所以我们只能等待。看看过去，未来的也就应当可以知道了。不过一个正在学诗的人，若尽随波逐流，也就未免太苦。还有一个读者，处到这种情形下，为了习惯一年一换的趣味，他的头脑也一定如一个中华民国的公民，在当年政治局面变动情形下，永远是个糊涂的人，这现象真是很可怜的。

有人说，"诗人"是特殊的一种人类，他可以想象世界比你们所见到的更"美"或更"丑"，所以他的作品假若不超越一种卑俗的估价，他就不是一个有希望的诗人。同时他今天可以想那样是对的，明天又想那样全不对，唯独诗人有这个权利。"让这些天才存在。"我说，"就让他们这样存在吧。"

我说，另外我们如果还有机会，让我们再来奖励那种平凡诗人的产生。这平凡诗人不妨如一个商人，讲究他作品的"效率"，讲究他作品的"适用"，一种商品常常也不免相伴到一个道德的努力，一首诗我们不妨也如此找寻它的结论。重新把"人生文学"这个名字叫出来，却应忘记使人生文学软弱的诙谐刻薄趣味。莫严肃到文字形体的规则里，却想法使文学是"用具"不是"玩具"。诗人扩大了他的情感，使作品变成用具，在普罗作家的有些作品里，却找寻得出那些成功因果的。

说到这里自然我有一点混乱了。因为一个古怪的诗人，也许就比一个平凡谐俗的诗人，更适宜于在作品上保留一个最高道德的企图。不过我们已经见到过许多仿佛很古怪的诗人，却不见到一个平凡谐俗的诗人，所以我想象一个"不存在"的比一个"已存在"的会好一点。其实已存在的比未产生的更值得我们注意和希望，那也是当然的。他们都可以成功，伴着他们成功的，是他们的"诚实"。在他们自己所选定的方向上，自己若先就缺少信心，他们"玩"着文学，文学也自然变成玩具，出现"大家玩玩"的现象了。

现在应当怎样使大家不再"玩"文学，所以凡是与"白相文学态度"相反而向前的，都值得我们十分注意。文学的功利主义已成为一句拖文学到卑俗里的言语，不过，这功利若指的是可以使我们软弱的变成健康，坏的变好，不美的变美，就让我们从事文学的人，全在这样同清高相反的情形下努力，学用行商的眼注意这社会，较之在迷糊里唱唱迷人的情歌，功利也仍然还有些功利的好处。

说到这里我仿佛看到我所熟识的诗人全笑了，因为他们要说："对不起，你这个外行，你懂十四行应当怎么分行押韵没有？你不是在另外一个时节，称赞过我们的新诗了吗？你说我们很美，应当怎样更美，即或说的是外行话，也不会相差太远。但你若希望我们美以外还有别的，你这外行纵说得十分动听，还是毫无用处的。"

我想，那么，当真莫再分辩了，我们让这个希望由创作小说来实现吧。事实上这里的责任，诗人原是不大适宜于担任的。一个唯美诗人，能懂得美就很不容易了。一个进步的诗人，能使用简单的文字，画出一些欲望的轮廓，也就很费事了。我们应当等候带着一点儿稚气或痴处的作家出来做这件事。上海目下的作家，虽然没有了北京绅士自得其乐的味儿，却太富于上海商人沾沾自喜的习气，去呆头呆脑地干，都相差很远。我想，从另外一方面去找寻，从另外一方面去期待，会有人愿意在那个并不时髦的主张上努力，却同时能在那种较寂寞的工作上维持他的信心的。

应当有那么一批人，注重文学的功利主义，却并不混合到商人市侩赚钱蚀本的纠纷里去。

给一个写诗的

××:

你寄来的诗都见到了，在修辞方面稍稍有些不统一处，但并不妨碍那些好处。你的笔写散文似乎比诗方便适宜点。因为诗有两种方法写下去：一是平淡，一是华丽。或在思想上有幻美光影，或在文字上平妥匀称，但同时多少皆得保留到一点传统形式，才有一种给人领会的便利。文学革命意义，并不是"全部推翻"，大半是"去陈就新"。形式中有些属于音律的，在还没有勇气彻底否认中国旧诗的存在以前，那些东西是你值得去注意一下的。"自由"在一个作者观念上，与"漫无限制"稍不相同。胡乱写一点感想，不能算诗，思想混杂信手挥洒写来更不成诗。一个感情丰富的人，可以写诗却并不一定写好诗。好诗同你说的那种天才并无关系，却极与生活的体念和功夫有关系。因为要组织，文字在一种组织上才会有光有色。你莫随便写诗，诗不能随便写。应当节制精力，蓄养锐气，谨慎认真地写。

我说的话希望并不把你写诗的锐气和豪兴挫去，却能帮助你写它时细心一点。单是文字同思想，不加雕琢同配置，正如其他材料一样，不能成为艺术，你是很明白的。要选择材料，处置它到恰当处，古人说的"推""敲"那种耐烦究讨，永远可以师法。金刚石虽是极值钱的东西，却要一个好匠人才磨出它的宝光来，石头虽是不值钱的东西，也可以由艺术家手上产生无价之宝。一切艺术价值的形成，不是单纯的"材料"，完全在你对于那材料使用的思想与气力。把写诗当成比写创作小说容易的，以为写诗同写杂感一样自由的，都不容易攀到艺术的高处去。因为尽有些路看来很近走去却很远的，缺少耐心永远走不到头。

你的创作小说同你的诗有同样微疵，想找出个共同的毛病，我说它写作时似乎都太"热情"了一点。这种热情除了使自己头晕以外，没有一点好处可以使你作品高于一切作品。在男女事上热情过分的人，除了自己全身发烧做出一些很孩子气可笑的行为外，并不会使女人得到什么，也不能得到女人什么。那些写得出充满了热情的作品的人，都并不是自己头晕的人。我同你说说笑话，这世上尽有许多人本身是西门庆，写《金瓶梅》的或许是一个和女性无缘纠缠的孤老。世上有无数人成天同一个女人搂抱在一处，他们并不能说到女人什么。

某君也许从来没有看到过一个光身子女人，他却写了许多由你们看来仿佛就像经历过的荒唐行为。一个作家必须使思想澄清，观察一切体会一切方不至于十分差误。他要"生活"，那只是要"懂"生活，不是单纯的生活。他需要有个脑子，单是脊髓可不成。更值得注意处，是应当极力避去文字表面的热情。我的意见不是反对作品热情，我想告给你的是，你自己写作时用不着多大兴奋。神圣伟大的悲哀不一定有一摊血、一把眼泪，一个聪明作家写人类痛苦或许是用微笑表现的。

许多较年轻的朋友，写作时全不能节制自己的牢骚，失败是很自然的。那么办，容易从写作上得到一种感情排泄的痛快（恰恰同你这样廿二岁的青年，接近一个女孩子时能够得到精力排泄的痛快一样），成功只在自己这一面，作品与读者对面时，却失败了。

给一个写小说的

××：

　　前一时因有事不能来光华看热闹，要你等候，真对不起。文章能多写也极好，在目前中国，作者中有好文章总不患无出路的。许多地方都刊登新作品，虽各刊物主持人各有兴味，嗜好多有不同，有些刊物有政治作用，更不得不拉名人，对新作家似乎比较疏忽。很可喜的是近来刊物多，若果作者有文章不太坏，此处不行别一处还可想法。也有各处碰壁终于仍无法可想的，也有一试即着的，大致新作品若无勇气去"承受失败"，也就难于"得到成功"，因近来几个"成功"者，在过去一时，也是"失败"的过来人。

　　依我看，目前情形真比过去值得乐观多了，因做编辑的人皆有看作品的从容和虚心，好编辑并不缺少，故埋没好作品的可说实在很少。不过初写时希望太大，且太疏忽了稍前一点的人如何开辟了这一块地，所用过的是如何代价，一遭失败，便尔灰心，似乎非常可惜。譬如××，心太急，有机会可以把文章解决，也许反而使自己写作受了限制，无法进步了。把"生活"同"工作"连在一处，最容易毁坏创作成就。我羡慕那些生活比较从容的朋友。我意思是，一个作家若"勇于写作"而"怯于发表"，也是自己看重自己的方法，这方法似乎还值得你注意。把创作欲望维持到发表上，太容易疏忽了一个作品其所以成为好作品的理由，也太容易疏忽了一个作者其所以成为好作者的理由。小有成功的愿望，拘束了自己，文章就最难写好。他"成功"了，同时他也就真正"失败"了。

作品寄去又退还，这是极平常的事，我希望你明白这些灾难并不是新作家独有的灾难，所谓老作家无一不是通过这种灾难。编辑有编辑的困难，值得同情的困难。有他的势利，想支持一个刊物必然的势利。我们尊重旁人，并不是卑视自己。我们要的信心是我们可以希望慢慢地把作品写好，却不是相信自己这一篇文章就怎么了不起的好。如果我们自己当真还觉得需要尊重自己，我们不是应当想法把作品弄好再来给人吗？许多作品，刊载到各刊物上，又印成单行本子，即刻便又为人忘掉了，这现象，就可以帮助我们认明白"怯于发表"不是一个坏主张。我们爬"高山"就可以看"远景"，爬到那最高峰上去，耗费的气力也应当比别人多些。让那些自己觉得是天才的人很懒惰而又极其自信，在一点点工作成就上便十分得意，我们却不妨学耐烦一点，把功夫磨炼自己，写出一点东西，可以证明我们的存在，且证明我们不马虎存在。在沉默中努力吧，这沉默不是别的，它可以使你伟大！你瞧，十年来有多少新作家，不是都冷落下来为人渐渐忘记了吗？那些因缘时会攀龙附凤的，那些巧于自画自赞煊赫一时的，不是大都在本身还存在的时候，作品便不再保留到人的记忆里吗？若果我们同他们一样，想起来是不是也觉得无聊？

我们若觉得那些人路走得不对，那我们当选我们自己适宜的路，不图速成，不谋小就，写作不基于别人的毁誉，而出于一个自己生活的基本信仰（相信一个好作品可以完成一个真理，一种道德，一些智慧），那么，我们目前即不受社会苛待，也还应当自己苛待自己一点了。自己看得很卑小，也同时做着近于无望的事，只要肯努力，却并不会长久寂寞的。

文学是一种事业，如其他事业一样，一生相就也不一定能有多少成就。同时这事业因天灾人祸失败，又多更属当然的情形，这就要看作者个人如何承当这失败而纠正自己，使它同生活慢慢地展开，也许经得住时代的风雨一点。把文学作企业看，容许侥幸的投机，但基础是筑在浮沙上面，另一种新趣味一来，就带走了所已成的地位，那是太游戏，太近于"白相的"①文学态度了。

白相的文学态度的不对，你是十分明白的。不知道我说的还能使你同意没有。

一九三一年五月十九日作

———————

① 白相的：吴语方言，意味"玩耍"。

给一个读者

××先生：

　　来信已见到，谢谢。你问关于写小说的书，什么书店什么人作的较好。我看过这样书八本，从那些书上明白一件事，就是：凡编著那类书籍出版的人，肯定他自己绝不能写较好的创作，也不能给旁的从事文学的人多少帮助。那些书不管书名如何动人，内容总不大合于写作的事实，算不得灵丹妙药。他告你们"秘诀"，但这件事若并无秘诀可言，他玩的算个什么把戏，你想想也就明白了。真正的秘诀是多读多做，但这个已是一句老话了，不成其为秘诀的。我只预备告你几句话，虽然平淡无奇，也许还有一点用处，可作你的参考。

　　据我经验说来，写小说同别的工作一样，得好好地去"学"，又似乎完全不同别的工作，就因为学的方式可以不同。从旧的各种文字、新的各种文字理解文字的性质，明白它们的轻重，习惯于运用它们。这工作很简单，并无神秘，不需天才。不过，好像得看一大堆作品才会得到有用的启发。你说你也看了不少书。照我的推测，你看书的方法或值得讨论。从作品上了解那作品的价值与兴味，这是平常读书人的事。一个作者读书呢，却应从别人作品上了解那作品整个的分配方法，注意它如何处置文字如何处理故事，也可以说看得应深一层。一本好书不一定使自己如何兴奋，却宜于印象地记着。一个作者在别人好作品面前，照例不会怎么感动，在任何严重事件中，也不会怎么感动——作品他知道是写出来的，人事他知道无一不十分严重。他得比平常人冷静些，因为他正在看、分析、批判。他必须静静地看、分析、批判，自己写时方能下笔，方有可写的东西，写下来方能够从容而正确。文字是作家的武器，一个人理会文字的用处比旁人渊博，善于运用文字，正是他成为作家条件之一。几年来有个趋向，不少人以为文字艺术是种不必注意的小技巧。这有道理。不过这些人似乎并不细细想想，不懂文字，什么是文学。《诗经》与山歌不同，不在思想，还在文字！一个作家思想好，决不至于因文字也好反而使他思想变坏。一个性情幽默知书识字的剃头师傅，能如老舍先生那么使用文字，也就有机会成为老舍先生。若不理解文字，也不能使用文字，那就只好成天挑小担儿各处做生意，就墙边太阳下给人理发，一面工作一面与主顾说笑话去了。写小说，想把作品涉及各方面生活，一个人在事实上不可能，在作品上却俨然逼真，这成功也靠文字。文字同颜料一样，本身是死的，会用它就会活。作画需要颜色，且需要会调弄颜色。一个作家不注意文字，不懂得文字的魔力，纵有好思想也表达不出。作品专重文字排比自然会变成四六文章。我并不要你专注重文字。我意思是，一个作家应了解文字的性能，这方面知识越渊博熟练，越容易写作品。

写小说应看一大堆好作品，而且还应当知道如何去看，方能明白，方能写。上面说的是我的主观设想。至于"理论"或"指南""作法"一类书，我认为并无多大用处。这些书我就大半看不懂。我总不明白写这些书的人，在那里说些什么话。若照他们说的方法来写小说，许多作者一年中恐怕不容易写两个像样短篇了。"小说原理""小说作法"那是上讲堂用的东西，至于一个作家，却只应看一堆作品，做无数次试验，从种种失败上找经验，慢慢地完成他那个工作。他应当在书本上学懂如何安排故事使用文字，却另外在人事上学明白人事。每人因环境不同，欢喜与憎恶多不相同。同一环境中人，又会因体质不一，爱憎也不一样。有张值洋一千元的钞票，掉在地下，我见了也许拾起来交给警察，你拾起来也许会捐给慈善机构，但被一个商人拾去呢？被一个划船水手拾去呢？被一个妓女拾去呢？你知道，用处不会相同的。男女恋爱也如此，男女事在每一个人解释下都成为一种新的意义。作战也如此，每个军人上战场时感情各不相同。作家从这方面应学的，是每一件事各以身份、性别而产生的差别。简单说来就是"求差"。应明白各种人为义利所激发的情感如何各不相同。又譬如胖一点的人脾气常常很好，超过限度且易中风，瘦人能够跑路，神经敏锐。广东人爱吃蛇肉，四川人爱吃辣椒，北方人赶骆驼的也穿皮衣，四月间房子里还生火，河南、河北、山西乡村妇女如今还有缠足的，这又是某一地方多数人相同的。这是"求同"。求同知道人的类型，求差知道人的特性。我们能了解什么事有它的"类型"，凡属这事通相去不远。又知道什么事有它的"特性"，凡属个人皆无法强同。这些琐细知识越丰富，写文章也就容易下笔了。知道的太少，那写出来的就常常不对。好作品照例使读者看来很对，很近人情，很合适。一个好作品上的人物，常使人发生亲近感觉。正因为他的爱憎、他的声音笑貌，都是一个活人。这活人由作者创造，作者可以大胆自由来创造，创造他的人格与性情，第一条件，是安排得对。他可以把工人角色写得性格极强，嗜好正当，人品高贵，即或他并不见到这样一个工人，只要写得对就成。但他如果写个工人有三妻六妾，会作诗，每天又做什么什么，就不对了。把身份、性情、忧乐安排得恰当合理，这作品文字又很美，很有力，便可以希望成为一个好作品。

不过有些人既不能看"一大堆书"，又不能各处跑，弄不明白人事中的差别或类型，也说不出这种差别或类型，是不是可以写得出好作品？换一个说法，就是假使你这时住在南洋，所见所闻总不能越出南洋天地以外，可读的书又仅仅几十本，是不是还可希望写几个大作品？据我想来也仍然办得到。经验世界原有两种方式，一是身临其境，一是思想散步。我们活到二十世纪，正不妨写十五世纪的历史小说。我们谁都缺少死亡的经验，然而也可以写出死亡的一切。写牢狱生活的不一定亲自入狱，写恋爱的也不必须亲自恋爱。虽然这举例不大与上面要说的相合，譬如这时要你写北平，恐怕多半写不对。但你不妨就"特点"下笔。你不妨写你身临其境所见所闻的南洋一切。你身边只有《红楼梦》一部，就记熟它的文字，用那点文字写南洋，你好好地去理解南洋的社会组织、丧庆仪式、人民观念与信仰、上层与下层的一切，懂得多而且透彻，就这种特殊风光作背景，再注入适当的想象，自然可以写得出很动人故事的。你若相信用破笔败色在南洋可以画成许多好画，就不妨同样试来用自己能够使用的文字，以南洋为中心写点东西。当前自然不免会发生一种困难，便是作品不容易使人接受的困难。这就全看你魄力来了。你有魄力同毅力，故事安置得很得体，观察又十分透彻，写它时又亲切而近人情，一切困难不足妨碍你作品的成就。（我们读一百年前的俄国小说，作品中人物还如同贴在自己生活上，可以证明，只要写得好，经过一次或两次翻译也仍然能接受的。）你对于这种工作有信心，不怕失败，总会有成就的。我们做人照例受习惯所支配，服从惰性过日子。把观念弄对了，向好也可以养成一种向好的惰性。觉得自己要去做，相信自己做得到，把精力全部搁在这件工作上，征服一切并不十分困难，何况提起笔来写两个短篇小说？

你问："一个作者应当要多少基本知识？"这不是几句话说得尽的问题。别的什么书上一定有这个答案，但答案显然全不适用。一个大兵，认识方字一千个左右，训练得法，他可以写出很好的故事。一个老博士，大房子里书籍从地板堆积到楼顶，而且每一本书皆经过他圈点校订，假定说，这些书全是诗歌吧，可是这个人你要他作一首诗，也许他写不出什么好诗。这不是知识多少问题，是训练问题。你有两只脚，两只眼睛，一个脑子，一只右手，想到什么地方就走去，要看什么就看定它，用脑子记忆，且把另一时另一种记忆补充，要写时就写下它，不知如何写时就温习别的作品是什么样式完成。如此训练下去，久而久之，自然就弄对了。学术专家需要专门学术的知识，文学作者却需要常识和想象。有丰富无比的常识，去运用无处不及的想象，把小说写好实在是件太容易的事情了。懒惰畏缩，在一切生活一切工作上皆不会有好成绩，当然也不能把小说写好。谁肯用力多爬一点路，谁就达到高一点的峰头。历史上一切伟大作品，都不是偶然成功的。每个大作家总得经过若干次失败，受过许多回挫折，流过不少滴汗水，才把作品写成。你虽不见过托尔斯泰，但你应当相信托尔斯泰这个人的伟大，那么大堆作品，还只是一双眼睛、一个脑子、一只右手做成的。你如今不是也有两只光光的眼睛，一个健全的脑子，一只强壮的右手吗？你所处的环境，所见的世界，实在说来比托尔斯泰还更幸运一些，你还怕什么？你担心无出路，你是不是真想走路？你不宜于在迈步以前惶恐，得大踏步走向前去。一个作者的基本条件，同从事其他事业的人一样，要勇敢、有恒，不怕失败，不以小小成就自限。

一九三五年四月十日

给一个作家

××：

　　我住昆明附近的乡下，假中无事不常进城，因此寄 ×× 信件，十天半月方能见到。×× 已从香港逃到桂林，有机会演戏，大致还是要带病上台演戏。凡事能热心到"发疯"程度，自然会有成就。只可惜好剧本并不多，导演难找寻，一个班子能通力合作更不容易，因此 ×× 走到各处，似乎都不大如意。不过她那点对事热心处，还是令人钦佩。因为各种挫折失败中，还能有信心和勇敢去支持理想，实在是少有的！一面受事实限制，一面要达到理想，一面还得应付人，比你我坐在家中关上门来写小说，困难累人多了。

　　关于写作事，我知道的极有限。近来看到许多并世作家写的"创作指南"一类文章，尤不明白那是什么意思，若照那个方式试验，我想若派我完成任何作品都是不可能的。我虽写了些小故事，只能说是习作，因为这个习作态度，所以容许自己用一支笔去"探险"，从各种方式上处理故事，组织情节，安排文字。且从就近着手，写到湘西方面便也特别多。在种种试验中，如有小小篇章能使读者满意，那成功是偶然的，如失败，倒是当然！（为的是我从不就他人所谓成功路上走去，我有我自己的方向，自己的目的。）失败时也不想护短，很希望慢慢地用笔捉得住文字，再用文字捉得住所要写的问题，能写些比较完美而有永久性的东西。就写作愿望说，我还真像有点俗气，因为只想写小故事，少的三五千字，至多也不过七八万字。写成后也并不需要并世异代批评家认为杰作，或千万读者莫名其妙赞美与爱好，只要一二规矩书店肯印行，并世百年内还常有几十个会心读者，能从我作品中仿佛得到一点什么，快乐也好，痛苦也好，总之是已得到它，且为从别的作品所无从得到的，就已够了。若说影响，能够使少数又少数读者，对于"人生"或生命看得宽一点，懂得多一点，体会得深刻一点，就很好了。能做到这样，或许还要努力十年八年，方有希望，至于目前的成就，是算不得的！个人为才具性情所限制，对于工作理想打算得那么小，一般人听来或者觉得可笑，这是无碍于事的。个人所思所愿虽极小，可并不对于别人伟大企图菲薄。如茅盾写《子夜》，一下笔即数十万言，巴金连续若干长篇，过百万言，以及此外并世诸作家所有良好表现，与在作品中所包含的高尚理想，我很尊重这种有分量的工作。并且还相信有些作家的成就，是应当受社会上各方面有见识的读者，用一种比当前更关心的态度来尊重的。人各有所长，有所短，能忠于其事，忠于自己，才会有真正的成就。只由于十五年前我们文学运动和"商业""政治"发生了关系，失去了它那点应有的超越近功小利的自由精神，作家与作品都牵牵绊绊于商场和官场的得失打算中，毁去了"五四"以来读者与作者所建立的正当关系，而得到一个"流行点缀"的印象。因此凡从商场与官场两方面挣扎而出，独自能用作品有以自见的，这个工作在当前或被人认为毫无意义，在将来将依然且有庄严价值。我们只有一个"今天"，却有数不清的"明天"！支持市场点缀政策的固然要人，增加文学史的光辉，以及叙述民

144

族发展形式的工作，还要更多的人！拿笔的能忘掉作品"出路"，他也许会记起些更值得注意的问题！

你办事想不十分忙，尚可读书写作。国家多忧患，一个人把书读来读去，有时必感到疲倦，觉得生命与历史已游离，不相黏附。一个人写来写去，如停停笔看一看面前事事物物，恐也不免茫茫自失，会疑心自己一切工作，"究竟有何意义？"但尽管如此或如彼，这个民族遭遇困难挣扎方式的得失，和从痛苦经验中如何将民族品德逐渐提高，全是需要文学来记录说明的！但一切抽象名词都差不多已失去意义，具体事实又常常挫折到活下来的年轻人信仰，并扰乱他们的情感时，在思想上能重新燃起年轻人热情和信心的，还是要有好的文学作品！好作品的产生，我们得承认，必须是奠基于作者人生知识的渊博和深至，以及忠于其事锲而不舍那种素朴态度上。事情得许多人来努力，慢慢地会有个转机的！

给志在写作者

好朋友：

　　这几年我因为个人工作与事务上的责任，常有机会接到你们的来信。我们不拘相去如何远，人如何生疏，好像都能够在极短时期中成为异常亲密的好朋友。即可以听取你们生活各方面的意见。昔人说："人与人心原是可以沟通的"，我相信在某种程度内，我们相互之间，在这种通信上真已得到毫无隔阂的友谊了。对于这件事我觉得快乐。我和你们少数见面一次两次，多人尚未见面，以后可能永无机会见面。还有些人是写了信来，要我答复，我无从答复；或把文章寄来，要我登载，我给退回。我想在这刊物上，和大家随便谈一谈。

　　我接到的一切信件，上面总那么写着：

　　先生：我是个对文学极有兴趣的人。

　　都说有"兴趣"，却很少有人说"信仰"。兴趣原是一种极不固定的东西，随寒暑阴晴变更的东西。所凭借的原只是一点兴趣，一首自以为是杰作的短诗被压下，兴趣也就完了。我听到有人说，写作不如打拳好，兴趣也就完了。或另外有个朋友相邀下一盘棋，兴趣也就完了。总而言之，就是这个工作靠兴趣，不能持久，太容易变。失败，那不用提；成功，也可以因小小的成功以后，看来不过如此如此，全部兴趣消灭无余。前者不必列举，后者的例可以从十六年来新文学作家的几起几落的情景中明白。十六年来中国新文学作家好像那么多，真正从事于此支持十年以上的作家并不多。多数人只是因缘时会，在喜事凑热闹的光景下捞着了作家的名位，玩票似的混下去。一点儿成绩，也就是那么得来的。对文学有兴趣，无信仰，结果有所谓"新文学"，在作者本身方面，就觉得有点滑稽，只是二十五岁以内的大学生玩的东西。多数人呢，自然更不关心了。如果这些人对文学是信仰不是兴趣，一切会不同一点。

对文学有信仰，需要的是一点宗教情绪。同时就是对文学有所希望（你说是荒谬想象也成）。这希望，我们不妨借用一个旧俄作家说的话：

> 我们的不幸，便是大家对于别人的心灵、生命、苦痛、习惯、意向、愿望都很少理解，而且几乎全无所知。我们所以觉得文学可尊者，便因其最高的功能是试在消除一切的界限与距离。

话说得不错，而且说得很老实。今古相去那么远，世界面积那么宽，人心与人心的沟通和连接，原是依赖文学的。人性的种种纠纷，与人生向上的憧憬，原可以依赖文学来诠释启发的。这单纯信仰是每一个作家不可缺少的东西，是每个大作品产生必有的东西。有了它，我们才可以在写作失败时不气馁，成功后不自骄。有了它，我们才能够"伟大"！好朋友，你们在过去总说对文学有"兴趣"，我意见却要让你们有"信仰"。是不是应该把"兴趣"变成"信仰"？请你们想想看。

其次是你们来信，总表示对于生活极不满意。我很同情。我并不要你们知足，我还想鼓励一切朋友对生活有更大的要求，更多的不满。活到当前这个乱糟糟的社会里，大多数负责者都那么因循与柔懦，各做得过且过的打算。卖国贼、汉奸、流氓、贩运毒物者、营私舞弊者，以及多数苟且偷安的知识分子，成为支持这个社会的柱石和墙壁，凡是稍稍有人性的青年人，哪能够生活满意？那些生活显得很满意，在每个日子中能够陶然自得沾沾自喜的人，自己不是个天生白痴，他们的父亲就一定是那种社会柱石，为儿女积下了一点血钱，可以供他们读书或取乐。即使如此，这种环境里的人，只要稍有人性，也依然对当前不能满意，会觉得所寄生的家庭如此可耻，所寄生的国家如此可哀！

对现实不满，对空虚必有所倾心。社会改革家如此，思想家也如此，每个文学作者不一定是社会改革者，不一定是思想家，但他的理想，却常常与他们异途同归。他必具有宗教的热忱，勇于进取，超乎习惯与俗见而向前。一个伟大作品，总是表现人性最真切的欲望——对于当前黑暗社会的否认，对于未来光明的向往。一个伟大作品的制作者，照例是需要一种博大精神，忽于人事小小得失，不灰心，不畏难，在极端贫困艰辛中，还能支持下去，且能组织理想（对未来的美丽而光明的合理社会理想）在篇章里，表现多数人在灾难中心与力的向上，使更大多数人浸润于他想象和情感光辉里，能够向上。

可是，好朋友，你们对生活不满意，与我说到的却稍稍不同。

你们常常急于要找"个人出路"。你们嗔恨家庭，埋怨社会，嘲笑知识，辱骂编辑，就只因为你们要出路，要生活出路与情感出路。要谋事业，很不容易；要放荡，无从放荡；要出名，要把作品急于发表，俨然做编辑的都有意与你们为难，不给机会发表。你们痛苦似乎很多，要求却又实在极少。正因为要求少，便影响到你们的成就。第一，写作的态度，被你们自己把它弄小弄窄。第二，态度一有问题，题材的选择，不是追随风气人云亦云，就是排泄个人小小恩怨，不管为什么都浮光掠影，不深刻，不亲切。你们也许有天才，有志气，可是这天才和志气，却从不会好好地消磨在工作上，只是被"杂感"和"小品"弄完事，只是把自己本人变成杂感和小品完事。要出路，杂志一多，出路来了。要成名，熟人一多，都成名了。要作品呢，没有作品。首都南京有个什么文艺俱乐部，聚会时常常数百人列席，且有要人和名媛掺杂其间，这些人通常都称为"作家"。大家无事，附庸风雅，吃茶谈天而已。假若你们真不满意生活，从事文学，先就应当不满意如此成为一个作家。其次，再看看所谓伟大作品是个什么样子，来研究，来理解，来学习，低头苦干个三年五载。忘了"作家"，关心"作品"。永远不在作品上自满，不在希望上自卑。认定托尔斯泰或歌德，李白或杜甫，所有的成就，全是一个人的脑子同手弄出来的。只要你有信心，有耐力，你也可以希望用脑子和那只手得到同样的成就。你还不妨野心更大一点，希望你的心与力贴近当前这个民族的爱憎和哀乐，做出更有影响的事业！好朋友，你说对生活不满意，你觉得还是应当为个人生活找出路，还是另外一件事？请你们也想想看。

我在这刊物上写这种信，这是末一次，以后恐无多机会了。我很希望我意见能对你们有一点用处。我们必须明白我们的国家，当前实在一种极可悲哀的环境里，被人逼迫堕落，自己也还有人甘心堕落。对外，毫无办法，对内，成天有万千人活活地饿死，成天有千万人在水边挣扎，成天还有大规模的精壮国民在另一个地方互相杀戮，此外大多数人就做着噩梦，无以为生。但从一方面看来，那个"明天"又总是很乐观的。明天是否真的可以转好一点？

一切希望却在我们青年人手里。青年人中的文学作家，他不但应当生活得勇敢一点，还应当生活得沉重一点。每个人都必须死，正因为一个人生命力用完了，活够了，挪开一个地位，好让更年轻的人来继续活下去。死是不可避免的自然法则。我们如今都还年轻，不用提这个问题，我们可以谈话。我认为每个人都有权利活得更有意义，活得更像个人。历史原是一种其长无尽的东西，我们能够在年轻力壮时各自低头干个十年八年，活够了，死了，躺下来给蛆收拾了，也许生命还能在另外一种意义上活得很长久。徒然希望"不朽"，是个愚蠢的妄念；至于希望智慧与精力不朽，那只看我们活着时会不会好好地活罢了。我们是不是也觉得如今活着，还像一个活人？一面活下去一面实值得我们常常思索。

一九三六年三月二十七日北平

致《文艺》读者

　　民十五以来，随了中国新文学的发展，有两个极无意思的名词，第一个是"天才"，第二个是"灵感"。

　　两个名词虽从不为有识者所承认，但在各种懒人谬论中，以及一般平常人意见中，莫不可以看出两个糊涂字眼的势力存在，使新文学日趋于萎瘁，失去健康，转入个人主义的乖僻。或字面异常奢侈，或字面异常贫俭，大多数作品，不是草率平凡，便是装模作样地想从新风格取得成功，内容却莫不空空洞洞。原因虽不止一端，最主要的原因，实在就是一般作者被这两个名词所迷惑毒害，因迷信而失去理性的结果。换言之，也是为懒惰解嘲的结果。作者若对于"天才"怀了一种迷信，便常常疏忽了一个作者使其作品伟大所必需的努力；对于"灵感"若也同样怀了一种迷信，便常常在等候灵感中把十分可贵的日子轻轻松松打发走了。成名的作者因这点迷信而成的局面，使作品在量上稀奇地贫乏。仿佛在自觉"天才已尽，灵感不来"的情形中，大多数作者皆搁了笔。为这搁笔许多年轻人似乎皆很不安，其实这并不是可忧虑的事情。因这种迷信，将使他们本人与作品皆宜乎为社会忘去，且较先一时，他们即或有所写作，常常早就忘了社会的。一个并不希望把自己的生命力量真正渗入社会里面去的人，凭一点儿迷信，使他们活得窄一些，同时也许就正可以使他们把对于人类的坏影响少一些。他们活着，如小缸中一尾金鱼很俨然的那么活着，到后要死了，一切也就完事了，金鱼生存的意义，只在炫人眼目，许多人也欢喜金鱼。既然有人十分愿意去做金鱼，照我想来，尽他们在不拘什么样子的缸里去生活，我们也应当把他们当作金鱼看待，不宜希望他们太多，他们的生活态度，大多数人也不必十分注意的。

但一些还未成名的或正预备有所写作的青年作者，若不缺少相似的迷信时，却实在十分可惜。因为这些人若知道好好地如何去发展自己，他们的好作品，也正可以如另一时或另一国度一般好作品样子，能在社会民族方面发挥极大极良好影响。但这些人若尽记着"天才"两个字，便将养成一种很坏的性格，对于其他作品，他明白是很好的，他必以为那是天才产生的东西，他做不到，就不肯努力去做。那作品他觉得不好，在社会上又正是大多数人所需要的，他会以为这作品所表现的并无天才，只是人工技巧，他又不屑于努力去做。他做出来自以为很好，却不能如别人作品一般成功时，他便想起"天才历来很少为人认识"一句旧话，自欺自慰下去。他模仿了什么人的文章，写成了一篇稍稍像样东西，为了掩饰他的模仿，有机会给他开口时，他又必说："这是我……"自然地，说这句时，他不会用"天才"字样，或许说的是另外一个字眼，还说得很轻，但他意思却在告人那成就"应由天才负责"。这些人相信天才的结果，是所谓纪念碑似的作品，永无机会可以希望从他们手中产生。这些人相信天才以外还相信灵感，便使他们异常懒惰起来，因为在任何懒惰情形下，皆可以用"灵感不来"作为盾牌，挡着因理性反省伴同而来的羞惭与痛苦。对于中国新文学怀了一种期待，很关心它的发展，且计算到它发展在社会方面的得失的，自然很有些人。这些人或常从论文上，反复说明作者思想倾向的抉择，或把希望放在更年轻一点的作家方面去。

其实一切理论毫无裨于伟大作品的产生。一个有迷信无理性的民族，也许因迷信而凝聚了这个民族的精力，还有可能产生点大东西，至于一个因迷信而弄懒惰了的作家，还有什么可以希望？中国目前指示作家方向的理论文章已够多了，却似乎还无一篇理论文章指示到作家做"人"的方法，即写作最不可少的诚恳朴素态度。倘若有这种人来做这种论文，我建议起始便应当说：人类最不道德处，是不诚实与懦怯。作家最不道德处，是迷信天才与灵感的存在；因这点迷信，把自己弄得异常放纵与异常懒惰。……

沉默

　　读完一堆从各处寄来的新刊物后，仿佛看完了一场连台大戏，留下种热闹和寂寞混合的感觉。为一个无固定含义的名词争论的文章，占去刊物篇幅不少，留给我的印象却不深。

　　我沉默了两年。这沉默显得近于有点自弃，有点衰老。是的。古人说："玩物丧志。"两年来我似乎就在用某种癖好系住自己。我的癖好近于压制性灵的碇石，铰残理想的剪子。需要它，我的存在才能够贴近地面，不至于转入虚无。我们平时见什么作家搁笔略久时，必以为"这人笔下枯窘，因为心头业已一无所有"。我这支笔一搁下就是两年。我并不枯窘。泉水潜伏在地底流动，炉火闪在灰里燃烧，我不过不曾继续使用它到那个固有工作上罢了。一个人想证明他的存在，有两个方法：其一从事功上由另一人承认而证明；其一从内省上由自己感觉而证明。我用的是第二种方法。我走了一条近于一般中年人生活内敛以后所走的僻路。寂寞一点，冷落一点，然而同别人一样是"生存"。或者这种生存从别人看来叫作"落后"，那无关系。两千年前的庄周，仿佛比当时多少人都落后一点。那些善于辩论的策士，长于杀人的将帅，人早死尽了，到如今，你和我读《秋水》《马蹄》时，仿佛面前还站有那个落后的衣着敝旧、神气落拓、面貌平常的中年人。

我不写作，却在思索写作对于我们生命的意义，以及对于这个社会明天可能产生的意义。我想起三千年来许多人，想起这些人如何使用他那一只手。有些人经过一千年或三千年，那只手还依然有力量能揪住多数人的神经或感情，屈抑它，松弛它，绷紧它，完全是一只有魔力的手。每个人都是同样的一只手、五个指头，尖端缀覆个淡红色指甲，关节处有一些微涡和小皱，背面还萦绕着一点隐伏在皮肤下的青色筋络。然而有些人的手却似乎特有魔力。是不是我们每个人都可以把自己的手变成一只魔手？是不是只要我们愿意，就可以把自己一只手成为光荣的手？

我知道我们的手不过是人类一颗心走向另一颗心的一道桥梁，做成这桥梁取材不一，也可以用金玉木石（建筑或雕刻），也可以用颜色线条（绘画），也可以用看来简单用来复杂的符号（音乐），也可以用文字，用各种不同的文字。也可以单纯进取，譬如说，当你同一个青年女子在一处，相互用沉默和微笑代替语言犹有所不足时，它的小小活动就能够使一颗心更靠近一颗心。既然是一道桥梁，借此通过的自然就贵贱不一。将军凯旋由此通过，小贩贸易也由此通过。既有人用它雕凿大同的石窟、和阗的碧玉，也就有人用它编织芦席，削刮小挖耳子。故宫所藏宋人的《雪山图》《洞天山堂》等伟大画幅，是用手做成的。《史记》是一个人写的。《肉蒲团》也是一个人写的。既然是一道桥梁，通过的当然有各种各色的人性，道德可以通过，罪恶也无从拒绝。只看那个人如何使用它，如何善于用心使用它。

提起道德和罪恶，使我感到一点迷惑。我不注意我这只手是否能够拒绝罪恶，倒是对于罪恶或道德两个名词想仔细把它弄清楚些。平时对于这两个名词显得异常关心的人，照例却是不甚追究这两个名词意义的人。我们想认识它；如制造糕饼人认识糕饼，到具体认识它的无固定性时，这两个名词在我们个人生活上，实已等于消灭无多意义了。文学艺术历史总是在"言志"和"载道"意义上，人人都说艺术应当有一个道德的要求，这观念假定容许它存在，创作最低的效果，应当是给自己与他人以把握得住共通的人性达到交流的满足，由满足而感觉愉快，有所启发，形成一种向前进取的勇气和信心。这效果的获得，可以说是道德的。但对照时下风气，造一点点小谣言，诗张为幻，通常认为不道德，然而倘若它也能给某种人以满足，也间或被一些人当作"战略运用"，看来又好像是道德的了。道德既随人随事而有变化，它即或与罪恶是两个名词，事实上就无时不可以对调或混淆。一个牧师对于道德有特殊敏感，为道德的理由，终日手持一本《圣经》，到同夫人勃豀，这勃豀且起源于两人生理上某种缺陷时，对于他最道德的书，他不能不承认，求解决问题，倒是一本讨论关于两性心理如何调整的书。一个律师对于道德有它一定的提法，当家中孩子被沸水烫伤时，对于他最道德的书，倒是一本新旧合刊的《丹方大全》。若说道德邻于人类向上的需要，有人需要一本《圣经》，有人需要一本《太上感应篇》，但我的一个密友，却需要我写一封甜蜜蜜充满了温情与一点轻微忧郁的来信，因为他等待着这个

156

信，我知道！如说多数需要是道德的，事实上多数需要的却照例是一个作家所不可能照需要而给予的。大多数伟大作品，是因为它"存在"，成为多数需要。并不是因为多数"需要"，它因之"产生"。我的手是来照需要写一本《圣经》或一本《太上感应篇》，还是好好地回我那个朋友一封信，很明显的是我可以在三者之间随意选择。我在选择。但当我能够下笔时，我一定已经忘掉了道德和罪恶，也同时忘了那个多数。

我始终不了解一个作者把"作品"与为"多数"连缀起来，努力使作品庸俗、雷同、无个性、无特性，却又希望它长久存在，以为它因此就能够长久存在，这一个观念如何能够成立。溪面群飞的蜻蜓够多了，倘若有那么一只小生物，倦于骚扰，独自休息在一个岩石上或一片芦叶上，这休息，且是准备看一种更有意义的振翅，这休息不十分坏。我想，沉默两年不是一段长久的时间，若果事情能照我愿意做的做去，我还必须把这份沉默延长一点。

这也许近于逃遁，一种对于多数骚扰的逃遁。人到底比蜻蜓不同，生活复杂得多，神经发达得多。也必然有反应，被刺激过后的反应。也必然有直觉，基于动物求生的直觉。但自然既使人脑子进化得特别大，好像就是凡事多想一想，许可人向深处走，向远处走，向高处走。思索是人的权利，也是人其所能生存能进步的工具。什么人自愿抛弃这种权利，那是个人的自由，正如一个酒徒用剧烈酒精燃烧自己的血液，是酒徒的自由。可是如果他放下了那个生存进步的工具，以为用另外一种简单方式可以生存，尤其是一个作者，一个企图用手作为桥梁，通过一种理想，希望作品存在，与肉体脱离而还能独立存在若干年，与事实似乎不合。自杀不是求生的方式，谐俗其实也不尽是求生的方式。作品能存在，仰赖读者，然对读者在乎启发，不在乎媚悦。通俗作品能够在读者间存在的事实正多，然"通俗"与"庸俗"却又稍稍不同。无思索地一唱百和，内容与外形的一致模仿，不可避免必陷于庸俗。庸俗既不能增人气力，也不能益人智慧。在行为上一个人若带着教训神气向旁人说："人应当用手足同时走路，因为它合乎大多数的动物本性或习惯。"说这种话的人，很少不被人当作疯子。然而在文学创作上，类似的教训对作家却居然大有影响。原因简单，就是大多数人知道要出路，不知道要脑子。随波逐流容易见好，独立逆风需要魄力。

我觉得我应当努力来写一本《圣经》，这经典的完成，不在增加多数人对于天国的迷信，却在说明人力的可信，使一些有志从事写作者，对于作品之生长，多有一份知识。希望个人作品成为推进历史的工具，这工具必须如何造作，方能结实牢靠，像一个理想的工具。我预备那么写下去，第一件事每个作家先得有一个能客观看世界的脑子。可是当我想起是不是这世界每个人都自愿有一个凡事能独立思考的脑子，都觉得必须有个这样脑子，进行写作才不必依靠任何权势而依旧能存在时，我依然把笔搁下了。人间广泛，万汇难齐。沮洳是水做成的，江河也是水做成的；橘柚宜于南国，枣梨生长北方。万物各适其性，各有其宜。应沉默处得沉默，古人名为"顺天体道"。雄鹰只偶尔一鸣，麻雀却长日叽喳，效果不同，容易明白。各适其性，各取所需，如果在当前还许可时，我的沉默是不会妨碍他人进步，或许正有助于别一些伟大成就的。

一九三六年十月八日北平作

第四辑

人文

时时

论郭沫若

郭沫若，这是一个熟人，仿佛差不多所有年轻中学生大学生皆不缺少认识的机会。对于这个人的作品，读得很多，且对于这作者致生特别兴趣，这样在读者也一定有的。

从"五四"以来，十年左右，以那大量地生产、翻译与创作，在创作中诗与戏曲与散文与小说，几乎皆玩一角，而且玩得不坏，这力量的强（从成绩上看），以及那辞藻的美，是在我们较后一点的人看来觉得是伟大的。若是我们把每一个在前面走路的人，皆应加以相当的敬仰，这个人我们不能作为例外。

这里有人可以用"空虚"或"空洞"，用作批评郭著一切。把这样字句加在上面，附以解释，就是"缺少内涵的力"。这个适宜于作新时代的诗，而不适于作文，因为诗可以华丽表夸张的情绪，小说则注重准确。这个话是某教授的话。这批评是中肯的，在那上面，从作品全部去看，我们将仍然是那样说的。郭沫若可以说是一个诗人，而那情绪，是诗的。这情绪是热的，是动的，是反抗的……但是，创作是失败了。因为在创作一名词上，到这时节，我们还有权利要求一点另外东西。

诗可以从华丽找到唯美的结论，因为诗的灵魂是辞藻。缺少美，不成诗。郭沫若是熟习而且能够运用中国文言的华丽，把诗写好的，他有消化旧有辞藻的力量，虽然我们仍然在他诗上找得出旧的点线。但在初期，那故意反抗、那用生活压迫作为反抗基础而起的向上性与破坏性，使我们总不会忘记这是"一个天真的呼喊"。即或也有"血"，也有"泪"，也有自承的"我是××主义者"，还是天真。因为他那时，对社会所认识，是并不能使他向那伟大的一个方向迈步的。创造社的基调是稿件压迫与生活压迫，所以所谓意识这东西，在当时，几个人深切感到的，并不出本身冤屈以外。若是冤屈，那倒好办，稿件有了出路，各人有了啖饭的地方，天才熄灭了。看看创造社另外几个人，我们可以明白这估计不为过分。但郭沫若是有与张资平成仿吾两样的。他虽然在他那初期创作中对生活喊冤，在最近《我的幼年》《反正前后》两书发端里，也仍然还是不缺少一种怀才不遇的牢骚，但他谨慎了。他小心的又小心，在创作里，把自己位置到一个比较强硬一点模型里，虽说这是自叙，其实这是创作。在创作中我们是有允许一种为完成艺术而说出的谎骗的。我们不应当要求那实际的种种，所以在这作品中缺少真实不是一种劣点。

我们要问的是他是不是已经用他那笔，在所谓小说一个名词下，为我们描下了几张有价值的时代缩图没有？（在鲁迅先生一方面，我们是都相信那中年人，凭了那一副世故而冷静的头脑，把所见到感到的，仿佛毫不为难那么最准确画了一个共通的人脸，这脸不像你也不像我，而你我，在这脸上又各可以寻出一点远宗的神气，一个鼻子、一双眉毛，或者一个动作的。）郭沫若没有这本事。他长处不是这样的。他沉默地努力，永不放弃那英雄主义者的雄强自信，他看准了时代的变，知道这变中怎么样可以把自己放在时代前面，他就这样做。他在那不拒绝新的时代一点上，与在较先一时代中称为我们青年人做了许多事情的梁任公先生很有相近的地方，都是"吸收新思潮而不伤食"的一个人，可佩服处也就只是这一点。若在创作方面，给了年轻人以好的感想，它那同情的线是为"思想"而牵，不是为"艺术"而牵的。在艺术上的估价，郭沫若小说并不比目下许多年轻人小说更完全更好。一个随手可拾的小例，是曾经在创造社羽翼下成长的叶灵凤的创作，就很像有高那大将一筹的作品在。

他不会节制。他的笔奔放到不能节制。这个天生的性格在好的一个意义上说是很容易产生那巨伟的著作。作诗，有不羁的笔，能运用旧的辞藻与能消化新的辞藻，可以作一首动人的诗。但这个如今却成就了他做诗人，而累及了创作成就。不能节制的结果是废话。废话在诗中或能容许，在创作中却成了一个不可救药的损失。他那长处恰恰与短处两抵，所以看他的小说，在文字上我们得不到什么东西。

废话是热情，而废话很有机会成为琐碎。多废话与观察详细并不是一件事。郭沫若对于观察这两个字，是从不注意到的。他的笔是一直写下来的。画直线的笔，不缺少线条刚劲的美，不缺少力。但他不能把那笔用到恰当一件事上。描画与比譬，夸张失败处与老舍君并不两样。他详细地写，却不正确地写。辞藻帮助了他诗的魄力，累及了文章的亲切。在亲切一点上，我们可以找出一个对比，是在任何时翻呀著呀都只能用那朴讷无华的文体写作的周作人先生，他才是我所说的不在文学上糟蹋才气的人。我们随便看看《我的幼年》上，那描写，那糟蹋文字处，使我们对于作者真感到一种浪费的不吝惜的小小不平。凡是他形容的地方都有那种失败处。凡是对这个不发生坏感的只是一些中学生。一个对于艺术最小限度还承认它是"用有节制的文字表现一个所要表现的目的"的人，对这个挥霍是应当吃惊的。

在短篇的作品上，则并不因篇幅的短，便把那不恰当的描写减去其长。

在国内作者中，文字的挥霍使作品失去完全的，另外是茅盾。然而，茅盾的文章较之郭沫若还要较好一点的。

这又应当说到创造社了。创造社对于文字的缺乏理解是普遍的一种事。那原因，委之于训练的缺乏，不如委之于趣味的养成。初在日本以上海做根据地而猛烈发展着的创造社组合，是感情的组合，是站在被本阶级遗弃而奋起做着一种复仇雪耻的组合。成仿吾雄赳赳的最地道的湖南人恶骂，以及同样雄赳赳的郭沫若新诗，皆在一种英雄气度下成为一时代注目东西了。按其实际，加以分析，则英雄最不平处，在当时是并不向前的。《新潮》①一辈人讲人道主义，翻托尔斯泰，做平民阶级苦闷的描写（如汪敬熙、陈大悲辈小说皆是），创造后出，每个人莫不在英雄主义的态度下，以自己生活作题材加以冤屈地喊叫。到现在，我们说创造社所有的功绩，是帮我们提出一个喊叫本身苦闷的新派，是告我们喊叫方法的一位前辈，因喊叫而成就到今日样子，话好像稍稍失了敬意，却并不为夸张过分的。他们缺少理智，不用理智，才能从一点伟大的自信中，为我们中国文学史走了一条新路，而现在，所谓普

---

① 《新潮》：综合月刊，五四新文化运动初期重要刊物之一。

罗文学①，也仍然得感谢这团体的转贩，给一点年轻人向前所需要的粮食。在作品上，也因缺少理智，在所损失的正面，是从一二自命普罗作家的作品看来，给了敌对或异己一方面一个绝好揶揄的机缘，从另一面看，是这些人不适于做那伟大运动，缺少比向前更需要认真的、一点平凡的顽固的力。

使时代向前，各在方便中尽力，或推之，或挽之，是一时代年轻人以及同情于年轻人幸福的一切人的事情，是不嫌人多而以群力推挽的一件艰难事情。在普遍认识下，还有两种切身问题，是"英雄""天才"气分之不适宜，与工具之不可缺。革命是需要忠实的同伴而不需要主人上司的。革命文学，使文学如何注入新情绪，攻入旧脑壳，凡是艺术上的手段是不能不讲的。在文学手段上，我们感觉到郭沫若有缺陷在。他那文章适宜于一篇檄文、一个宣言、一通电，一点不适宜于小说。

因为我们总不会忘记那所谓创作这样东西，又所谓诉之于大众这件事，在中国此时，还是仍然指的是大学生或中学生要的东西而言！对于旧的基础的动摇，我们是不应当忘记年轻读书人是那候补的柱石的。在年轻人心上，注入那爆发的疯狂的药，这药是无论如何得包在一种甜而习惯于胃口那样东西里，才能送下口去。普罗文学的转入嘲弄，郭沫若也缺少纠正的气力。与其说《反正前后》销数不坏，便可为普罗文学张目，那不如说那个有闲阶

①　普罗文学：普罗为普罗列塔利亚的简称，法文 prolétariat、英文 proletariat 的音译，原指古罗马社会最低等阶级，后指无产阶级。普罗文学即无产阶级文学。

级鲁迅为人欢迎，算是投了时代的脾气。有闲的鲁迅是用他的冷静的看与正确的写把握到大众的，在过去，是那样，在未来，也将仍然是那样。一个作者在一篇作品上能不糟踏文字，同时是为无数读者珍惜头脑的一件事。

郭沫若，把创作当抒情诗写，成就并不坏。在《现代中国小说选》所选那一篇小品上，可以证实这作家的长处。《橄榄》一集，据说应当为郭全集代表，好的，也正是那与诗的方法相近的几篇。适于抒情诗描写而不适于写实派笔调，是这号称左线作家意外事。温柔处，忧郁处，即所以与时代融化为一的地方，郁达夫从这方面得了同情，时代对于郭沫若的同情与友谊，也仍然建筑在这上面。时代一转变，多病的郁达夫，仍因为衰弱孤独倦于应对，被人遗下了，这不合作便被谥为落伍。郭沫若以他政治生活培养到自己精神向前，但是，在茅盾抓着小资产阶级在转变中与时代纠缠成一团的情形，写了他的三部曲，以及另外许多作家，皆在各自所站下的一个地方，写了许多对新希望怀着勇敢的迎接，对旧制度抱着极端厌视与嘲弄作品的今日，郭沫若是只拿出两个回忆的故事给世人的。这书就是《我的幼年》同《反正前后》，想不到郭沫若有这样书印行，多数人以为这是书店方面的聪明印了这书。

《我的幼年》仿佛是不得已而发表，在自由的阔度下，我们不能说一个身在左侧的作者，无发表那类书的权利。因为几乎凡是世界有名作者，到某一个时期在为世人仰慕而自己创作力又似乎缺少时，为那与"方便"绝不是两样理由的缘故，总应当有一本这样书籍出世。自然从这书上，我们是可以相信那身在书店为一种职业而说话的批评者的意见，说这个书是可以看出一个时代的。一个职业批评家，他可以在这时说时代而在另一时再说艺术，我们读者是有权利要求那时代的描画，必须容纳到一个好风格里去的。我们还有理由加以选择，承认那用笔最少轮廓最真的是艺术。若是每个读者他知道一点文学什么是精粹的技术，什么是艺术上的赘疣，他对于郭沫若的《我的幼年》，是会感到一点不满的。书卖到那样贵，是市侩的事不与作者相关。不过作者难道不应当负一点小小责任，把文字节略一点吗？

《反正前后》是同样在修辞上缺少可称赞的书，前面我曾说过。那不当的插话，那基于牢骚而加上的解释，能使一个有修养的读者中毒，发生反感。第三十七页，四十二页，还有其他。有些地方，都是读者与一本完全著作相对时不会有的耗费。

全书告我们的，不是一时代应有的在不自觉中生存的愚暗自剖，或微醒张目，却仍然到处见出雄赳赳。这样写来使年轻人肃然起敬的机会自然多了，但若把这个当成一个研究本人过去的资料时，使我们有些为难了。从沫若诗与全集中之前一部分加以检查，我们总愿意把作者位置在唯美派颓废派诗人之间，在这上面我们并不缺少敬意。可是《反正前后》暗示我们的是作者要做革命家，所以卢骚①的自白那类以心相见的坦白文字，便不高兴动手了。

不平凡的人！那欲望，那奇怪的东西，在一个英雄脑中如何活动！

他是修辞家、文章造句家，每一章一句，并不忘记美与顺适，可是永远记不到把空话除去。若果这因果，诚如《沉沦》以及沫

---

① 卢骚：现通译为卢梭，十八世纪法国著名启蒙思想家、文学家。

若另一时文里所说，那机会那只许在三块钱一千字一个限度内得到报酬的往日习惯，把文章的风格变成那样子，我们就应当原谅了。习惯是不容易改正的，正如上海一方面我们成天有机会在租界上碰头的作家一样，随天气阴晴换衣，随肚中虚实贩卖文学趣味，但文章写出来时，放在××，放在×××，或者甚至于四个字的新刊物上，说的话还是一种口音，那见解趣味，那不高明的照抄，也仍然处处是拙相、蠢相。

让我们把郭沫若的名字位置在英雄上，诗人上，煽动者或任何名分上，加以尊敬与同情。小说方面他应当放弃了他那地位，因为那不是他发展天才的处所。一株棕树是不会在寒带地方发育长大的。

原载于一九三〇年《日出》第二卷第一期

论闻一多的《死水》

以清明的眼，对一切人生景物凝眸，不为爱欲所炫目，不为污秽所恶心，同时，也不为尘俗卑猥的一片生活厌烦而有所逃遁；永远是那么看，那么透明地看，细小处，幽僻处，在诗人的眼中，皆闪耀一种光明。作品上，以一个"老成懂事"的风度，为人所注意，是闻一多先生的《死水》。

读《死水》容易保留到的印象，是这诗集为一本理智的静观的诗。在作品中那种安详同世故处，是常常恼怒到年轻人的。因为年轻人在诗的德行上，有下面意义的承认：

诗是歌颂自然与人生的，
诗是诅咒自然与人生的，
诗是悦耳的柔和的东西，
诗是热烈的奔放的东西，
诗须有情感，表现的方法须带一点儿天真，
……

这样或那样，使诗必须成立于一个概念上，是"单纯"与"糊涂"。那是为什么？因为是"诗"。带着惊讶、恐怖、愤怒、欢悦、任情地歌唱，或谨慎地小心地低诉，才成为一般所认可的诗。

纤细的敏感的神经，从小小人事上，做小小的接触，于是微带夸张，或微带忧郁，写成诗歌，这样诗歌才是合乎一九二〇年来中国读者的心情的诗歌。使生活的懑怨与忧郁气氛，来注入诗歌中，则读者更易于理解、同情。因为从一九二三年到今日为止，手持新诗有所体会的年轻人，为了政治的同习惯的这一首生活的长诗，使人人都那么忧愁，那么忧愁！

社会的与生理的骚扰，年轻人，全是不安定，全是纠纷，所要的诗歌，有两种，一则以力叫号做直觉的否认，一则以热情为女人而赞美。郭沫若在胡适之时代过后，以更豪放的声音，唱出力的英雄的调子，因此郭沫若诗以非常速力，占领过国内青年的心上的空间。徐志摩，则以另一意义，支配到若干青年男女的多感的心，每日有若干年轻人为那些热情的句子使心跳跃，使血奔窜。

在这样情形下，有两本最好的诗，朱湘的《草莽集》同闻一多的《死水》。两本诗皆稍稍离开了那时代所定下的条件，以另一态度出现，皆以非常寂寞的样子产生、存在。《草莽集》在中国抒情诗上的成就，形式与内容，实较之郭沫若纯粹极多。全部调子建立于平静上面，整个的平静，在平静中观照一切，用旧词中属于平静的情绪中所产生的柔软的调子，写成他自己的诗歌，明丽而不纤细。《草莽集》的价值，是不至于因目前的寂寞而消失的。《死水》一集，在文字和组织上所达到的纯粹处，那摆脱《草莽集》为词所支配的气息，而另外重新为中国建立一种新诗完整风格的成就处，实较之国内任何诗人皆多。《死水》不是"热闹"的诗，那是当然的，过去不能使读者的心动摇，未来也将这样存在。然而这是近年来一本标准诗歌！在体裁方面，在文字方面，《死水》

的影响，不是读者，当是作者。由于《死水》风格所暗示，现代国内作者向那风格努力的，已经很多了。在将来，某一时节，诗歌的兴味有所转向，使读者以诗为"人生与自然的另一解释"文字，使诗效率在"给读者学成安详地领会人生"，使诗的真价在"由于诗所启示于人的智慧与性灵"，则《死水》当成为一本更不能使人忘记的诗！

作者是画家，使《死水》集中具备刚劲的朴素线条的美丽。同样在画中，必需的色的错综的美，《死水》诗中也不缺少。作者是用一个画家的观察，去注意一切事物的外表，又用一个画家的手腕，在那些俨然具不同颜色的文字上，使诗的生命充溢的。

如《荒村》，可以代表作者使一幅画成就在诗上，如何涂抹他的颜色的本领。如《天安门》，在那些言语上如何着色，也可看出。与《天安门》相似那首《飞毛腿》，与《荒村》相近那首《洗衣歌》，皆以一个为人所不注意的题材，因作者的文字的染色，使那诗非常动人的。

　　他们都上哪里去了？怎么
　　虾蟆蹲在甑上，水瓢里开白莲，
　　桌椅板凳在田里堰里飘着；
　　蜘蛛的绳桥从东屋往西屋牵？
　　门框里嵌棺材，窗棂里镶石块！
　　这景象是多么古怪多么惨！
　　镰刀让它锈着快锈成了泥，
　　抛着整个的渔网在灰堆里烂。

天呀！这样的村庄都留不住他们！
玫瑰开不完，荷叶长成了伞；
秧针这样尖，湖水这样绿，
天这样青，鸟声像露珠这样圆。
……
这样一个桃源，瞧不见人烟！

这里所引的是《荒村》诗中一节。另外，以同样方法，画出诗人自己的心情，为百样声音百样光色所搅扰，略略与全集调子不同的，是《心跳》。代表作者在节奏和谐方面与朱湘诗有相似处，是一首名为《也许》的诗：

也许你真是哭得太累，
也许，也许你要睡一睡，
那么叫苍鹰不要咳嗽，
蛙不要号，蝙蝠不要飞，
不许阳光攒你的眼帘，
不许清风刷上你的眉，
……
也许你听着蚯蚓翻泥，
听那细草的根儿吸水，
……
我就让你睡，我让你睡，
我把黄土轻轻盖着你，
我叫纸钱儿缓缓地飞。

在《收回》，在《你指着太阳起誓》这一类诗中，以诗为爱情二字加以诠解，《死水》中诗与徐志摩《翡冷翠的一夜》及其他诗歌，全是那么相同又那么差异。在这方面作者的长处，却正是一般人所不同意处。因为作者在诗上那种冷静的注意，使诗中情感也消灭到组织中，一般情诗所不能缺少的一点轻狂、一点荡，都无从存在了。

作者所长是想象驰骋于一切事物上，由各样不相关的事物，以韵作为联结的绳索，使诗成为发光的锦绮。于情诗，对于爱，是与志摩的诗所下解释完全不同，所显示完全的一面也有所不同了的。

作者的诗无热情，但也不缺少那由两性纠纷所引起的抑郁。不过这抑郁，由作者诗中所表现时，是仍然能保持到那冷静而少动摇的恍惚的情形的。但离去爱欲这件事，使诗方向转到为信仰而歌唱时，如《祈祷》等篇，作者的热是无可与及的。

作者是提倡格律的一个人。一篇诗，成就于精练的修辞上，是作者的主张。如在《死水》上，作者想象与组织的能力，非常容易见到：

让死水酵成一沟绿酒，
飘满了珍珠似的白沫；
小珠笑一声变成大珠，
又被偷酒的花蚊咬破。

一首诗，告我们不是一个故事、一点感想，应当是一片霞、一园花，有各样的颜色与姿态，具各样香味，做各种变化，是那么细碎又是那么整个的美，欣赏它，使我们从那手段安排超人力的完全中低首，为那超拔技巧而倾心，为那由于诗人做作手艺熟练而赞叹，《死水》中的每一首诗，是都不缺少那技术的完全高点的。

但因这完全，作者的诗所表现虽常常是平常生活的一面，如《天安门》等，然而给读者印象却极陌生了。使诗在纯艺术上提高，所有组织常常成为奢侈的努力，与读者平常鉴赏能力远离，这样的诗除《死水》外，还有孙大雨的诗歌。

原载于一九三〇年四月十日《新月》第三卷第二期

论焦菊隐的《夜哭》

　　使诗歌放在一个"易于为读者所接受的平常风格"下存在，用字、措辞、处置那些句子末尾的韵，无一不平常，然而因这点理由，反而得到极多的读者，是焦菊隐的诗歌。

　　作者在民十五年七月所出版的散文诗歌《夜哭》，三年中有四版的事实，为中国新兴刊物中关于诗歌集子最热闹的一件事。这诗集，是总集作者民十五年以前所有散文诗而加以小小选择的。民十八年，另外出了一个次集，名为《他乡》，收入了《夜哭》以后诗歌，共十五首。

　　作者的诗是以"散文诗"这样一种名称问世的。失去了分行的帮助，使韵落在分段的末一句里，是作者的作品同一般人所异途处。在形式上，这是作者一个特点。其次，作者的诗，容纳的文字，是比目下国内任何诗人还奢侈的文字，凡属于一个年轻的心所能感到的，凡属于一个年轻人的口所不能说出的，焦先生是比一般人皆为小心地把那些文字攫到，而又谨慎又天真地安置到诗歌中的。比一般作品的风格要求皆低，比一般作品表现皆自由，文字却比一般作品皆雕琢堆砌，结果，每一首诗由于一个年轻人读来，皆感到一种"甜蜜"，这也是作者作品一个特点。但这两个特点，也可以说，第一是作者"只能写散文"，第二是作者"诗只能成就到那些方面"。这是一定的，作者年轻，因此能那么作年轻人的诗歌。作者有对于恋爱的希望与生活的忧郁，说自己的话，却正是为一般手持诗本多感多愁的年轻男女而唱歌！

一个年轻人，心中都愿意生活是一首诗，对恋爱与其他各事，做着各样朦胧而又浅薄的梦，所有幻想的翅膀，各处飞去，是飞不出焦菊隐先生作品所表现以外的。他们想象的驰骋，以及失望后的呻吟，因年龄所限制，他们所认为美而适当的文字，就是焦菊隐那类文字。他们的心是只能为这些文字而跳的，焦菊隐的诗歌，就无一首诗不在那方面可以得到完全的成功。

若一个艺术的高点，只是在一时代所谓"多数"人能够接受，在这里，我们找不出有比焦菊隐诗歌还好的诗歌。能有暇裕对新诗鉴赏、理解、同情，是不会在年轻男女学生以外还有人的，为这些人而预备的诗歌，有三个不能疏忽的要点：

一是用易于理解不费思想的形式；

二是用一些有光有色的字略带夸张使之作若干比拟；

三是写他们所切身的东西。

焦菊隐是明白这个的。在创作，则我们知道张资平、章衣萍的成就，为不可否认的真实。在诗，焦菊隐也自然不会十分寂寞了。

中国过去是这样情形，目下还是这样情形，焦菊隐的诗歌，较之闻一多的诗歌，为青年男女所"欢喜"，也当然是毫无问题的。在"读者是年轻人"的时代里，焦菊隐的诗，是一定能比鲁迅小说还受人爱悦而存在的。

若我们想从一种时行作品中，测验一个时代文字的兴味高点，《夜哭》是一本最相宜的书。青年人对人生，用朦胧的眼看一切，用天真的心想一切，由于年轻的初入世的眼与心，爱情的方向，悲剧与喜剧的姿态，焦菊隐先生的《夜哭》，是一本表现年轻人欲望最好的诗。那诗集的存在，以及为世所欢迎，都证明到中国诗歌可以在怎样情形下发展，很可给新诗的研究者做一种参考题材。"多数"是怎样可以"获得"，这意义，所谓革命文学并没有做到，我以为目下是用这本书可以说明的。

这里稍稍引一点东西——

夜正凄凉，春雨一般的寒战的幽静的小风，正吹着妇人哭子的哀调，送过河来，又带过河去。

黑色孵着一流徐缓的小溪，和水里影映着惨淡的晚云，与两三微弱的灯光、星月都沉醉在雪后。

我毫不经意地踱过了震动欲折的板桥，黑、寒与哀怨，包围着我如外衣一样。

……

我们只能感觉这远处吹来的夜哭声，有多么悲惋，多么凄清。她内心思念牛乳样甜而可爱的儿子有多么急切焦忧呢？这我可不能感觉了，我不能感觉，因为黑、寒与哀怨包围着我如外衣一样。

……

（引自《夜哭》一）

凡是青年人所认为美丽的文字，在这诗里完全没有缺少。带一点儿病的衰弱、一点女性，作者很矜持地写成了这样的"散文诗"。作者文字的成就高点，就正是青年人所认为文字的最高点。那么纤细的缠绵的文字，告给我们的是文字已陷到一个最不值得努力的方向上去了，一个奢侈的却完全失去了文字的当然德行的企图，一种糟蹋想象的努力。但这个东西，却适于时代，更适宜于女人！女人是要这个才能心跳才能流泪的。试看另外一点东西：

天上一丝丝灰颓的云缕，似母亲窈弱无力的呻吟。

我心的灰颓颜色中，正腾沸着惨愁的哭声，浮泛着失色的朝云。

（《夜哭》五）

当我在安逸快乐时，她轻轻地向我软语缠绵，使我不能从迷茫中振起——似一只湿了翼的小鸟，伏居在温暖的香巢。

（《夜哭》十三）

黄昏孵罩着的小巷里，静如沉香的静寂中，飞漾来野犬的吠声。浮满了悲哀的波浪，似失子的母亲在夜哭。一波波悲浪如船桨漾水一般拍着我怯懦的心。

（《夜哭》十五）

倚傍着香肩，微微地低语，道着爱慕的芳香言语，如春峡中潺潺的细泉一样清响。

（《夜哭》十七）

还有像《夜的舞蹈》一诗里，那么的诗意葱茏，那么美，却完全是一种那么琐碎纤细的作品。文字的风度，表现散文中最不经济的一面，然而这一面使读者十分倾心，因此在《他乡》集中，作者努力的方向，还是在"描写"，在一些辞藻上面，驰骋他的才思。不过小小不同处，是以个人为本位的抒情，转到较宽泛的人生上有所感触而写作，文字较朴素了一点，却仍使那好处成就于文字上的。把"散文"提高，比平常散文多具一些光色，纤细而并不华丽，虽缠绵凄清，然而由于周作人那种"朴素的散文"所能达到的"亲切"，《他乡》却没有达到的机会。

在《夜哭》集子里，有作者朋友于赓虞先生一序。于先生也同样是在北方为人所熟悉的诗人，且同样使诗表现到的，是青年人苦闷与纠纷。情调的寄托，有一小部分是常常相似的。在那序上，说到作者的家世，即是那产生作者情调的理由。到后便说：

……他隐忍含痛地孤零地往前走着，怀念着已往，梦想着将来，感到不少荒凉的意味。……

……一个作家最大的成功，是能在他的作品中显露出"自我"来。菊隐在这卷诗里，曾透出他温柔的情怀中所潜伏的沉毅的生力……

序上还提到那"缠绵""委婉""美丽""深刻"，以为那种"文体"，是一个特殊的奇迹。在那序上并没有过分誉词，于先生的尺度，是以自己的诗而为准则的。于先生的诗，也就成立于那些各样虚空有诱惑性的字面上。

作者再版自序，则带着小小的惭悔，为自己作品而有所解释，由于生活另一面动摇，对这诗集作者是自己就已经不十分满意了的。那基于一点渺小压迫微小痛苦而作的呻吟，作者是以为不应当的。不过作者所忽略了的大处，在其次一集里，仍然还是没有见到。

在《夜哭》里，作者的情调，维持在两个人作品中间，其一是汪静之，其一是于赓虞。显示青年为爱而歌的姿态，汪静之作品有相近处，表现青年人在失望中惊讶与悲哀，则于赓虞作品，与焦菊隐作品亦有相似的章法。不过那对一切绝望的极端的颓废，由于君诗中酝酿的阴森空气，焦菊隐是没有达到的。

以《夜哭》那种美丽而不实在的文体，在散文创作小说方面，有所努力，用同一意义，得一个时代的欢迎，而终于沉寂的，是王统照的创作同庐隐女士的创作。创作的散文的标准，因一般作者的努力，所走的路将日与活用的语言接近，离开了空泛的辞藻，离开了字面的夸张，那是可能的。但是诗照目下情形看来，则有取相反姿势走去的现象，李金发、胡也频使诗接受古文字中的助词与虚字、复词，杨骚诗则代表一个混杂的形式，因为这些新诗的产生、存在，所以《夜哭》的作者，对自己那诗歌纵极轻视，然而因那内容，所抓住的却是多数年轻人的意识与兴味，这诗集，是将比作者所想到的好影响还能长久，也比我所说到的坏影响还大的。

作者所努力的，是使散文渗入诗的气息，这手段的成就与失败处，已在前面说及了。至于对此后诗作者与散文作者，作者的作品是无影响的，它那为作者所料不到的成就，完全是一般青年的读者，年轻人对这诗集的合式，在未来一个时节里，还不会即刻消失，因为那些文字，并不达到艺术的某一高点，却不缺少一个通俗的动人风格，年轻的男女，由于自己的选择，是不放过这本诗的。

论刘半农的《扬鞭集》

　　当五四运动左右时，第一期国语文学的发展上，刘复这个名字，是一个时髦的名字。在新文学新方向上，刘先生除曾经贡献给年轻人以若干诚实而切要的意见外，还在一种勇敢试验中，写了许多新诗。按照当时诸人为文学所下的定义，使第一期新诗受了那新要求的拘束，刘复、沈尹默、周作人，为时稍后的康白情、俞平伯、朱自清、徐玉诺，在南方的沈玄庐、刘大白，以及不甚能诗却也有所写作的罗家伦、傅斯年等等，是都同时对诗有所努力，且使诗的形式，极力从旧诗中解放，使旧诗中空泛的辞藻，不再在新诗中保留的。每一个作者，对于旧诗词皆有相当的认识，却在新作品中，不以幼稚自弃，用非常热心的态度，各在活用的语言中，找寻使诗美丽完全的形式。且保守那与时代相吻合的思想，使稚弱的散文诗，各注入一种人道观念，作为对时代的抗议，以及青年人心灵自觉的呼喊。但这一期的新诗，是完全为在试验中而牺牲了。在稍后一时，即或在诗中那种单纯的朴素的描绘，以及人生文学的气息，尚影响到许多散文创作者，然而自从民十三年后，这第一期新诗，便差不多完全遗落到历史后面，为人所渐忘了。他们在自己主张上写诗，这主张，为稍后的一时几人新的试验破坏无余了。

　　在第一期诗人中，周作人是一个使诗成为纯散文最认真的人，译日本俳句同希腊古诗，也全用散文去处置。使诗朴素单一仅存一种诗的精神，抽去一切略涉夸张的辞藻，排除一切烦冗的字句，使读者以纤细的心，去接近玩味，这成就处实则也就是失败处的。因这个结果，文字虽由手中而大众化，形式平凡而且自然，但那种单纯，却使读者的情感奢侈，一个读者，若缺少人生的体念，无想象，无生活，对于这朴素的诗，反而失去认识的方便了。年轻人对于周作人的译作诗歌的喜悦，较之对于郭沫若译作诗歌的喜悦为少，这道理，便是因为那朴素是使诗歌转入奢侈，却并不"大众"的。

较后时的郭沫若，一反北方所有文字运动的拘束，用年轻人的感情，采用虽古典而实通俗的辞藻与韵律，以略带夸张的兴奋调子，写他的诗，由于易于领会，在读者中便发生了无量的兴味。这一面的成就，却证明了北方几个诗人试验的失败。并且那试验，也就因此而止。虽俞平伯到较后日子里，还印行他的《忆》，刘复印行他的《扬鞭集》，周作人，则近年来还印行他的《过去的生命》，但这些诗皆以异常寂寞的样子产生，存在于无人注意情形中，因为读者还是太年轻，一本诗，缺少诱人的辞藻作为诗的外衣，缺少悦耳的音韵，缺少一个甜蜜热情的调子，读者是不会欢喜的，不能欢喜的。

似乎在《扬鞭集》或《忆》的序上，周作人先生有类似下面的意见：

……我所见到三个具诗的天分的人，一是俞平伯，二是沈尹默，三是刘复。……

沈尹默，民十四年左右印行了《秋明集》两册，却是旧词旧诗。在新诗贡献上，除了从在《新青年》上他的几首诗，见出这一个对旧诗有最好修养的作者，当"五四"左右时，如何勇敢地放下一切文学的工具，来写他的幼稚的口语诗那种勇敢外，是没有什么可说的。俞平伯在较先两个集子里，一切用散文写就的诗，才情都很好，描写官能所接触一切，低回反复，醋畅缠绵，然而那种感情却完全是旧式文人的感情，同朱自清非常相近。他在他那自己试验中感到爱悦的似乎还是稍后印出的《忆》，这名《忆》的一册小诗，用与冰心小诗风格相似的体裁写成，感情还是那种感情，节约了文字，使在最小篇章里，见出自己一切过去的姿态与欲望的阴影，这诗给作者自己的动摇或较之读者为大，因为用最少的笔描写自己的脸与一个微笑、一滴泪、一声呻吟，除了自己能从那一条线一个曲折辨认出来发生兴味外，读者却因为那简单，不易领会了。周作人对刘半农的意见，似在能驾驭口语能驱遣新意这两件事上。

在《扬鞭集》里有农村素描的肖像，如《一个小农家的暮》：

她在灶下煮饭，
新砍的山柴，
哔哔剥剥响。
灶门里嫣红的火光，
闪着她嫣红的脸，
闪红了她青布的衣裳。

他衔着个十年的烟斗，

慢慢地从田里回来，

屋角里挂去了锄头，

便坐在稻床上，

调弄着只亲人的狗。

他还踱到栏里去，

看一看他的牛；

回头向她说，

"怎样了——

我们新酿的酒？"

门对面青山的顶上，

松树的尖头，

已露出了半轮的月亮。

孩子们在场上看着月，

还数着天上的星：

"一、二、三、四……"

"五、八、六、两……"

他们数，他们唱：

"地上人多心不平，

天上星多月不亮。"

这种朴素的诗，是写得不坏的。以一个散文的形式，浸在诗的气息里，平凡地看，平凡地叙述，表现一个平凡的境界，这手法是较之与他同时作者的一切作品为纯熟的。

又如《稻棚》《回声》，全在同一调子里，写得非常亲切动人。

但这类诗离去了时代那一点意义，若以一个艺术的作品，拿来同十年来所有中国的诗歌比较，便是极幼稚的诗歌。散文的进步，中国十四年来的诗，必须穿上华美的外衣，才会为人注意。刘复这诗歌，却是一九二一年左右写成的，那时代，汪静之、刘延陵、徐玉诺，皆是诗人，在比较中，刘半农的诗是完全的。

刘复在诗歌上试验，有另外的成就，不是如《稻棚》的描写农村，不是如《耻辱的门》写他的人道主义的悲悯与愤怒。写恋爱的得失、心情的一闪，他的诗只记下一个符号，却不能使那个感想同观念成为一首好诗。他有长处，为中国十年来新文学做了一个最好的试验，是他用江阴方言，写那种方言山歌，用并不普遍的文字、并不普遍的组织，唱那为一切成人所能领会的山歌，他的成就是空前的。一个中国长江下游农村培养而长大的灵魂，为官能的放肆而兴起的欲望，用微见忧郁却仍然极其健康的调子，唱出他的爱憎，混合原始民族的单纯与近代人的狡猾，按歌谣平静从容的节拍，歌热情郁怫的心绪，刘半农写的山歌，比他的其余诗歌美丽多了。

在《扬鞭集》一二四页上——

郎想姐来姐想郎，

同勒浪一片场浪乘风凉。

姐肚里勿晓得郎来郎肚里也勿晓得姐，

同看仔一个油火虫虫飘飘漾漾过池塘。

在一二五页上——

姐园里一朵蔷薇开出墙，

我看见仔蔷薇也和看见姐一样。

我说姐倪你勿送我蔷薇也送个刺把我，

戳破仔我手末你十指尖尖替我绷一绷。

在一二七页上——

劈风劈雨打熄仔我格灯笼火，

我走过你门头躲一躲。

我也勿想你放脱仔棉条来开我，

只要看看你门缝里格灯光听你唱唱歌。

在一二八页上——

你联竿拙拙乙是拙格我？

我看你杀毒毒格太阳里打麦打得好罪过。

到仔几时一日我能够来代替你打，

你就坐勒树荫底下扎扎鞋底唱唱歌。

欲望是那么小，那么亲切，却写得那么缓和入耳。还有微带着挑拨，使欲望在另外一种比兴中显出，如在二二〇页的一首。

在二二二页上——

河边上阿姊你洗格舍衣裳？
你一泊一泊泊出情波万丈长！
我隔子绿沉沉格杨柳听你一记一记捣，
一记一记一齐捣勒笃我心上！

较之其他诗皆像完美一点。俚俗，猥亵，不庄重，在一首较好的诗中是可以净化的，它需要的是整个的内涵，在凤凰人歌谣中，有下面这样动人的句子——

天上起云云重云，
地下埋坟坟重坟；
姣妹洗碗碗重碗，
姣妹床上人重人。

又如描写一个欲望的恣肆，以微带矜持的又不无谐趣的神情唱着，又有下面的一歌——

大姐走路笑笑底，
一对奶子翘翘底；

188

我想用手摸一摸，

心中总是跳跳底。

关于叠字与复韵巧妙的措置，关于炫目的观察与节制的描写，这类山歌，技术方面完成的高点，并不在其他古诗以下。对于新诗有所写作，欲从一切形式中去试验、发现、完成，使诗可以达到一个理想的标准，这类歌谣可取法处，或较之词曲为多的。

《扬鞭集》作者为治音韵的学者，若不缺少勇气，试成作江阴方言以外的俗歌，他的成就，是一定可以在中国新诗的发展上有极多帮助的。不过，从自然平俗形式中，取相近体裁，如杨骚在他《受难者短曲》一集上，用中国弹词的格式与调子写成的诗歌，却得到一个失败的证据，证明新诗在那方面也碰过壁来的。

原载于一九三一年二月十五日《文艺月刊》二卷二号

论汪静之的《蕙的风》

　　五四运动的勃兴，问题核心在"思想解放"一点上。因这运动提出的各样枝节部分，如政治习惯的否认、一切制度的惑疑、男女关系的变革、文学的改造，其努力的地方，是从这些问题上重新估价，重新建设一新的人生观。与因袭政治做对抗的是李大钊、陈独秀诸人。在文学革命上，则胡适是我们所不能忘记的一个。男女关系重新估价重新决定的努力，除了一些人在论文上做解释论争外，其直接使这问题动摇到一般年轻人的心，引起非常的注意，空前的翻腾的，还是文学这东西。

　　中国雏形的第一期文学，对所谓"过去"这名词，有所反抗，所有的武器，却完全是诗。在诗中，解释到社会问题的各方面，有玄庐、大白、胡适诸人，然而从当时的诗看去，所谓以人道主义做基础，用仍然保留着绅士气习的同情观念，注入各样名为新诗的作品中去，在文字上，又复无从努力摆脱过去文字外形内涵所给的一切暗示，所以那成就，却并不值得特殊的叙述。如玄庐的《农家》、大白的《卖布谣》、刘半农的《学徒苦》及《卖萝卜人》、胡适的《人力车夫》、周作人的《路上所见》，写作的兴味，虽仿佛已经做到了把注意由花月风物，转到实际人生的片段上来，但使诗成为翻腾社会的力，是缺少使人承认的方便的。这类诗还是模仿，不拘束于格律，却固定在绅士阶级的人道主义的怜悯观念上，在这些诗上，我们找寻得出尸骸复活的证据。使诗注入一种反抗意识，虽不是完全没有，如胡适的《乐观》《威权》《死者》等作品，然而从其余那些诗人搜索检查，所得的结果，是诗人所挣扎做到的，还只能使诗，成为柔软的讽刺，不能成为其他什么东西。

既然男女关系新的道德的成立，在当时的兴味，并不在普遍社会问题之下，因"生理"的或者说"物质"的原因，当前的事情，男女解放问题竟似乎比一般问题还更容易趋于严重。使问题一面得到无数的同情，也同时使无数的人保持到另一见解，引起极端的纷争，倒不是政治，不是文言与白话，却是"男子当怎样做男子，女人应如何做女人"。这焦点移到文学，便归结到诗上去，是非常自然的事。在诗上，做对于这一方面态度有所说明，或用写"情诗"的勇敢，做微带夸张的自白，为"恋爱自由"有所拥护，在当时引起一般人注意的，是胡适的《生查子》：

前度月来时，仔细思量过。今度月重来，独自临江坐。
风打没遮楼，月照无眠我，从来没见他，梦也如何做？

这是旧诗。一种惆怅，一个叹息，有好的境界，也仍然完成到它那旧的形式中。另外有《如梦令》也不缺少热情，但其中却缺少所谓"情欲的苦闷"，缺少"要求"。又如玄庐的《想》：

平时我想你，七日一来复。昨日我想你，一日一来复。
今朝我想你，一时一来复。今宵我想你，一刻一来复。

一种抑郁，节律拘束到子夜歌一类古诗组织中，它还不是当时所要求的新诗。俞平伯、康白情，两个人的长处也不在这一方面。王统照、徐玉诺、陆志韦、冰心女士，也不能从这方面有所成就。在这里，或者应当提到这些人生活的另一面，使这些诗人，皆避开这问题了。

表现女子的意识，生活上恋爱的自决，保留着一点反抗、一点顽固，是登载于《新生活》第十七期上，以黄婉为笔名的一首《自觉的女子》：

我没见过他，怎么能爱他？我没有爱他，又怎么能嫁他？

这里所提出的是反抗与否认意识，是情欲的自觉与自尊。没有爱，一切结合是不行的！然而反抗的是眼泪还是气力？这诗没有结果。在另外一种情形下，就是说，有了爱，是些什么？周作人有一首《高楼》的诗，一面守着纯散文的规则，一面在那极散文的形式中，表现着一种病的忧爱。那样东方的、静的、素描的，对于恋爱的心情，加以优美的描画，这诗是当时极好的诗。那样因年龄、体质、习惯，使诗注定成为那种形式，以及形式中寄托的忧郁灵魂，是一般人所能接受，因而感到动摇同情的。在男女恋爱上，有勇敢的对于欲望的自白，同时所要求，所描写，能不受当时道德观念所拘束，几乎近于夸张的一意写作，在某一情形下，还不缺少"情欲"的绘画意味，是在当时比其他诗人年轻一点的汪静之。

使他的诗成为那样的诗，"年轻"是有关系的。正如另外一个早年夭去的诗人胡思永君，所留下的"思永遗诗"，有青春的灵魂、青春的光、青春的颜色与声音在内。全是幼稚的不成熟的理智，全是矛盾，全是……然而那诗上所有的，却是一般年轻人心上所蕴蓄的东西。青年人对于男女关系所引起的纠纷，引起纠纷所能找到的恰当解释与说明，一般人没有做到，感到苦闷，无从措手，汪静之却写成了他的《蕙的风》。他不但为同一时代的青年人，写到对于女人由生理方面感到的惊讶神秘，要求冒险的失望的一面，也同时把欢悦的奇迹的一面写出了。

就因为那样缺少如其他作者的理智，以及其他作者所受生活道德的束缚，仅凭一点新生的欲望，带着一点任性的神气，漫无节制地写了若干新诗，《蕙的风》所引出的骚扰，由年轻人看来，是较之陈独秀对政治上的论文还大的。在《新青年》上发表他的《狂人日记》的鲁迅先生，用正确的理智，写疯狂的心理，或如在《晨报副刊》发表的《阿Q正传》，以冷静的笔做毫无慈悲的嘲讽，其引人注意处，在当时不会超越汪静之君的诗歌。鲁迅先生的创作，在同时还没有比冰心女士创作给人以更大兴味，就因为冰心是为读者而创作，鲁迅却疏忽了读者。诗的一方面，引出一个当前的问题，放到肯定那新的见解情形下，写了许多诗歌。那工作，在汪静之君是为自己而写，却同时近于为一般年轻人而写作的。年轻人的兴味所在是那一面，所能领会是那一类诗歌，汪静之在他那工作上是尽了力，也应当得到那时代的荣宠的。

《蕙的风》出版于民十一年八月，较俞平伯《西还》迟至五月，较康白情《草儿》约迟一年，较《尝试集》同《女神》则更迟了。但使诗，位置在纯男女关系上，做虔诚的歌颂，这出世较迟的诗集，是因为他的内在的热情，一面摆脱了其他生活体念与感触机会，整个地为少年男女所永远不至于厌烦的好奇心情加以溢美，虽是幼稚仍不失其为纯粹的意义上，得到极大成功的。在这小集上，有关于作者的诗与其人，其时代，作为说明的诸人的诗序，可以作为参考。

朱自清序他《蕙的风》诗集，用了下面的措辞：

静之的诗颇有些像康白情君。他有诗歌的天才；他的诗艺术虽有工拙，但多是性灵的流露。他说自己"是一个小孩子"；他确是二十岁的一个活泼的小孩子。这一句自白很可以帮助我们了解他的人格和作品。小孩子天真烂漫，少经人间的波折，自然只有"无关心"的热情弥漫在他的胸怀里。所以他的诗多是赞颂自然，歌咏恋爱。……我们现在需要最切的，自然是血泪的文学，不是美与爱的文学；是呼吁与诅咒的文学，不是赞颂与咏歌的文学……静之是个孩子，美与爱是他的核心……他似乎不曾经历着那些应该呼吁与诅咒的情景，所以写不出血与泪的作品。……

胡适的序，又说到这些话语：

我读静之的诗，常常有一个感想：我觉得他的诗在解放一方面，比我们作过旧诗的人更彻底得多。当我们在五六年前提倡作新诗时，我们的"新诗"实在还不曾到"解放"两个字，远不能比元人的小曲长套，近不能比金冬心的《自度曲》。我们虽然认清楚了方向，努力朝着"解放"作去，然而当日加入白话诗的尝试的人，大都是对于旧诗词用过一番功夫的人，一时不容易打破旧诗词的镣铐枷锁。故民国六、七、八年的"新诗"，大部分只是一些古乐府式的白话诗，一些"击壤集"式的白话诗，一些词式和曲式的白话诗——都不能算是真正的新诗。但不久有许多少年的"生力军"起来了。少年的新诗人之中，康白情、俞平伯起来最早；他们受旧诗的影响，还不能算很深……但旧诗词的鬼影仍旧时时出现在许多"半路出家"的新诗人的诗歌里。……直到最近一两年内，又有一班少年诗人出来，他们受的旧诗词的影响更薄弱了，故他们的解放也更彻底。静之就是这些少年诗人之中最有希望的一个。他的诗有时未免有些稚气，然而稚气究竟胜于暮气；他的诗有时未免太露，然而太露究竟远胜于晦涩。况且稚气总是充满着一种新鲜风味，往往有我们自命"老气"的人万万想不到的新鲜风味。

为了证明《蕙的风》的独造处，在胡适序上，还引得有作者《月夜》的诗。又引出《怎敢爱伊》以及《非心愿的要求》同《我愿》三诗，解释作者在诗上进步的秩序。

刘延陵则在序上，说到关于歌唱恋爱被指摘的当时情形，有所辩解。且提到这顺应了自然倾向的汪静之君，"太人生的"诗，在艺术方面不能算是十分完善。

作者自序是：

花儿一番一番地开，喜欢开就开了，哪顾得人们有没有鼻子去嗅？鸟儿一曲一曲地唱，喜欢唱就唱了，哪顾得人们有没有耳朵去听？彩霞一阵阵地布，喜欢布就布了，哪顾得人们有没有眼睛去看？

婴儿"咿嘻咿嘻"地笑，"咕嗳咕嗳"地哭；我也像这般随意地放情地歌着，这只是一种浪动罢了。我极真诚地把"自我"融化在我的诗里；我所要发泄的都从心底涌出，从笔尖跳下来之后，我就也安慰了，畅快了。我是为的"不得不"而作诗，我若不写出来，我就闷得发慌！……

在序里，还说到诗国里把一切作品范围到一个道德的型里，是一种愚鲁无知的行为。这里说的话，与胡序的另一章与刘序，皆在诗的方面上有所辩解，因为在当时，作者的诗是以不道德而著名的。

《蕙的风》成为当时一问题，虽一面是那一集子里所有的诗歌，如何带着桃色的爱情的炫耀，然而胡适的序是更为人所注意的。在《一步一回头》那首小诗上，曾引起无数刊物的讨论，在胡序过誉为"深入浅出"的《我愿》一诗上，也有否认的议论。

在《放情地唱啊》的题词后，我们可以见到下面的一些诗：

伊的眼是温暖的太阳；

不然，何以伊一望着我，

我受了冻的心就热了呢？

伊的眼是解结的剪刀；

不然，何以伊一瞧着我，

我被镣铐的灵魂就自由了呢？

伊的眼是快乐的钥匙；

不然，何以伊一瞅着我，

我就住在乐园里了呢？

伊的眼变成忧愁的引火线了；

不然，何以伊一盯着我，

我就沉溺在愁海里了呢？

（《伊的眼》——《蕙的风》三一）

我每夜临睡时，跪向挂在帐上的"白莲图"说：白莲姐姐啊！当我梦中和我的爱人欢会时，请你吐些清香熏我俩吧。

（《祷告》——《蕙的风》四七）

又如在别情的诗上，写着"你知道我在接吻你赠我的诗吗？知道我把你的诗咬了几句吃到心里了吗"？又如"我昨夜梦着和你亲嘴，甜蜜不过的嘴啊！醒来却没有你的嘴了；望你把我梦中那花苞似的嘴寄来吧"。这样带着孩气的任性，做着对于恋爱的孩气的想象，一切与世故异途比拟，一切虚诞的设辞，作者的作品，却似乎比其他同时诸人更近于"赤子之心"的诗人的作品了。使诗回返自然，而诗人却应当在不失赤子之心的天真心情上歌唱，是在当时各个作者的作品中皆有所道及的。王统照、徐玉诺、宗白华、冰心，全不忘却自己是一个具有"稚弱的灵魂"这样一件事实。使这幼稚的心灵，同情欲意识，联结成一片，汪静之君把他的《蕙的风》写成了。

作者在对自然的颂歌中，也交织着青年人的爱欲幻觉与错觉，这风格，在当时诗人中是并不缺少一致兴味的。俞平伯君的作品，为汪静之诗曾有着极大的暗示。在《西湖杂诗》中，我们又可发现那格调，为俞平伯、康白情所习惯的格调。使小诗作为说明一个恋爱的新态度，汪静之君诗也有受《尝试集》的影响处。

又如《乐园》作者从爱欲描写中，迎合到自己的性的观念，虽似乎极新，然而却并不能脱去当时风行的雅歌①以及由周作人介绍的牧歌②的形式。《被残萌芽》则以散文的风格，恣纵的写述，仍然在修辞的完美以及其他意义上，作者所表现的天才，并不超越于其余作品标准之上。作者对旧诗缺少修养，虽在写作方面，得到了非常的自由。因为年龄、智慧、取法却并不能也摆脱同时的诗的一般作品的影响，这结果，作者的作品，所余下的意义，仅如上面所提及，因年龄关系，使作品建筑在"纯粹幼稚上"，幼稚的心灵，与青年人对于爱欲朦胧的意识，联结成为一片，《蕙的风》的诗歌，如虹彩照耀于一短时期国内文坛，又如流星的光明，即刻消灭于时代兴味旋转的轮下了。

作者在一九二七年所印行的新集，《寂寞的国》，是以异常冷落的情形问世的。生活、年龄，虽使作者的诗的方向有所不同，然而除了新的诗集是失去了《蕙的风》在当时的长处以外，作者是不以年龄的增进，在作品中获同样进步的。另一面，到

---

① 雅歌：中国古代士大夫饮酒娱乐时歌"吕之雅诗或用于郊庙三朝之雅乐歌诗"。

② 牧歌：亦称田园诗，诗歌之一种，起源于古希腊的一种表现牧人生活或农村生活的短抒情诗。

一九二八年为止，以诗篇在爱情上做一切诠注，所提出的较高标准，热情的光色交错，同时不缺少音乐的和谐，如徐志摩的《翡冷翠的一夜》；想象的恣肆，如胡也频的《也频诗选》；微带女性的忧郁，如冯至的《昨日之歌》；使感觉由西洋诗取法，使情绪仍保留到东方的、静观的、寂寞的意味，如戴望舒的《我的记忆》；肉感的、颓废的，如邵洵美的《花一般罪恶》。在文字技术方面，在形式韵律方面，也大都较之《蕙的风》作者有优长处。新的趋势所及，在另一组合中，有重新使一切文学恢复到一个"否认"倾向上去的要求，文学问题可争论的是"自由抒写"与"有所作为"。在前者的旗帜下，站立了古典主义极端的理智，以及近代的表现主义浪漫的精神，另一旗帜下，却是一群"相信"或"同意"于使文学成为告白，成为呼号，成为大雷的无产阶级文学与民族文学的提倡者，由于初期的诗的要求，而产生的汪静之君作品，自然是无从接近这纠纷，与时代分离了。

原载于一九三〇年十一月十五日《文艺月刊》一卷四号

论朱湘的诗

　　使诗的风度，显着平湖的微波那种小小的皱纹，然而却因这微皱，更见出寂静，是朱湘的诗歌。

　　能以清明的无邪的眼观察一切，无渣滓的心领会一切。大千世界的光色，皆以悦耳的调子，为诗人所接受；各样的音籁，皆以悦耳的调子，为诗人所接受。作者的诗，代表了中国十年来诗歌一个方向，是自然诗人用农民感情从容歌咏而成的从容方向。爱，流血，皆无冲突，皆在那名词下看到和谐同美，因此作者的诗，是以同这一时代要求取分离样子，独自存在的。

　　徐志摩、邵洵美两人诗中那种为官能的爱欲而炫目，做出对生存的热情赞颂，朱湘是不曾那么写他的诗的。胡适最先使诗成为口号的形式而存在，郭沫若从而更夸张地使诗在那意义上发展，朱湘也不照到那样子作诗的。处处不忘却一个诗人的人生观的独见，从不疏忽了在"描写"以外的"解释"，冰心在她的小诗上，闻一多在他的作品上，全不缺少的气氛，从朱湘的《草莽集》诗中加以检查，也找寻不出。

　　作者第一个小集名《夏天》，在一九二二年印行时，有下面一点小小序引：

　　　朱湘优游的生活既终，奋斗的生活开始，乃检两年半来所作的诗，选之，可存半数得二十六首，印一小册子，命名《夏天》，取青春已过，入了成人期的意思。我的诗，你们去吧！站得住自然的风雨，你们就存在；站不住，死了也罢。

所谓代表这个诗人第一期的诗歌，在时代的风雨阴晴里，是诚如作者所意识到，成为与同一时代其他若干作品一样，到近来，已渐次为人忘怀了的。俞平伯、朱自清与这集子同一时代同一风格的诗歌，皆代表了一个文学新倾向的努力，从作品中可得到的，只是那为摆脱旧时代诗所有一切外形内涵努力的一种形式，那结果，除了对新的散文留下一种新姿态外，对于较后的诗歌却无多大影响的。

使诗的要求，是朴实的描写，单纯的想，天真的唱，为第一期中国新诗所能开拓的土地。这时代朱湘的诗，并无气力完全超越这一个幼稚时代的因袭。如《迟耕》：

蓑衣斗篷放在田坎上，
——柳花飞了！
"牛，乖乖地让我安上犁，
你好吃肥肥的稻秸。"

这一类诗歌的成就，正如一般当时的诗歌的成就，只在"天真与纤细"意义上存在的。但如《小河》，却已显出了作者那处置文字从容的手段了。

白云是我的家乡，
松盖是我的房檐，
父母，在地下，我与兄弟
并流入辽远的平原。

我流过宽白的沙滩，
过竹桥有肩锄的农人；
我流过俯岩的面下，
他听我弹幽涧的石琴。

有时我流得很慢，
那时我明镜不殊，
轻舟是桃色的游云，
舟子是披蓑的小鱼；

有时我流得很快，
那时我高兴地低歌，
人听到我走珠的吟声，
人看见我起伏的胸波。
烈日下我不怕燥热，
我头上是柳阴的青帷；
旷野里我不愁寂寞，
我耳边是黄莺的歌吹。

我掀开雾织的白被，

我披起红毂的衣裳，

有时过一息清风，

纱衣玳帘般闪光。

我有时梦里上天，

伴着月姊的寂寥；

伊有水晶般素心

吸我沸腾的爱潮。

我流过四季，累了，

我的好友们又已凋残，

慈爱的地母怜我，

伊怀里我拥白絮安眠。

　　然而这诗，与在同一时代同一题材下周作人所写的《小河》，
意义却完全不同的。周诗是一首朴素的诗。一条小河的存在，象
征一个生活的斗争，由忧郁转到光明，使光明由力的抗议中产生。
使诗包含一个反抗的意识，《小河》所以在当时很为人所称道。
朱湘的《小河》却完全不同，诗由散文写来，交织着韵的美丽，
但为当时习气所拘束，却不免用了若干纤细比拟，"月姊""草妹"，
使这诗无从脱去那第一期新诗的软弱。欲求"亲切"，不免"细碎"，
作者在《草莽集》里，这缺点是依然还存在的。
　　但在《夏天》里，如《寄思潜》一长诗，已显出作者的诗是

当时所谓有才情的诗，与闻一多之长诗咏李白一篇①，可以代表一个诗的新型。又如《早晨》，那种单纯的素描，也可以说是好诗的。

> 早晨：
> 黄金路上的丈长人影。

又如《我的心》：

> 我的心是一只酒杯，
> 快乐的美酒稀见于杯中；
> 那么斟吧，悲哀的苦茗，
> 有你时终胜于虚空！

则为作者所有作品中表现寂寞、表现生活意识的一首诗。这寂寞，这飘上心头留在纸上的人生淡淡的哀戚，在《夏天》集里尚不缺少，在《草莽集》里却不能发现了的。

《草莽集》出版于一九二七年，这集子不幸得很，在当时，使人注意处，尚不及焦菊隐的《夜哭》同于赓虞的《晨曦之前》。《草莽集》才能代表作者在新诗一方面的成就，于外形的完整与音调的柔和上，达到一个为一般诗人所不及的高点。诗的最高努力，若果是不能完全疏忽了那形式同音节，则朱湘在《草莽集》各诗上，所有的试验，是已经得到了非常成功的。

---

① 指闻一多的作品《李白之死》。

若说郭沫若某一部分的诗歌，保留的是中国旧诗空泛的夸张与豪放，则朱湘的诗，保留的是"中国旧词韵律节奏的魂灵"。破坏了词的固定组织，却并不完全放弃那组织的美，所以《草莽集》中的诗，读及时皆以柔和的调子入耳，无炫奇处，无生涩处。如《葬我》：

> 葬我在荷花池内，
> 耳边有水蚓拖声，
> 在绿荷叶的灯上
> 萤火虫时暗时明——
>
> 葬我在马缨花下，
> 永做着芬芳的梦——
> 葬我在泰山之巅，
> 风声呜咽过孤松——
>
> 不然，就烧我成灰，
> 投入泛滥的春江，
> 与落花一同漂去
> 无人知道的地方。

那种平静的愿望，诉之于平静的调子中，是在同时作者如徐志摩、闻一多作品中所缺少的。又如《摇篮歌》：

春天的花香真正醉人，
一阵阵温风拂上人身，
你瞧日光它移得多慢，
你听蜜蜂在窗子外哼：
睡呀，宝宝，
蜜蜂飞得真轻。

天上瞧不见一颗星星，
地上瞧不见一盏红灯；
什么声音也都听不到，
只有蚯蚓在天井里吟：
睡呀，宝宝，
蚯蚓都停了声。
一片片白云天空上行，
像是些小船飘过湖心，
一刻儿起，一刻儿又沉，
摇着船舱里安卧的人；
睡呀，宝宝，
你去跟那些云。

不怕它北风树枝上鸣，
放下窗子来关起房门；
不怕它结冰十分寒冷，
炭火烧在那白铜的盆；
睡呀，宝宝，
挨着炭火的温。

使一首诗歌，外形内涵那么柔和温暖，却缺少忧郁，作者这诗的成就，是超于一切作品以上，也同时是本集中最完全的。还有《采莲曲》，在同一风格下，于分行、用韵，使节奏清缓，皆非常美丽悦耳。如——

小船呀轻飘，

杨柳呀风里颠摇；

荷叶呀翠盖，

荷花呀人样娇娆。

日落，

微波，

金丝闪动过小河。

左行，

右撑，

莲舟上扬起歌声。……

溪涧，

采莲，

水珠滑走过荷钱。

拍紧，

拍轻，

桨声应答着歌声。……

溪中，

采莲，

耳鬓边晕着微红。

风定，

风生，

风飔荡漾着歌声。……

花芳，

衣香，

消融入一片苍茫，

时静，

时闻，

虚空里袅着歌音。

　　以一个东方民族的感情，对自然所感到的音乐与图画意味，由文字结合，成为一首诗，这文字，也是采取自己一个民族文学中所遗留的文字，用东方的声音，唱东方的歌曲，使诗歌从歌曲意义中显出完美，《采莲曲》在中国新诗的发展上，也是非常有意义的。作者是主张诗可以诵读的人，正如同时代作者闻一多、徐志摩、刘梦苇、饶孟侃一样，在当时，便是预备把《采莲曲》在一个集会中，由作者吟唱，做一个勇敢的试验的。在闻一多的《死水》集里，有可读的诗歌，在徐志摩的《志摩的诗》集里，也有可读的诗歌，但两人的诗是完全与朱湘作品不同的。在音乐方面的成就，在保留到中国诗与词值得保留的纯粹，而加以新的排比，使新诗与旧诗在某一意义上，成为一种"渐变"的连续，而这形式却不失其为新世纪诗歌的典型，朱湘的诗可以说是一本不会使时代遗忘的诗。

　　作者所习惯的，是中国韵文所有的辞藻的处置。在诗中，支配文言文所有优美的、具弹性的、具女性的复词，由于：朱湘的试验，皆见出死去了的辞藻有一种机会复活于国语文学的诗歌中。这尸骸的复活，是必然的，却仍是由于作者一种较高手段选择而来的。中国新诗作者中，沈尹默、刘复、刘大白，皆对旧诗有最好学力，对新诗又尽过力做新的方向拥护的，然而从《邮吻》作者的各样作品中去看看，却只见到《邮吻》作者摆脱旧辞藻的努力，使新诗以一个无辞藻为外衣的单纯形式而存在，从刘复的《扬鞭集》去看看，这结果也完全相同。这完全弃去死文字的勇敢处，多为由于五四运动对诗要求的一种条件所拘束，朱湘的诗稍稍离开这拘束，承受了词曲的文字，也同时还承受了词曲的风格，写成他的《草莽集》。但那不受五四文学运动的拘束，却因为作者为时稍晚的原因。同样不为那要求所拘束与限制，在南方如郭沫若，便以更雄强的夸张声势而出现了。

在《草莽集》上，如《猫诰》，以一个猫为题材，却做历史的人生的嘲讽；如《月游》，以一个童话的感兴，在那诗上作一种恣纵的描画；如《王娇》，在传奇故事的题材上，用一支清秀明朗的笔，写成美丽的故事诗，成就全都不坏。其中《王娇》那种写述的方法，那种使诗在弹词与"曲"的大众的风格上发展，采用的也全是那稍古旧的一时代所习惯的文字，这个试验是尤其需要勇敢与才情的。

不过在这本诗上，那些值得提及的成就，却使作者同时便陷到一个失败的情形里去了。作者运用辞藻与典故，作者的诗成为"工稳美丽"的诗，缺少一种由于忧郁、病弱、颓废而形成的犷悍兴奋气息，与时代所要求异途，诗所完成的高点，却只在"形式的完整",以及"文字的典则"两件事上了。离去焦躁,离去情欲,离去微带夸张的炫目光彩,在创作方面,叶圣陶先生近年来所有的创作,皆在时代的估价下显然很寂寞的,朱湘的诗,也以同一意义而寂寞下去了。

作者在生活一方面,所显出的焦躁,是中国诗人中所没有的焦躁,然而由诗歌认识这人,却平静到使人吃惊。把生活欲望、冲突的意识置于作品中,由作品显示一个人的灵魂的苦闷与纠纷,是中国十年来文学其所以为青年热烈欢迎的理由。只要作者所表现的是自己那一面,总可以得到若干青年读者最衷心的接受。创作者中如郁达夫、丁玲,诗人中如徐志摩、郭沫若,是在那自白的诚实上成立各样友谊的。在另外一些作者作品中,如继续海派刊物兴味方向而写作的若干作品,即或作品以一个非常平凡非常低级的风格与趣味而问世,也仍然可以不十分冷落的。但《草莽集》中却缺少那种灵魂与官能的烦恼,没有昏瞽,没有粗暴。生活使作者性情乖僻,却并不使诗人在作品上显示纷乱。作者那种安详与细腻,因此使作者的诗,乃在一个带着古典与奢华而成就的地位上存在,去整个的文学兴味离远了。

在各个人家的窗口,各人所见到的天,多是灰色的忧郁的天,在各个年轻人的耳朵边,各人所听到的声音,多是辱骂埋怨的声音。在各人的梦境里,你同我梦到的,总不外是⋯⋯一些长年的内战,一个新世纪的展开,作者官能与灵魂所受的摧残,是并不完全同人异样的!友谊的崩溃,生活的威胁,人生的卑污与机巧,作者在同样灾难中领受了他那应得的一份。然而作者那灾难,却为"勤学"这件事所遮盖,作者并不完全与"人生"生疏,文学的热忱却使他天真了。一切人的梦境的建设，人生态度的决定，多由于物质的环境，诗人的梦却在那超物质的生活各方面所有的美的组织里。他幻想到一切东方的静的美丽，倾心到那些光色声音上面，如在《草莽集》中《梦》一诗上，那么写着：

> 水样清的月光漏下苍松，
> 山寺内舒徐地敲着夜钟，
> 梦一般的泉声在远方动。
> ……

　　从自然中沉静中得到一种生的喜悦，要求得是那么同一般要求不同，纯粹一个农民的感情，一个农民的观念，这是非常奇异的。作者在其他诗篇上，也并不完全缺少热情，然而即以用《热情》为题的一诗看来，作者为热情所下诠解，虽夸张却并不疏忽了和谐的美的要求。这热情，也成为东方诗人的热情，缺少"直感"的抒摅，而为"反省"的陶醉了。

　　诗歌的写作，所谓使新诗并不与旧诗分离，只较宽泛地用韵分行，只从商籁体或其他诗式上得到参考，却用纯粹的中国人感情，处置本国旧诗范围中的文字，写成他自己的诗歌，朱湘的诗的特点在此。他那成就，也因此只像是个"修正"旧诗，用一个新时代所有的感情，使中国的诗在他手中成为现在的诗。以同样态度而写作，在中国的现时，并无一个人。

原载于一九三一年一月十五日《文艺月刊》二卷一号

论徐志摩的诗

一九二三年顷，中国新文学运动有了新的展开，结束了初期文学运动关于枝节的纷争。创作的道德问题，诗歌的分行、用字，以及所含教训问题，皆得到了一时休息。凡为与过去一时代文学而战的事情，渐趋于冷静，作家与读者的兴味，转移到作品质量上面后，国内刊物风起，皆有沉默向前之势。创造社以感情的结合，做冤屈的申诉，特张一军，对由文学革命而衍化产生的文学研究会团体，取对立姿势，《小说月报》与《创造》，乃支配了国内一般青年人文学兴味。以彻头彻尾浪漫主义倾向相号召的创造社同人，对文学研究会作猛烈攻击。在批评方面，所熟悉的名字，是成仿吾。在创作方面，张资平贡献给读者的是若干恋爱故事；郁达夫用一种崭新的形式，将作品注入颓废的病的情感，嵌进每一个年轻人心中后，使年轻人皆感到一种同情的动摇。在诗，则有郭沫若，以英雄的、原始的夸张情绪，写成了他的《女神》。

在北方，由胡适之、陈独秀等所领导的思想与文学革命运动，呈了分歧，《向导》与《努力》，各异其趣，且因时代略呈向前跃进样子，文学运动在昨日所引起的纠纷，已得到了解决。新的文学由新的兴味所拥护，渐脱离理论，接近实际，独向新的标准努力。文学估价又因为有创造社的另一运动，提出较宽泛的要求后，注意的中心，便归到《小说月报》与《创造》月季刊方面了。另外，由于每日的刊行，以及历史原因，且所在地方又为北京，由孙伏园所主编的《晨报副刊》，其影响所及，似较之两定期刊物为大。

这时的诗歌，在北方，在保守着五四文学运动胡适之先生等所提出的诗歌各条件，是刘复、俞平伯、康白情诸人。使诗歌离开韵律，离开辞藻，以散文新形式为译做试验的是周作人。以小诗捕捉一个印象，说明一个观念，以小诗抒情，以小诗显出聪明睿智对于人生的解释，同时因作品中不缺少女性的优美、细腻、明慧，以及其对自然的爱好，冰心女士的小诗，为人所注意、鉴赏、模仿，呈前此未有的情形。由于《小说月报》的介绍，朱自清与徐玉诺的作品，也各以较新组织、较新要求写作诗歌，常常见到。王统照则在其自编的文学周刊（附于《晨报》），有他的对人生与爱，作一朦胧体念朦胧说明的诗歌。创造社除郭沫若外，有邓均吾的诗为人所知；另外较为人注意的，是天津的文学社同人，与上海的浅草社同人。在诗歌方面，焦菊隐、林如稷，是两个不甚陌生的名字。

文学运动已告了一个结束，照着当时的要求，新的胜利是已如一般所期望，为诸人所得到了的。另一时，为海派文学所醉心的青年，已经成为新的鉴赏者与同情者了。为了新的风格、新的表现渐为年轻人所习惯，由《尝试集》所引起的争论，从新的作品上再无从发生。基于新的要求，徐志摩以他特殊风格的新诗与散文，发表于《小说月报》。同时，使散文与诗，由一个新的手段，做成一种结合，也是这个人（使诗还原朴素，为胡适。从还原的诗抽除关于成立诗的韵节，成完全如散文的作品为周作人。）使散文具诗的精灵，融化美与丑劣句子，使想象徘徊于星光与污泥之间，同时，属于诗所专有，而又为当时新诗所缺乏的音乐韵律的流动，加入于散文内，徐志摩的试验，由新月印行之散文集《巴黎的鳞爪》，以及北新印行之《落叶》，实有惊人的成就。到近来试检查作者唯一创作集《轮盘》，其文字风格，便具一切诗的气分。文字中糅合有诗的灵魂、华丽与流畅，在中国，作者散文所达到的高点，一般作者中，是还无一个人能与并肩的。

作者在散文方面，给读者保留的印象，是华丽与奢侈的炫目。在诗歌，则加上了韵的和谐与完整。

在《志摩的诗》一集中，代表到作者作品所显示的特殊的一面，如《灰色的人生》下面的一列句子：

我想——我想放宽我的宽阔的粗暴的嗓音，唱一支野蛮的大胆的骇人的新歌。

我想拉破我的袍服，我的整齐的袍服，露出我的胸膛，肚腹，肋骨与筋络。

我想放散我一头的长发……

我要调谐我的嗓音，傲慢地，粗暴地，唱一阕荒唐的，摧残的，弥漫的歌调。

……

我一把揪住了西北风，问他要落叶的颜色。

我一把……

来，我邀你们到海边去，听风涛震撼太空的声调。……

来，我邀你们到民间去，听衰老的，病痛的，贫苦的，残毁的……和着深秋的风声与雨声——合唱"灰色的人生"！

又如《毒药》写着那样粗犷的言语——

今天不是我的歌唱的日子，我口边涎着狞恶的微笑；不是我说笑的日子……

相信我，我的思想是恶毒的，因为这世界是恶毒的；我的灵魂是黑暗的，因为太阳已经灭绝了光彩；我的声调是像坟堆里的夜鸦，因为……

在人道恶浊的洄水里流着，浮荇似的，五具残缺的尸体，他们是仁义礼智信，向着时间无尽的海澜里流去。

这海是一个不安静的海……在每个浪头的小白帽上分明地写着人欲与兽性。

到处是奸淫的现象：贪心搂抱着正义，猜忌逼迫着同情，懦怯狎亵着勇敢，肉欲侮弄着恋爱，暴力侵凌着人道，黑暗践踏着光明。……

一种奢侈的想象，挖掘出心的深处的苦闷，一种恣纵的、热情的、力的奔驰，作者的诗最先与读者的友谊，是成立于这样篇章中的。这些诗并不完全说明到作者诗歌成就的高点，这类诗只显示作者的一面，是青年的血，如何为百事所燃烧。不安定的灵魂，在寻觅中、追究中、失望中，如何起着吓人的翻腾。爱情、道德、人生，各样名词以及属于这名词的虚伪与实质，为初入世的眼所见到，为初入世的灵魂所感触，如何使作者激动。作者这类诗，只说明了一个现象，便是新的一切，使诗人如何惊讶愤怒的姿态。

与这诗同类的还有一首《白旗》，那激动的热情，疯狂的叫号，略与前者不同。这里若以一个诗的最高目的，是"似温柔悦耳的音节，优美繁丽的文字，作为真理的启示与爱情的低诉"。作者这类诗，并不是完全无疵的好诗。另外有一个《无题》，则由苦闷、昏瞀，恢复了清明的理性，如暴风雨的过去，太空明朗的月色，虫声与水声的合奏，以一种勇敢的说明，作为鞭策与鼓励，使自己向那"最高峰"走去。这里"最高峰"，作者所指的意义，是应当从第二个集子找寻那说明的。凡是《志摩的诗》一集中，所表现作者的欲望焦躁，以及意识的恐怖、畏葸、苦痛，在作者次一集中，有说明那"跋涉的酬劳"自白存在。

在《志摩的诗》中另外一倾向上，如《雪花的快乐》：

假如我是一朵雪花，
翩翩地在半空里潇洒，
我一定认清我的方向——
飞扬，飞扬，飞扬——
这地面上有我的方向。

不去那冷寞的幽谷，
不去那凄清的山麓，
也不上荒街去惆怅——
飞扬，飞扬，飞扬——
你看，我有我的方向！
在半空里娟娟地飞舞，
认明了那清幽的住处，

等着她来花园里探望——

飞扬，飞扬，飞扬——

啊，她身上有朱砂梅的清香！

那时我凭借我的身轻，

盈盈的，沾住了她的衣襟，

贴近她柔波似的心胸——

消融，消融，消融——

融入了她柔波似的心胸！

这里是作者为爱所煎熬，略返凝静，所做的低诉。柔软的调子中交织着热情，得到一种近于神奇的完美。

使一个爱欲的幻想，容纳到柔和轻盈的节奏中，写成了这样优美的诗，是同时一般诗人所没有的。在同样风格中，带着一点儿虚弱、一点儿忧郁、一点病，有《在那山道旁》一诗。使作者的笔，转入到一个纯诗人的视觉触觉所领会到的自然方面去，以一种丰富的想象，为一片光色、一朵野花、一株野草，付以诗人所予的生命，如《石虎胡同七号》，如《残诗》，如《常州天宁寺闻礼忏声》，皆显示到作者性灵的光辉。细碎，反复，俞平伯在《西还》描写景物作品中，所有因此成为阗茸的文字，在《志摩的诗》如上各篇中，却缺少那阗茸处。正以排列组织的最高手段，琐碎与反复，乃完全成为必需的旋律，也是作者这一类散文的诗歌。在《多谢天！我的心又一度的跳荡》一诗中，则作者的文字，简直成为一条光明的小河了。

"星海里的光彩，大千世界的音籁，真生命的洪流。"作者文字的光芒，正如在《常州天宁寺闻礼忏声》一诗中所说及。以洪流的生命，作无往不及的悬注，文字游泳在星光里，永远流动不息，与一切音籁的综合，乃成为自然的音乐。一切的动，一切的静，青天，白水，一声佛号，一声钟，冲突与和谐，庄严与悲惨，作者是无不以一颗青春的心，去鉴赏、感受而加以微带矜持的注意去说明的。

　　作者以珠玉的散文，为爱欲，以及为基于爱欲启示于诗人的火焰热情，在以《翡冷翠的一夜》名篇的一诗中，写得最好。作者在平时，是以所谓"善于写作情诗"而为人所知的，从《翡冷翠的一夜》诗中看去，"热情的贪婪"这名词以之称呼作者，并不为过甚其词。《再休怪我脸沉》，在这诗中，便代表了作者整个的创作重心，同时，在这诗上，也可看到作者所长，是以爱欲为题，所有联想，如何展开，如光明中的羽翅飞向一切人间。在这诗中以及《翡冷翠的一夜》其他篇章中，是一种热情在恣肆中的喘息，是一种豪放的呐喊，为爱的喜悦而起的呐喊。是清歌，歌唱一切爱的完美。作者由于生活一面的完全，使炽热的心，到另一时，失去了纷乱的机会，返回沉静以后，便只能在那较沉静生活中，为所经验的人生，作若干素描。因此作者第二个集子中，有极多诗所描画的却只是爱情的一点感想。俨然一个自然诗人的感情，去对于所已习惯认识分明的爱，做虔诚地歌唱，是第二个集子中的特点。因为缺少使作者焦躁的种种，忧郁气氛在作者第二个集子中也没有了。

　　因此有人评这集子为"情欲的诗歌"，具"烂熟颓废气息"。

然而作者使方向转到爱情以外，如《西伯利亚》一诗，那种融合纤细与粗犷成一片锦绣的组织，仍然是极好的诗。又如《西伯利亚道中忆西湖秋雪庵芦色作歌》，那种和谐，那种离去爱情的琐碎与亵渎，但孤独的抑郁的抽出乡情系恋的丝，从容的又复略近于女性的明朗抒情调子，美丽而庄严，是较之作者先一时期所提及《在那山道旁》一类诗有更多动人处的。

在作者第二集子中，为人所爱读，同时也为作者所深喜的，是一首名为《海韵》的长歌：

　　　"女郎，单身的女郎，
　　你为什么留恋
　　这黄昏的海边？——
　　女郎，回家吧，女郎！"
　　　"阿不，回家我不回，
　　我爱这晚风吹。"——
　　在沙滩上，在暮霭里，
　　有一个散发的女郎——
　　徘徊，徘徊。

　　　"女郎，散发的女郎，
　　你为什么彷徨
　　在这冷清的海上？
　　女郎，回家吧，女郎！"
　　　"阿不，你听我唱歌，
　　大海，我唱，你来和。"——

在星光下，在凉风里，
轻荡着少女的清音——
高吟，低哦。

"女郎，胆大的女郎！
那天边扯起了黑幕，
这顷刻间有恶风波——
女郎，回家吧，女郎！"
"阿不，你看我凌空舞，
学一个海鸥没海波。"——
在夜色里，在沙滩上，
急旋着一个苗条的身影——
婆娑，婆娑。

"听呀，那大海的震怒，
女郎，回家吧，女郎！
看呀，那猛兽似的海波，
女郎，回家吧，女郎！"
"阿不，海波他不来吞我，
我爱这大海的颠簸！"
在潮声里，在波光里，
啊，一个慌张的少女在海沫里，
蹉跎，蹉跎。

"女郎，在哪里，女郎？

在哪里，你嘹亮的歌声？

在哪里，你窈窕的身影？

在哪里，啊，勇敢的女郎？"

黑夜吞没了星辉，

这海边再没有光芒；

海潮吞没了沙滩，

沙滩上再不见女郎——

再不见女郎！

以这类诗歌，使作者作品，带着淡淡的哀戚，掺入读者的灵魂，除《海韵》以外，尚有一风格略有不同名为《苏苏》的一诗：

苏苏是一个痴心的女子：

像一朵野蔷薇，她的丰姿；

像一朵野蔷薇，她的丰姿——

来一阵暴风雨，摧残了她的身世。

这荒草地里有她的墓碑，

淹没在蔓草里，她的伤悲；

淹没在蔓草里，她的伤悲——

啊，这荒土里化生了血染的蔷薇！

那蔷薇……

在清早上受清露的滋润，

到黄昏时有晚风来温存，

更有那长夜的慰安，看星斗纵横。

……

关于这一类诗，朱湘《草莽集》中有相似篇章。在朱湘作《志摩的诗评》时，对于这类诗是加以赞美的。如《大帅》《人变兽》《叫化活该》《太平景象》《盖上几张油纸》等，以社会平民生活的印象，作一度素描，或由对话的言语中，浮绘人生可悲悯的平凡的一面。在风格上，闻一多《死水》集中，常有极相近处。在这一方面，若诚如作者在第二个集子所自引的诗句那样：

我不想成仙，蓬莱不是我的分；我只要地面，情愿安分地做人。

则作者那样对另一种做人的描写，是较之对"自然"与"爱情"的认识，为稍稍疏远了一点的。作者只愿"安分"做人，这安分，便是一个奢侈，与作者凝眸所见到的"人"是两样的。作者所要求的是心上波涛静止于爱的抚慰中。作者自己虽极自谦卑似的，说"自己不能成为诗人"，引用着熟人的一句话在那序上，但作者却正因为到底是一个"诗人"，把人生的另一面，平凡中所隐藏的严肃，与苦闷，与愤怒，有了隔膜，不及一个曾经生活到那现在一般生活中的人了。钱杏邨在他那略近于苛索的检讨文章上面，曾代表了另一意见有所述及，由作品追寻思想，为《志摩的诗》作者画了一个肖像。但由作者作品中的名为《自剖》中几段文字，追寻一切，疏忽了其他各方面，那画像却是不甚确切的。

作者所长是使一切诗的形式，使一切由文中不习惯的诗式，嵌入自己作品，皆能在试验中契合无间。如《我来扬子江边买一把莲蓬》，如《客中》，如《决断》，如《苏苏》，如《西伯利亚》，如《翡冷翠的一夜》，都差不多在一种崭新的组织下，给读者以极大的感兴。

作者的小品，如一粒珠子，一片云，也各有他那完全的生命。如《沙扬娜拉》一首：

最是那一低头的温柔，
像一朵水莲花不胜凉风的娇羞；
道一声珍重，道一声珍重，
那一声珍重里有蜜甜的忧愁——
沙扬娜拉！

读者的"蜜甜的忧愁"，是读过这类诗时就可以得到的。如《在那山道旁》《落叶小唱》，也使人有同类感觉。有人曾评作者的诗，说是多成就于音乐方面。与作者同时其他作者，如朱湘，如闻一多，用韵、节奏，皆不甚相远，诗中却缺少这微带病态的忧郁气氛，使读者从《志摩的诗》作者作品中所得到的"蜜甜的忧愁"，是无从由朱湘、闻一多作品中得到的。

因为那所歌颂人类的爱、人生的爱，到近来，作者是在静止中凝眸，重新有所见，有所感。作者近日的诗，似乎取了新的形式，正有所写作，从近日出版之《新月》月刊所载小诗可以明白。

使作者诗歌与朱湘、闻一多等诗歌，于读者留下一个极深印象，且使诗的地位由忽视中转到他应有位置上去，为人所尊重，是作者在民十五年时代编辑《晨报副刊》时所发起之诗会与《诗刊》。在这周刊上，以及诗会的座中，有闻一多、朱湘、饶子离、刘梦苇、于赓虞、蹇先艾、朱大枬诸人及其作品。刘梦苇于民十六年死去。于赓虞由于生活所影响，对于诗的态度不同，以绝望的、厌世的、烦乱的、病废的情感，使诗的外形成为划一的整齐，使诗的内涵又浸在萧森鬼气里去。对生存的厌倦，在任何诗篇上皆不使这态度转成欢悦，且同时表现近代人为现世所烦闷的种种，感到文字的不足，却使一切古典的文字，以及过去的东方人的惊讶与叹息与愤怒的符号，一律复活于诗歌中，也是于先生的诗。朱湘有一个《草莽集》，《草莽集》中所代表的"静"，是无人作品可及的。闻一多有《死水》集，刘梦苇有《白鹤集》……

诗会中作者作品，是以各样不同姿态表现的，与《志摩的诗》完全相似，在当时并无一个人。在较新作者中，有邵洵美。邵洵美在那名为《花一般罪恶》的小小集子里，所表现的是一个近代人对爱欲微带夸张神情的颂歌。以一种几乎是野蛮的、直感的单纯——同时又是最近代的颓废，成为诗的每一章的骨骸与灵魂，是邵洵美诗歌的特质。然而那充实一首诗外观的肌肉，使诗带着诱人的芬芳的辞藻，使诗生着翅膀，从容飞入每一个读者心中去的韵律，邵洵美所做到的，去《翡冷翠的一夜》集中的完全，距离是很远很远的。

作者的诗歌，凡带着被抑制的欲望，做爱情的低诉，如《雪花的快乐》，在韵节中，较之以散文写作具复杂情感的如《翡冷翠的一夜》诸诗，易于为读者领会。

原载于一九三二年八月《现代学生》第二卷第二期

从徐志摩作品学习"抒情"

　　在写作上想到下笔的便利，是以"我"为主，就官能感觉和印象温习来写随笔。或向内写心，或向外写物，或内外兼写，由心及物由物及心混成一片。方法上富于变化，包含多，体裁上更不拘文格文式，可以取例做参考的，现代作家中，徐志摩作品似乎最相宜。

　　譬如写风景，在《我所知道的康桥》[①]，说到康桥天然的景色，说到康河，实在妩媚美丽得很。他要你凝神地看，要你听，要你感觉到这特殊风光：

　　康桥的灵性全在一条河上；康河，我敢说，是全世界最秀丽的一条河水。……河身多的是曲折，上游是有名的拜伦潭……当年拜伦常在那里玩的。有一个老村子叫格兰骞斯德，有一个果子园，你可以躺在累累的桃李树荫下吃茶，花果会掉入你的茶杯，小雀子会到你桌上来啄食，那真是别有一番天地。这是上游。下游是从骞斯德顿下去，河面展开，那是春夏间竞舟的场所。上下河分界处有一个坝筑，水流急得很，在星光下听水声，听近村晚钟声，听河畔倦牛刍草声，是我康桥经验中最神秘的一种：大自然的优美、宁静，

---

　　① 康桥通译剑桥，在英国东部，这里指剑桥大学。

调谐在这星光与波光的默契中，不期然地淹入了你的性灵。

……

这河身的两岸都是四季常青最葱翠的草坪。从校友居的楼上望去，对岸草场上，不论早晚，永远有十数匹黄牛与白马，胫蹄没在恣蔓的草丛中，从容地在咬嚼，星星的黄花在风中动荡，应和着它们尾鬣的扫拂。桥的两端有斜倚的垂柳与掬荫护住。水是彻底的清澄，深不足四尺，匀匀地长着长条的水草。这岸边的草坪又是我的爱宠，在清朝，在傍晚，我常去这天然的织锦上坐地，有时读书，有时看水，有时仰卧着看天空的行云，有时反仆着搂抱大地的温软。

但河上的风流还不止两岸的秀丽，你得买船去玩。……

你站在桥上去看人家撑，那多不费劲，多美！尤其在礼拜天有几个专家的女郎，穿一身缟素衣服，裙裾在风前悠悠地飘着，戴一顶宽边的薄纱帽，帽影在水草间颤动。你看她们出桥洞时的姿态，捻起一根竟像没分量的长竿，只轻轻地，不经心地往波心里一点，身子微微地一蹲，这船身便波地转出了桥影，翠条鱼似的向前滑了去。她们那敏捷，那闲暇，那轻盈，真是值得歌咏的。

在初夏阳光渐暖时，你去买一只小船，划去桥边荫下，躺着念你的书或是做你的梦，槐花香在水面上漂浮，鱼群的唼喋声在你的耳边挑逗。或是在初秋的黄昏，迎着新月的寒光，望上流僻静处远去。爱热闹的少年们携着他们的女友，在船沿上支着双双的东洋彩纸灯，带着话匣子，船心里用软垫铺着，也开向无人迹处去享受他们的野福——谁不爱听那水底翻的音乐在静定的河上描写梦意与春光！

……

静极了，这朝来水溶溶的大道，只远处牛奶车的铃声，点缀这

226

周遭的沉默。顺着这大道走去，走到尽头，再转入林子里的小径，往烟雾浓密处走去，头顶是交枝的榆荫，透露着漠愣愣的曙色。再往前走去，走尽这林子，当前是平坦的原野，望见了村舍，初青的麦田；更远三两个馒形的小山掩住了一条通道，天边是雾茫茫的，尖尖的黑影是近村的教寺。听，那晓钟和缓的清音。这一带是此邦中部的平原，地形像是海里的轻波，默沉沉的起伏，山岭是望不见的，有的是常青的草原与沃腴的田壤。登那土阜上望去，康桥只是一带茂林，拥戴着几处娉婷的尖阁。

妩媚的康河也望不见踪迹，你只能循着那锦带似的林木想象那一流清浅。村舍与树林是这地盘上的棋子，有村舍处有佳荫，有佳荫处有村舍。这早起是看炊烟的时辰：朝雾渐渐地升起，揭开了这灰苍苍的天幕（最好是微霰后的光景），远近的炊烟，成丝的、成缕的、成卷的、轻快的、迟重的、浓灰的、淡青的、惨白的，在静定的朝气里渐渐地上腾，渐渐地不见，仿佛是朝来人们的祈祷，参差地翳入了天听。朝阳是难得见的，这初春的天气，但它来时是起早人莫大的愉快。顷刻间这田野添深了颜色，一层轻纱似的金粉糁上了这草，这树，这通道，这庄舍。顷刻间这周遭弥漫了清晨富丽的温柔。顷刻间你的心怀也分润了白天诞生的光荣。

（摘引自《巴黎的鳞爪》）

对自然的感应下笔还容易，文字清而新，能凝眸动静光色，写下来即令人得到一种柔美印象。难的是对都市光景的捕捉，用极经济篇章，写一个繁华动荡、建筑物高耸、人群交流的都市。文字也俨然具建筑性，具流动性。如写巴黎：

咳，巴黎！到过巴黎的一定不会再稀罕天堂；尝过巴黎的，老实说，连地狱都不想去了。整个的巴黎就像是一床野鸭绒的垫褥，衬得你通体舒泰，硬骨头都给熏酥了的——有时许太热一些，那也不碍事，只要你受得住。赞美是多余的，正如赞美天堂是多余的；咒诅也是多余的，正如咒诅地狱是多余的。巴黎，软绵绵的巴黎，只在你临别的时候轻轻地嘱咐一声："别忘了，再来！"其实连这都是多余的，谁不想再去？谁忘得了？

香草在你的脚下，春风在你的脸上，微笑在你的周遭。不拘束你，不责备你，不督饬你，不窘你，不恼你，不揉你。它搂着你，可不缚住你：是一条温存的臂膀，不是根绳子。它不是不让你跑，但它那招逗的指尖却永远在你的记忆里晃着。多轻盈的步履，罗袜的丝光随时可以沾上你记忆的颜色。

但巴黎却不是单调的喜剧。赛因河的柔波里掩映着罗浮宫的倩影，它也收藏着不少失意人最后的呼吸。流着，温驯的水波；流着，缠绵的恩怨。咖啡馆：和着交颈的软语、开怀的笑响，有踞坐在屋隅里蓬头少年计较自毁的哀思。跳舞场：和着翻飞的乐调、迷醇的酒香，有独自支颐的少妇思量着往迹的怆心。浮动在上一层的许是光明，是欢畅，是快乐，是甜蜜，是和谐；但沉淀在底里阳光照不到的才是人事经验的本质：说重一点是悲哀，说轻一点是惆怅。谁不愿意永远在轻快的流波里漾着，可得留神了你往深处去时的发见！

放宽一点说，人生只是个机缘巧合；别瞧日常生活河水似的流得平顺，它那里面多的是潜流，多的是旋涡——轮着的时候，谁躲得了给卷了进去？那就是你发愁的时候，是你登仙的时候，是你辨着酸的时候，是你尝着甜的时候。

巴黎也不定比别的地方怎样不同，不同就在那边生活流波里的潜流更猛，旋涡更急，因此你叫给卷进去的机会也就更多。

（摘自《巴黎的鳞爪·引言》）

同样是写"物"，前面从实处写所见，后面从虚处写所感。在他的诗中也可以找出相近的例。从实处写，如《石虎胡同七号》；从虚处写，如《云游》。

我们的小园庭，有时荡漾着无限温柔：
善笑的藤娘，祖酥怀任团团的柿掌绸缪；
百尺的槐翁，在微风中俯身将棠姑抱搂；
黄狗在篱边，守候睡熟的珀儿，它的小友；
小雀儿新制求婚的艳曲，在媚唱无休——
我们的小园庭，有时荡漾着无限温柔。

我们的小园庭，有时淡描着依稀的梦景：
雨过的苍茫与满庭荫绿，织成无声幽冥；
小蛙独坐在残兰的胸前，听隔院蚓鸣；
一片化不尽的雨云，倦展在老槐树顶；
掠檐前作圆形的舞旋，是蝙蝠，还是蜻蜓？
我们的小园庭，有时淡描着依稀的梦景。

我们的小园庭，有时轻喟着一声奈何：
奈何在暴雨时，雨槌下捣烂鲜红无数；

奈何在新秋时，未凋的青叶惆怅地辞树；

奈何在深夜里，月儿乘云艇归去，西墙已度；

远巷薤露的乐音，一阵阵被冷风吹过——

我们的小园庭，有时轻喟着一声奈何。

我们的小园庭，有时沉浸在快乐之中：

雨后的黄昏，满院只美荫、清香与凉风；

大量的寒翁，巨樽在手，寒足直指天空；

一斤，两斤，杯底喝尽，满怀酒欢，满面酒红，

连珠的笑响中，浮沉着神仙似的酒翁——

我们的小园庭，有时沉浸在快乐之中。

（《石虎胡同七号》）

那天你翩翩地在空际云游，

自在，轻盈，你本不想停留。

在天的那方或地的那角，

你的愉快是无拦阻的逍遥。

你更不经意在卑微的地面，

有一流涧水，虽则你的明艳，

在过路时点染了他的空灵，

使他惊醒，将你的倩影抱紧。

他抱紧的只是绵密的忧愁，

因为美不能在风光中静止。

他要，你已飞渡万重的山头，

去更阔大的湖海投射影子！

他在为你消瘦，那一流涧水，

在无能地盼望，盼望你飞回！

（《云游》）

一切优秀作品的制作，离不了手与心，更重要的，也许还是培养手与心那个"境"，一个比较清虚寥廓，具有反照反省能够消化现象与意象的境。单独把自己从课堂或寝室、朋友或同学拉开，静静地与自然对面，即可慢慢得到。关于这问题，下面的自白便很有意思。作者的散文，以富于热情见长，风格独具。可是这热情的培养与表现，却从一个单独的境中得来的：

"单独"是一个耐人寻味的现象。我有时想它是任何发见的第一个条件。你要发见你的朋友的"真"，你得有与他单独的机会。你要发见你自己的真，你得给你自己一个单独的机会。你要发见一个地方（地方一样有灵性），你也得有单独玩的机会。我们这一辈子，认真说，能认识几个人？能认识几个地方？我们都是太匆忙，太没有单独的机会。

……但一个人要写他最心爱的对象，不论是人是地，是多么使他为难的一个工作？你怕，你怕描坏了它，你怕说过分了恼了它，你怕说太谨慎了辜负了它。……

（《我所知道的康桥》）

徐志摩作品给我们感觉是"动"，文字的动，情感的动，活泼而轻盈，如一盘圆莹珠子在阳光下转个不停，色彩交错，变幻炫目。他的散文集《巴黎的鳞爪》代表他作品最高的成就。写景，写人，写事，写心，无一不见出作者对于现世光色的敏感与对于文字性能的敏感。

原载于一九四〇年八月十六日《国文月刊》创刊号

此篇为总题"习作举例 ①"第一篇。

---

① "习作举例"系列文章，是作者担任西南联合大学师范学院"各体文习作"课程时，在语体组班上所用的讲义。同样性质的讲稿计十篇，在《国文月刊》上共发表了三篇。

从周作人、鲁迅作品学习"抒情"

　　徐志摩作品给我们感觉是"动"，文字的动，情感的动，活泼而轻盈，如一盘圆莹珠子在阳光下转个不停，色彩交错，变幻炫目。他的散文集《巴黎的鳞爪》代表他作品最高的成就。写景，写人，写事，写心，无一不见出作者对于现世光色的敏感与对于文字性能的敏感。若从反一方面看，同样，是这个人生，反映在另一作者观感上表现出来却完全不相同。我们可以将周氏兄弟的作品提出来说说。

　　周作人作品和鲁迅作品，从所表现思想观念的方式说似乎不宜相提并论：一个近于静静的独白；一个近于恨恨的咒诅。一个充满人情温暖的爱，理性明莹虚廓，如秋天，如秋水，于事不隔；一个充满对于人事的厌憎，情感有所蔽塞，多愤激，易恼怒，语言转见出异常天真。然而有一点却相同，即作品的出发点，同是一个中年人对于人生的观照，表现感慨。这一点和徐志摩实截然不同。从作品上看徐志摩，人可年轻多了。

　　抒情文应不限于写景、写事，对自然光色与人生动静加以描绘，也可以写心；从内面写，如一派澄清的涧水，静静地从心中流出。周作人在这方面的长处，可说是近二十年来新文学作家中应首屈一指。他的特点在写对一问题的看法，近人情而合道理。如论"人"，就很有意思，那文章题名《伟大的捕风》：

我最喜欢读《旧约》里的《传道书》。传道者劈头就说"虚空的虚空"，接着又说道："已有的事后必再有，已行的事后必再行。日光之下并无新事。"这都是使我很喜欢读的地方。

　　已有的事后必再有，已见的事后必再行，此人生之所以为虚空的虚空也欤？传道者之厌世盖无足怪，他说："我又专心察明智慧、狂妄和愚昧，乃知这也是捕风，因为多有智慧就多有愁烦，加增智识就加增郁伤。"话虽如此，对于虚空的唯一的办法，其实还只有虚空之追踪。而对于狂妄与愚昧之察明，乃是这虚无的世间第一有趣味的事，在这里我不得不和传道者意见分歧了。勃阑特思①批评福罗贝尔②，说他的性格是用两种分子合成："对于愚蠢的火烈的憎恶和对于艺术无限的爱。这个憎恶，与凡有的憎恶一例，对于所憎恶者感到一种不可抗的牵引。各种形式的愚蠢，如愚行，迷信，自大，不宽容，都磁力似的吸引他，感发他。他不得不一件件地把他们描写出来。"……

　　察明同类之狂妄和愚昧，与思索个人的老死病苦，一样是伟大的事业，积极的人可以当一种重大的工作，在消极的也不失为一种有趣的消遣。虚空尽由他虚空，知道他是虚空，而又偏去追迹，去察明，那么这是很有意义的，这实在可以当得起说是伟大的捕风。法儒巴思卡耳③在他的《感想录》上曾经说过：

　　"人只是一根芦苇,世上最脆弱的东西,但他是一根会思想的芦苇。

---

① 勃阑特思：又译为勃兰兑斯，法国文艺批评家、文学史家。
② 福罗贝尔：现译为福楼拜，法国作家。
③ 巴思卡耳：现通译巴斯卡，法国物理学家、数学家。

这不必要世间武装起来，才能毁坏他；只需一阵风、一滴水，便足以弄死他了。但即使宇宙害了他，人总比他的加害者还要高贵。因为他知道他是将要死了，知道宇宙的优胜。宇宙却一点不知道这些。"

（《周作人散文钞》）

本文说明深入人生，体会人生，意即可以建设一种对于人生的意见。消遣即明知的享乐，即为向虚无有所追求，亦无妨碍。

又说人之所以为人，在明知和感觉所以形成重要。而且能表现这明知和感觉。

又如谈文艺的宽容，正可代表"五四"以来自由主义者对于"文学上的自由"一种看法：

文艺以自己表现为主体，以感染他人为作用，是个人而亦为人类的。所以文艺的条件是自己表现，其余思想与技术上的派别都在其次。——【他的意思是适用于已有成绩，不适于预约方向。】①是研究的人便宜上的分类，不是文艺本质上判分优劣的标准。各人的个性既然是个个不同（虽然在终极仍有相同之一点，即是人性），那么表现出来的文艺，当然是不相同。现在倘若拿了批评上的大道理要去强迫统一，即使这不可能的事情居然实现了，这样文艺作品已经失了他唯一的条件，其实不能成为文艺了。因为文艺的生命是自由不是平等，是分离不是合并，所以宽容是文艺发达的必要的条件。【这里表示对当时的一为观念否认，对文言抗议。】然而宽容绝不

---

① 【　】中是沈从文的注释。

是忍受。不滥用权威去阻遏他人的自由发展是宽容，任凭权威来阻遏自己的自由发展而不反抗是忍受。

正当的规则是：当自己求自由发展时，对于压迫的势力，不应取忍受的态度；当自己成了已成势力之后，对于他人的自由发展，不可不取宽容的态度。聪明的批评家自己不妨属于已成势力的一分子，但同时应有对于新兴潮流的理解与承认。他的批评是印象的鉴赏，不是法理的判决，是诗人的而非学者的批评。文学固然可以成为科学的研究，但只是已往事实的综合与分析，不能作为未来的无限发展的轨范。文艺上的激变不是破坏【文艺的】法律，乃是增加条文。譬如无韵诗的提倡，似乎是破坏了"诗必须有韵"的法令，其实他只是改定了旧时狭隘的范围，将他放大，以为"诗可以无韵"罢了。表示生命之颤动的文学，当然没有不变的科律；历代的文艺在他自己的时代都是一代的成就，在全体上只是一个过程。要问文艺到什么程度是大成了，那犹如问文化怎样是极顶一样，都是不能回答的事，因为进化是没有止境的。许多人错把全体的一过程认作永久的完成，所以才有那些无聊的争执，其实只是自扰。何不将这白费的力气去做正当的事，走自己的路程呢。

近来有一群守旧的新学者，常拿了新文学家的"发挥个性，注重创"的话做挡牌，【指学衡派①】言以为他们不应该"对于文言者仇视之"；这意思似乎和我所说的宽容有点相像，但其实是全不相干的。宽容者对于过去的文艺固然予以相当的承认与尊重，但是无

---

① 学衡派：指二十世纪二十年代《学衡》杂志的主要撰稿者吴宓、胡先骕等。

所用其宽容，因为这种文艺已经过去了，不是现在的势力所能干涉，便再没有宽容的问题了。所谓宽容乃是说已成势力对于新兴流派的态度，正如壮年人的听任青年的活动。其重要的根据，在于活动变化是生命的本质，无论流派怎么不同，但其发展个性，注重创造，同是人生的文学的方向，现象上或是反抗，在全体上实是继续，所以应该宽容，听其自由发育。若是"为文言"或拟古（无论拟古典或拟传奇派）的人们，既然不是新兴的更进一步的流派，当然不在宽容之列。——这句话或者有点语病，当然不是说可以"仇视之"，不过说用不着人家的宽容罢了。他们遵守过去的权威的人，背后得有大多数人的拥护，还怕谁去迫害他们呢。老实说，在中国现在文艺界上宽容旧派还不成为问题，倒是新派究竟已否成为势力，应否忍受旧派的压迫，却是未可疏忽的一个问题。

（《自己的园地》）

在《自己的园地》一文中，对于人与艺术，作品与社会，尤有极好的见地。第一节谈到文学创造，不以卑微而自弃，与当时思想界所提出的劳工神圣、人类平等原则相同，并以社会的宽广无所不容为论。次一节则谈为人生与为艺术两种文艺观的差别性何在，且认为人生派非功利而功利自见，引"种花"作例：

我们自己的园地是文艺，这是要在先声明的。我并非厌薄别种活动而不屑为——我平常承认各种活动于生活都是必要；实在是小半由于没有这样的才能，大半由于缺少这样的趣味，所以不得不在这中间定一个去就。但我对于这个选择并不后悔，并不惭愧地面的小与出产的薄弱而且似乎无用。依了自己的心的倾向，去种蔷薇、地丁，这是尊重个性的正当办法。即使如别人所说各人果真应报社会的恩，我也相信已经报答了，因为社会不但需要果蔬药材，却也一样迫切地需要蔷薇与地丁。——如有蔑视这些的社会，那便是白痴的只有形体而没有精神生活的社会，我们没有去顾视他的必要。

有人说道：据你所说，那么你所主张的文艺，一定是人生派的艺术了。泛称人生派的艺术，我当然没有什么反对，但是普通所谓人生派是主张"为人生的艺术"的，对于这个我却有一点意见。"为艺术而艺术"将艺术与人生分离，并且将人生附属于艺术。至于如王尔德的提倡人生之艺术化，固然不很妥当，"为人生的艺术"以艺术附属于人生，将艺术当作改造生活的工具而非终极，也何尝不把艺术与人生分离呢？我以为艺术当然是人生的，因为他本是我们感情生活的表现，叫他怎能与人生分离？"为人生"——于人生有实利，当然也是艺术本有的一种作用，但并非唯一的职务。总之艺术是独立的，却又原来是人性的，所以既不必使他隔离人生，又不必使他服侍人生，只任他成为浑然的人生艺术便好了。"为艺术"派以个人为艺术的工匠，"为人生"派以艺术为人生的仆役。现在却以个人为主人，表现情思而成艺术，即为其生活之一部，初不为福利他人而作；而他人接触这艺术，得到一种共鸣与感兴，使其精神生活充实而丰富，又即以为实生活的基本。这是人生的艺术的要点；有独立的艺术美与无形的功利。我所说的蔷薇、地丁的种作便是如此。有些人种花聊以消遣，有些人种花志在卖钱，真种花者以种花为其生活，一而花亦未尝不美，未尝于人无益。

胡适之在《五十年来中国之文学》称他的文章为用平淡的谈

话，包藏深刻的意味。作品的成功，彻底破除了"美文不能用白话"的迷信。朱光潜论《雨天的书》，说到这本书的特质，第一是清，第二是冷，第三是简洁。两个批评者的文章，都以叙事说理明白见长，却一致推重周作人的散文为具有朴素的美。这种朴素的美，很影响到十年来过去与当前未来中国文学使用文字的趋向。它的影响也许是部分的，然而将永远是健康而合乎人性的。他的文章虽平淡朴素，他的思想并不萎靡，在《国民文学》一文中，便表现得极彻底。而且国民文学的提倡，是由他起始的。苏雪林在她的《论周作人》一文中，把他称为一个"思想家"，很有道理。如论及中国问题时：

希腊人有一种特性，也是从先代遗传下来的，是热烈的求生欲望。他不是苟延残喘的活命，乃是希求美的健全的充实的生活……中国人实在太缺少求生的意志，由缺少而几乎至于全无。——中国人近来常以平和忍耐自豪，这其实并不是好现象。我并非以平和为不好，只因为中国的平和耐苦不是积极的德行，乃是消极的衰耗的症候，所以说不好。譬如一个强有力的人他有压迫或报复的力量而隐忍不动，这才是真的平和。中国人的所谓爱平和，实在只是没气力罢了，正如病人一样。这样没气力下去，当然不能"久于人世"。这个原因大约很长远了，现在且不管他，但救济是很要紧的。这有什么法子呢？我也说不出来，但我相信一点兴奋剂是不可少的：进化论的伦理学上的人生观，互助而争有的生活，尼采与托尔斯泰，社会主义与善种学，都是必要。

（周作人的《新希腊与中国》）

然而这种激进思想，似因年龄堆积，体力衰弱，很自然转而成为消沉，易与隐逸相近，所以曹聚仁对于周作人的意见，是"由孔融到陶潜"。意即从愤激到隐逸，从多言到沉默，从有为到无为。精神方面的衰老，对世事不免具浮沉自如感。因之嗜好是非，便常有与一般情绪反应不一致处。民二十六年北平沦陷后，尚留故都，即说明年龄在一个思想家所生的影响，如何可怕。

　　周作人的小品文，鲁迅的杂感文，在二十年来中国新文学活动中，正说明两种倾向：前者代表田园诗人的抒情，后者代表艰苦斗士的作战。同样是看明白了"人生"，同源而异流：一取退隐态度，只在消极态度上追究人生，大有自得其乐意味；一取迎战态度，冷嘲热讽，短兵相接，在积极态度上正视人生，也俨然自得其乐。对社会取退隐态度，所以在民十六以后，周作人的作品，便走上草木虫鱼路上去，晚明小品文提倡上去。对社会取迎战态度，所以鲁迅的作品，便充满与人与社会敌对现象，大部分是骂世文章。然而从鲁迅取名《野草》的小品文集看看，便可证明这个作者另一面的长处，即纯抒情作风的长处，也正浸透了一种素朴的田园风味。如写"秋夜"：

　　在我的后园，可以看见墙外有两株树，一株是枣树，还有一株也是枣树。

　　这上面的夜的天空，奇怪而高，我生平没有见过这样的奇怪而高的天空。他仿佛要离开人间而去，使人们仰面不再看见。然而现在却非常之蓝，闪闪地眨着几十个星星的眼，冷眼。他的口角上现出微笑，似乎自以为大有深意，而将繁霜洒在我的园里的野花草上。

　　我不知道那些花草真叫什么名字，人们叫他们什么名字。我记得有一种开过极细小的粉红花，现在还开着，但是更极细小了，她在冷的夜气中，瑟缩地做梦，梦见春的到来，梦见秋的到来，梦见瘦的诗人将眼泪擦在她最末的花瓣上，告诉她秋虽然来，冬虽然来，而此后接着还是春，蝴蝶乱飞，蜜蜂都唱起春词来了。她于是一笑，虽然颜色冻得红惨惨的，仍然瑟缩着。

　　枣树，他们简直落尽了叶子。先前，还有一两个孩子来打他们别人打剩的枣子，现在是一个也不剩了，连叶子也落尽了。他知道小粉红花的梦，秋后要有春；他也知道落叶的梦，春后还是秋。他简直落尽叶子，单剩干子，然而脱了当初满树是果实和叶子时候的弧形，欠伸得很舒服。但是，有几枝还低亚着，护定他从打枣的竿梢所得的皮伤，而最直最长的几枝，却已默默地铁似的直刺着奇怪而高天空，使天空闪闪地鬼䀹眼；直刺着天空中圆满的月亮，使月亮窘得发白。

　　鬼䀹眼的天空越加非常之蓝，不安了，仿佛想离去人间，避开枣树，只将月亮剩下。然而月亮也暗暗地躲到东边去了。而一无所有的干子，却仍然默默地铁似的直刺着奇怪而高的天空，一意要致他的死命，不管他各式各样地䀹着许多蛊惑的眼睛。

　　哇的一声，夜游的恶鸟飞过了。

　　我忽而听到夜半的笑声，吃吃的，似乎不愿意惊动睡着的人，然而四围的空气都应和着笑。夜半，没有别的人，我即刻听出这声音就在我嘴里，我也即刻被这笑声所驱逐，回进自己的房。灯火的带子也即刻被我旋高了。

　　后窗的玻璃上叮叮地响，还有许多小飞虫乱撞。不多久，几个进来了，许多从窗纸的破孔进来的。他们一进来，又在玻璃的灯罩上撞得叮叮地响。一个人上面撞进去了，他于是遇到火，而且我以为这火是真的。两三个却休息在灯的纸罩上喘气。那罩是昨晚新换的罩，雪白的纸，折出波浪纹的叠痕，一角还画出一枝猩红色的栀子。

猩红的栀子开花时，枣树又要做小粉红花的梦，青葱地弯成弧形了……我又听到夜半的笑声；我赶紧砍断我的心绪，看那老在白纸罩上的小青虫，头大尾小，向日葵子似的，只有半粒小麦那么大，遍身的颜色苍翠得可爱，可怜。

我打一个呵欠，点起一支纸烟，喷出烟来，对着灯默默地敬奠这些苍翠精致的英雄们。

这种情调与他当时译《桃色的云》《小约翰》大有关系。与他的恋爱或亦不无关系。这种抒情倾向，并不仅仅在小品文中可以发现，即他的小说大部分也都有这个倾向。如《社戏》《故乡》《示众》《鸭的喜剧》《兔和猫》，无不见出与周作人相差不远的情调，文字从朴素见亲切处尤其相近。然而对社会现象表示意见时，迎战态度的文章，却大不相同了。如纪念因"三一八"惨案请愿学生刘和珍被杀即可作例：

真的猛士，敢于直面惨淡的人生，敢于正视淋漓的鲜血。这是怎样的哀痛者和幸福者？然而造化又常常为庸人设计，以时间的流驶，来洗涤旧迹，仅使留下淡红的血色和微漠的悲哀。在这淡红的血色和微漠的悲哀中，又给人暂得偷生，维持着这似人非人的世界。我不知道这样的世界何时是一个尽头！

……

时间永是流驶，街市依旧太平，有限的几个生命，在中国是不算什么的，至多，不过供无恶意的闲人以饭后的谈资，或者给有恶意的闲人作"流言"的种子。至于此外的深的意义，我总觉得很寥寥，因为这实在不过是徒手的请愿。人类的血战前行的历史，正如煤的形成，当时用大量的木材，结果却只是一小块，但请愿是不在其中的，更何况是徒手。

然而既然有了血痕了，当然不觉要扩大。至少，也当浸渍了亲族，师友，爱人的心，纵使时光流驶，洗成绯红，也会在微漠的悲哀中永存微笑的和蔼的旧影。陶潜说过："亲戚或余悲，他人亦已歌，死去何所道，托体同山阿。"倘能如此，这也就够了。

感慨沉痛，在新文学作品中实自成一格。另外一种长处是冷嘲，骂世，如《二丑艺术》可以作例：

浙东的有一处的戏班中，有一种脚色叫作"二花脸"，译得雅一点，那么，"二丑"就是。他和小丑的不同，是不扮横行无忌的花花公子，也不扮一味仗势的宰相家丁，他所扮演的是保护公子的拳师，或是趋奉公子的清客。总之：身份比小丑高，而性格却比小丑坏。

义仆是老生扮的，先以谏诤，终以殉主；恶仆是小丑扮的，只会作恶，到底灭亡。而二丑的本领却不同，他有点上等人模样，也懂些琴棋书画，也来得行令猜谜，但倚靠的是权门，凌蔑的是百姓，有谁被压迫了，他就来冷笑几声，畅快一下，有谁被陷害了，他又去吓唬一下，吆喝几声。不过他的态度又并不常常如此的，大抵一面又回过脸来，向台下的看客指出他公子的缺点，摇着头装起鬼脸道：你看这家伙，这回可要倒霉哩！

这最末的一手，是二丑的特色。因为他没有义仆的愚笨，也没有恶仆的简单，他是知识阶级。他明知道自己所靠的是冰山，一定不能长久，他将来还要到别家帮闲，所以当受着豢养，分着余炎的时候，也得装着和这贵公子并非一伙。

二丑们编出来的戏本上，当然没有这一种脚色的，他哪里肯；小丑，即花花公子们编出来的戏本，也不会有，因为他们只看见一面，想不到的。这二花脸，乃是小百姓看透了这一种人，提出精华来，制定了的脚色。

世间只要有权门，一定有恶势力，有恶势力，就一定有二花脸，而且有二花脸艺术。我们只要取一种刊物，看他一个星期，就会发现他忽而怨恨春天，忽而颂扬战争，忽而译萧伯纳演说，忽而讲婚姻问题；但其间一定有时要慷慨激昂地表示对于国事的不满：这就是用出末一手来了。

这最末的一手，一面也在遮掩他并不是帮闲，然而小百姓是明白的，早已使他的类型在戏台上出现了。

原载于一九四〇年九月十六日《国文月刊》第一卷第二期

本篇为总题"习作举例"的第二篇

鲁迅的战斗

在批评上，把鲁迅称为"战士"，这样名称虽仿佛来源出自一二"自家人"，从年轻人同情方面得到了附和，而又从敌对方面得到了近于揶揄的承认；然而这个人，有些地方是不愧把这称呼双手接受的。对统治者的不妥协态度，对绅士的泼辣态度，以及对社会的冷而无情的讥嘲态度，处处莫不显示这个人的大胆无畏精神。虽然这大无畏精神，若能详细加以解剖，那发动正似乎也仍然只是中国人的"任性"；而属于"名士"一流的任性，病的颓废的任性，可尊敬处并不比可嘲弄处为多。并且从另一方面去检察，也足证明那软弱不结实；因为那战斗是辱骂，是毫无危险的袭击，是很方便的法术。这里在战斗一个名词上，我们是只看得鲁迅比其他作家诚实率真一点的。另外是看得他的聪明，善于用笔作战，把自己位置在有阴影处。不过他的战斗还告了我们一件事情，就是他那不大从小利害打算的可爱处。从老辣文章上，我们又可以寻得到这个人的天真心情。懂世故而不学世故，不否认自己世故，却事事同世故异途，是这个人比其他作家名流不同的地方。这脾气的形成，有两面，一是年龄，一是生长的地方；我以为第一个理由较可解释得正确。

鲁迅是战斗过来的，在那五年来的过去。眼前仿佛沉默了，也并不完全消沉。在将来，某一个日子，某一时，我们当相信还能见到这个战士，重新地披坚持锐（在行为上他总仍然不能不把自己发风动气的样子给人取笑），向一切挑衅，挥斧扬戈吧。这样事，是什么时候呢？是谁也不明白的。这里所需要的自然是他对于人生的新的决定一件事了。

可是，在过去，在这个人任性行为的过去，本人所得的意义是些什么呢？是成功的欢喜，还是败北的消沉呢？

用脚踹下了他的敌人到泥里去以后，这有了点年纪的人，是不是真如故事所说"掀髯呵呵大笑"？从各方面看，是这个因寂寞而说话的人，正如因寂寞而唱歌一样，到台上去，把一阕一阕所要唱的歌唱过，听到拍手，同时也听到一点反对声音，但歌声一息，年轻人皆离了座位，这个人，新的寂寞或原有的寂寞，仍然粘上心来了。为寂寞，或者在方便中说，为不平，为脾气的固有，要战斗，不惜牺牲一切，作恶詈指摘工作，从一些小罅小隙方便处，施小而有效的针蛰，这人是可以说奏了凯歌而回营的。原有的趣味不投的一切敌人，是好像完全在自己一支笔下扫尽了，许多年轻人皆成为俘虏感觉到战士的可钦佩了。这战士，在疲倦苏息中，用一双战胜敌人的眼与出奇制胜的心，睨视天的一方做一种忖度，忽然感到另外一个威严向他压迫，一团黑色的东西，一种不可抗的势力，向他挑衅；这敌人，就是衰老同死亡，像一只荒漠中、以麋鹿作食料的巨鹰，盘旋到这略有了点年纪的人心头上，鲁迅吓怕了，软弱了。

从《坟》《热风》《华盖》各集到《野草》，可以搜索得出这个战士先是怎样与世作战，而到后又如何在衰老的自觉情形中战栗与沉默。他如一般有思想的人一样，从那一个黑暗而感到黑暗的严肃；也如一般有思想的人一样，把希望付之于年轻人，而以感慨度着剩余的每一个日子了。那里有无可奈何的、可悯恻的、柔软如女孩子的心情，这心情是忧郁的女性的。青春的绝望、现世的梦的破灭、时代的动摇，以及其他纠纷，他无有不看到感到；他写了《野草》。《野草》有人说是诗，是散文，那是并无多大关系的。《野草》比其他杂感稍稍不同，可不是完全任性的东西。在《野草》上，我们的读者，是应当因为明白那些思想的蛇缭绕到作者的脑中，怎样地苦了这战士，把他的械缴去，被幽囚起来，而锢蔽中聊以自娱的光明的希望，是如何可怜地付之于年轻时代那一面的。懂到《野草》上所缠缚的一个图与生存作战而终于用手遮掩了双眼的中年人心情，我们在另外一些过去一时代的人物，在生存中多悲愤，任性自弃，或故图违反人类生活里所有道德的秩序，容易得到一种理解的机会。从生存的对方，衰老与死亡，看到敌人所持的兵刃，以及所掘的深阱，因而更坚持着这生，顽固而谋作一种争斗，或在否定里谋解决，如释迦牟尼，这自然是一个伟大而可敬佩的苦战。同样看到了一切，或一片，因为民族性与过去我们哲人一类留下的不健康的生活观念所影响，在找寻结论的困难中，跌到了酒色声歌各样享乐世道里，消磨这生的残余，如中国各样古往今来的诗人文人，这也仍然是一种持着生存向前而不能，始反回毁灭那一条路的勇壮的企图。两种人皆是感着为时代所带走，由旧时代所培养而来的情绪不适宜于新的天地，在积极消极行为中向黑暗反抗，而那动机与其说是可敬可笑，倒不如一例给这些人以同样怜悯为恰当的。因为这些哲人或名士，那争斗的情形，仍然全是先屈服到那一个深阱的黑暗里，到后是恰如其所料，跌到里面去了。

同死亡衰老作直接斗争的，在过去是道教的神仙，在近世是自然科学家。因为把基础立在一个与诗歌同样美幻的唯心的抽象上面努力，做神仙的是完全失败了。科学的发明，虽据说有了可惊的成绩，但用科学来代替那不意的神迹，反自然的实现，为时仍似乎尚早。在中国，则知识阶级的一型中，所谓知识阶级不缺少绅士教养的中年人，对过去的神仙的梦既不能做，新的信赖复极缺少，在生存的肯定上起了惑疑，而又缺少堕入放荡行为的方便，终于彷徨无措，仍然如年纪方在二十数目上的年轻人的烦恼，任性使气，睚眦之怨必报，多疑而无力向前，鲁迅是我们所知道见到的一个。

终于彷徨了自己的脚步，在数年来做着那个林语堂教授所说的装死时代的鲁迅先生，在那沉默里（说是"装死"原是侮辱了，这个人的一句最不得体的话），我们是可以希望到有一天见到他那新的肯定后，跃马上场的百倍精神情形的。可是这事是鲁迅先生能够做到的，还是高兴去做的没有？虽然在左翼作家联盟添上了一个名字。这里是缺少智慧作像林教授那种答案的言语的。

在这个人过去的战斗意义上，有些人，是为了他那手段感到尊敬，为那方向却不少小小失望的。但他在这上面有了一种解释，做过一种辩护。那辩护好像他说过所说的事全是非说不可。"是意气，把'意气'这样东西除去，把'趣味'这样东西除去，把因偏见而孕育的憎恶除去，鲁迅就不能写一篇文章了。"上面的话是我曾听到过一个有思想而对于鲁迅先生认识的年轻人某君说过。那年轻人说的话，是承认批评这字样，就完全建筑在意气与趣味两种理由上而成立的东西。但因为趣味同意气，即兴的与任性的两样原因，他以为鲁迅杂感与创作对世界所下的那批评，自己过后或许也有感到无聊的一时了。我对于这个估计十分同意。他那两年来的沉默，据说是有所感慨而沉默的。前后全是感慨！不作另外杂感文章，原来是时代使他哑了口。他对一些不可知的年轻人，付给一切光明的希望，但对现在所谓左翼作者，他是在放下笔以后用口还仍然在做一种不饶人的极其缺少尊敬的批评的，这些事就说明了那意气粘膏一般还贴在心上。个人主义的一点强项处，是这人使我们有机会触着他那最人性的一面，而感觉到那孩子气的爱娇的地方。在这里，我们似乎不适宜于用一个批评家口吻，说"那样好这样坏"拣选精肥的言语了，在研究这人的作品一事上，我们不得不把效率同价值暂时抛开的。

现在的鲁迅，在翻译与介绍上，给我们年轻人尽的力，是他那排除意气而与时代的虚伪作战所取的一个最新的而最漂亮的手段。这里自然有比过去更大的贡献的意义存在。不过为了那在任何时皆可从那中年人言行上找到的"任性"的气氛，那气氛，将使他仍然会在某样方便中，否认他自己的工作，用俨然不足与共存亡的最中国型的态度，不惜自污那样说是"自己仍然只是趣味的缘故做这些事"，用作对付那类捎着文学招牌到处招摇兜揽的人物，这是一定事实吧。这态度，我曾说过这是"最中国型"的态度的。

鲁迅先生不要正义与名分，是为什么原因？

现在所谓好的名分，似乎全为那些灵精方便汉子攫到手中了，许多人是完全依赖这名分而活下的，鲁迅先生放弃这正义了。作家们在自己刊物上自己作伪的事情，那样聪明的求名，敏捷的自炫，真是令人非常的佩服，鲁迅明白这个，所以他对于那纸上恭敬，也看到背面的阴谋。"战士"的绰号，在那中年人的耳朵里，所振动的恐怕不过只是那不端方的嘲谑。这些他那杂感里，那对于名分的逃遁，很容易给人发笑的神气，是一再可以发现到的。那不好意思在某种名分下生活的情形，恰恰与另一种人太好意思自觉神圣的，据说是最前进的文学思想掮客的大作家们做一巧妙的对照。在这对照上，我们看得出鲁迅的"诚实"，而另外一种的适宜生存于新的时代。

世界上，蠢东西仿佛总是多数的多数，在好名分里，在多数解释的一个态度下，在叫卖情形中，我们是从掮着圣雅各①名义活得很舒泰的基督徒那一方面，可以憬然觉悟做着那种异途同归的事业的人是应用了怎样狡猾诡诈的方法而又如何得到了"多数"的。鲁迅并不得到多数，也不大注意去怎样获得，这一点是他可爱的地方，是中国型的做人的美处。这典型的姿态，到鲁迅，或者是最后的一位了。因为在新的生产关系下长成的年轻人，如郭沫若，如……在生存态度下，是种下了深的顽固的、争斗的力之种子，贪得，进取，不量力的争夺，空的虚声的呐喊，不知遮掩的战斗，造谣，说谎，种种在昔时为"无赖"而在今日为"长德"的各样行为，使"世故"与年轻人无缘，鲁迅先生的战略，或者是不会再见于中国了！

---

① 圣雅各，现译雅各伯，《圣经》中人物。

由冰心到废名

　　从作品风格上观察比较，徐志摩与鲁迅作品，表现得实在完全不同。虽同样情感黏附于人生现象上，都十分深切，其一给读者的印象，正如作者被人间万汇百物的动静感到炫目惊心，无物不美，无事不神，文字上因此反照出光彩陆离，如绮如锦，具有浓郁的色香与不可抗的热（《巴黎的鳞爪》可以作例）。其一却好像凡事早已看透看准，文字因之清而冷，具剑戟气。不特对社会丑恶表示抗议时寒光闪闪，有投枪意味，中必透心。即属于抒抒个人情绪,徘徊个人生活上,亦如寒花秋叶,颜色萧疏(《野草》《朝花夕拾》可以作例）。然而不同之中倒有一点相同，即情感黏附于人生现象上（对人间万事的现象），总像有"无可奈何"之感，"求孤独"俨若即可得到对现象执缚的解放。徐志摩在《我所知道的康桥》《常州天宁寺闻礼忏声》《北戴河海滨的幻想》《瞑想》《想飞》《自剖》各文中，无不表现他这种"求孤独"的意愿。正如对"现世"有所退避，极力挣扎，虽然现世在他眼中依然如此美丽与神奇。这或者与他的实际生活有关，与他的恋爱及离婚又结婚有关。鲁迅在他的《朝花夕拾·小引》一文中，更表示对于静寂的需要与向往。必须"单独"，方有"自己"。热情的另一面本来就是如此向"过去"凝眸，与他在小说中表示的意识，二而一。正见出对现世退避的另一形式。

我常想在纷扰中寻出一点闲静来，然而委实不容易。目前是这么离奇，心里是这么芜杂。一个人做到只剩了回忆的时候，生涯大概总要算是无聊了吧，但有时竟会连回忆也没有。中国的做文章有轨范，世事也仍然是螺旋。前几天我离开中山大学的时候，便想起四个月以前的离开厦门大学；听到飞机在头上鸣叫，竟记得了一年前在北京城上日日旋绕的飞机。我那时还做了一篇短文，叫作《一觉》。现在是，连这"一觉"也没有了。

　　广州的天气热得真早，夕阳从西窗射入；逼得人只能勉强穿件单衣。书桌上的一盆"水横枝①"，是我先前没有见过的：就是一段树，只要浸在水中，枝叶便青葱得可爱。看看绿叶，编编旧稿，总算也在做一点事。做着这等事，真是虽生之日，犹死之年，很可以驱除炎热的。

　　前天，已将《野草》编定了；这回便轮到陆续载在《莽原》上的《旧事重提》，我还替他改了一个名称：《朝花夕拾》。带露折花，色香自然要好得多，但是我不能够。便是现在心目中的离奇和芜杂，我也还不能使他即刻幻化，转成离奇和芜杂的文章，或者，他日仰看流云时，会在我的眼前一闪烁吧。

　　我有一时，曾经屡次忆起儿时在故乡所吃的蔬果：

　　菱角、罗汉豆、茭白、香瓜，凡这些，都是极其鲜美可口的；都曾是使我思乡的蛊惑。后来，我在久别之后尝到了，也不过如此；唯独在记忆上，还有旧来的意味留存。他们也许要哄骗我一生，使我时时反顾。

---

　　① 水横枝：一种盆景。在广州等南方地区，取栀子一段浸植于水缸中，能长绿叶，供观赏。

在《呐喊·自序》上起始就说：

我在年轻时候也曾经做过许多梦，后来大半忘却了，但自己也并不以为可惜。所谓回忆者，虽说可以使人欢欣，有时也不免使人寂寞，使精神的丝缕还牵着已逝的寂寞的时光，又有什么意味呢，而我偏苦于不能全忘却，这不能全忘的一部分，到现在便成了《呐喊》的来由。

这种对"当前"起游离感或厌倦感，正形成两个作家作品特点之一部分。也正如许多作家，对"当前"缺少这种感觉，即形成另外一种特点。在新散文作家中，可举出冰心、朱佩弦、废名三个人作品，当作代表。

这三个作家，文字风格表现上，并无什么相同处。然而同样是用清丽素朴的文字抒情，对人生小小事情，一例俨然怀着母性似的温爱，从笔下流出时，虽方式不一，细心读者却可得到同一印象，即作品中无不对于"人间"有个柔和的笑影。少夸张，不像徐志摩对于生命与热情的讴歌；少愤激，不像鲁迅对社会人生的诅咒：

雨声渐渐地住了，窗帘后隐隐地透进清光来。推开窗户一看，呀！凉云散了，树叶上的残滴，映着月儿，好似萤光千点，闪闪烁烁地动着。——真没想到苦雨孤灯之后，会有这么一幅清美的图画！

凭窗站了一会儿，微微地觉得凉意侵人。转过身来，忽然眼花缭乱，屋子里的别的东西，都隐在光云里；一片幽辉，只浸着墙上画中的安琪儿——这白衣的安琪儿，抱着花儿，扬着翅儿，向着我微微地笑。

"这笑容仿佛在哪儿看见过似的，什么时候，我曾……"不知不觉地便坐在窗口下想——默默地想。

严闭的心幕，慢慢地拉开了，涌出五年前的一个印象——一条很长的古道。驴脚下的泥，兀自滑滑的。田沟里的水，潺潺地流着。近村的绿树，都笼在湿烟里。弓儿似的新月，挂在树梢。一边走着，似乎道旁有一个孩子，抱着一堆灿白的东西。驴儿过去了，无意中回头一看——他抱着花儿，赤着脚儿，向着我微微地笑。

"这笑容又仿佛是那儿看见过似的！"我仍是想——默默地想。

又现出一重心幕来，也慢慢地拉开了，涌出十年前的一个印象——茅檐下的雨水，一滴一滴地落到衣上来。上阶边的水泡儿，泛来泛去地乱转。门前的麦陇和葡萄架子，都灌得新黄嫩绿的非常鲜丽。——一会儿好容易雨晴了，连忙走下坡儿去。迎头看见月儿从海面上来了，猛然记得有件东西忘下了，站住了，回过头来。这茅屋里的老妇人——她倚着门儿，抱着花儿，向着我微微地笑。

这同样微妙的神情，好似游丝一般，飘飘漾漾地合了拢来，绾在一起。

这时心下光明澄静，如登仙界，如归故乡。眼前浮现的三个笑容，一时融化在爱的调和里看不分明了。

（冰心的《笑》）

水畔驰车，看斜阳在水上泼散出的闪烁的金光。晚风吹来，春衫嫌薄。这种生涯，是何等的宜于病后啊！

在这里，出游稍远便可看见水。曲折行来，道滑如拭。重重的树荫之外，不时倏忽地掩映着水光。我最爱的是玷池，称她为池真委屈了，她比小的湖还大呢！——有三四个小岛在水中央，上面随意地长着小树。池四围是丛林，绿意浓极。每日晚餐后我便出来游散。缓驰的车上，湖光中看遍了美人芳草！——真是"水边多丽人"。看三三两两成群携手的人儿，男孩子都去领卷袖，女孩子穿着颜色极明艳的夏衣，短发飘拂。轻柔的笑声，从水面，从晚风中传来，非常的浪漫而潇洒。到此猛忆及曾皙对孔子言志，在"暮春者"之后，"浴乎沂风乎舞雩"之前，加上一句"春服既成"，遂有无限的飘扬态度，真是千古隽语。

此外的如玄妙湖、侦池、角池等处，都是很秀丽的地方。大概湖的美处在"明媚"。水上的轻风，皱起万叠微波。湖畔再有芊芊的芳草，再有青青的树林，有平坦的道路，有曲折的白色栏杆，黄昏时便是天然的临眺乘凉的所在。湖上落日，更是绝妙的画图。夜中归去，长桥上两串徐徐互相往来移动的灯星，颗颗含着凉意。若是明月中天，不必说，光景尤其移人了。

前几天游大西洋滨岸，沙滩上游人如蚁。或坐，或立，或弄潮为戏，大家都是穿着泅水衣服。沿岸两三里的游艺场，乐声飒飒，人声嘈杂。小孩子们都在铁马铁车上，也有空中旋转车，也有小飞艇，五光十色的。机关一动，都纷纷奔驰，高举凌空。我看那些小朋友们都很欢喜得意的。

这里成了"人海"。如蚁的游人，盖没了浪花。我觉得无味。我们掫转车来，直到娜罕去。

渐渐地静了下来。还在树林子里，我已迎到了冷意侵人的海风。再三四转，大海和岩石都横到了眼前！这是海的真面目啊。浩浩万里的蔚蓝无底的海涛，壮厉的海风，蓬蓬地吹来，带着腥咸的气味。

在闻到腥咸的海味之时，我往往忆及童年拾卵石、贝壳的光景，而惊叹海之伟大。在我抱肩迎着吹人欲折的海风之时，才了解海之所以为海，全在乎这不可御的凛然的冷意！

在嶙峋的大海石之间，岩隙的树荫之下，我望着卵岩，也看见上面白色的灯塔。此时静极，只几处很精致的避暑别墅，悄然地立在断岩之上。悲壮的海风，穿过丛林，似乎在奏"天风海涛"之曲。支颐凝坐，想海波尽处，是群龙见首的欧洲；我和平的故乡，比这可望而不可即的海天还遥远呢！

故乡没有明媚的湖光；故乡没有汪洋的大海；故乡没有葱绿的树林；故乡没有连阡的芳草。北京只是尘土飞扬的街道；泥泞的小胡同；灰色的城墙；流汗的人力车夫的奔走。我的故乡，我的北京，是一无所有！

小朋友，我不是一个乐而忘返的人，此间纵是地上的乐园，我却仍是"在客"。我寄母亲信中曾说：

"……北京似乎是一无所有！——北京纵是一无所有，然已有了我的爱。有了我的爱，便是有了一切！灰色的城围里，住着我最宝爱的一切的人。飞扬的尘土啊，何容我再嗅着我故乡的香气……"

易卜生曾说过："海上的人，心潮往往如海波一般的起伏动荡。"而那一瞬间静坐在岩上的我的思想，比海波尤加一倍地起伏。海上的黄昏星已出，海风似在催我归去。归途中很怅惘。只是还买了一筐新从海里拾出的蛤蜊。当我和车边赤足捧筐的孩子问价时，他仰着通红的小脸笑向着我。他岂知我正默默地为他祝福，祝福他终生享乐此海上拾贝的生涯！

（冰心的《寄小读者·通讯二十》）

从冰心作品中，文字组织处处可以发现"五四时代"文白杂糅的情形，辞藻的运用也多由文言的习惯转变而来。不仅仅景物描写如此，便是用在对话上，同样不免如此。文字的基础完全建筑在活用的语言上，在散文作家中，应当数朱自清。"五四"以后谈及写美丽散文的，常把朱、俞并举，即朱自清、俞平伯。《桨声灯影里的秦淮河》与《西湖六月十八夜》两篇文章，代表当时抒情散文的最高点。叙事如画，似乎是当时一种风气。（有时或微觉得文字琐碎繁复。）散文中具诗意或诗境，尤以朱先生作品成就为好，直到如今，尚称为典型的作风。至于在写作上有一种"自得其乐"的意味，一种对人生欣赏态度，从俞平伯作品尤易看出。

对朱、俞的文章评论，钟敬文以为朱文无周作人的隽永，无俞平伯的绵密，无徐志摩的艳丽，无谢冰心的飘逸，然而却另有一种真挚清幽的神态。有人说，朱、俞同样细腻，不同处在俞委婉、朱深秀。阿英以为朱文如"欢乐苦少忧患多"之感。

因此对现在感到"看花堪折直须折"情形，文字素朴而通俗，正与善说理的朱孟实文字异曲同工。周作人则以为俞平伯文如嚼橄榄，味涩而有回甘，自成一家。

这几天心里颇不宁静。今晚在院子里坐着乘凉，忽然想起日日走过的荷塘，在这满月的光里，总该另有一番样子吧。月亮渐渐地升高了，墙外马路上孩子们的欢笑，已经听不见了；妻在屋里拍着闰儿，迷迷糊糊地哼着眠歌。我悄悄地披了大衫，带上门出去。

沿着荷塘，是一条曲折的小煤屑路。这是一条幽僻的路，白天也少人走，夜晚更加寂寞。荷塘四面，长着许多树，蓊蓊郁郁的。

路的一旁，是些杨柳和一些不知道名字的树。没有月光的晚上，这路上阴森森的，有些怕人。今晚却很好，虽然月光也还是淡淡的。

路上只我一个人，背着手踱着。这一片天地好像是我的，我也像超出了平常的自己，到了另一世界里。我爱热闹，也爱冷静；爱群居，也爱独处。像今晚上，一个人在这苍茫的月下，什么都可以想，什么都可以不想，便觉是个自由的人。白天里一定要做的事，一定要说的话，现在都可不理。这是独处的妙处，我且受用这无边的荷香月色好了。

曲曲折折的荷塘上面，弥望的是田田的叶子。叶子出水很高，像亭亭的舞女的裙。层层的叶子中间，零星地点缀着些白花，有袅娜地开着的，有羞涩地打着朵儿的；正如一粒粒的明珠，又如碧天里的星星，又如刚出浴的美人。微风过处，送来缕缕清香，仿佛远处高楼上渺茫的歌声似的。这时候叶子与花也有一丝的颤动，像闪电般，霎时传过荷塘的那边去了。叶子本是肩并肩密密地挨着，这便宛然有了一道凝碧的波痕。叶子底下是脉脉的流水，遮住了，不能见一些颜色；而叶子却更见风致了。

月光如流水一般，静静地泻在这一片叶子和花上。薄薄的青雾浮起在荷塘里。叶子和花仿佛在牛乳中洗过一样；又像笼着轻纱的梦。虽然是满月，天上却有一层淡淡的云，所以不能朗照；但我以为这恰是到了好处——酣眠固不可少，小睡也别有风味的。月光是隔了树照过来的，高处丛生的灌木，落下参差的斑驳的黑影，峭楞楞如鬼一般；弯弯的杨柳的稀疏的倩影，却又像是画在荷叶上。塘中的月色并不均匀；但光与影有着和谐的旋律，如梵婀玲上奏着的名曲。

荷塘的四面，远远近近，高高低低都是树，而杨柳最多。这些树将一片荷塘重重围住；只在小路一旁，漏着几段空隙，像是特为月光留下的。树色一例是阴阴的，乍看像一团烟雾；但杨柳的丰姿，便在烟雾里也辨得出。树梢上隐隐约约的是一带远山，只有些大意罢了。树缝里也漏着一两点路灯光，没精打采的，是渴睡人的眼。这时候最热闹的，要数树上的蝉声与水里的蛙声；但热闹是它们的，我什么也没有。

忽然想起采莲的事情来了。采莲是江南的旧俗，似乎很早就有，而六朝时为盛；从诗歌里可以约略知道。采莲的是少年的女子，她们是荡着小船，唱着艳歌去的。采莲人不用说很多，还有看采莲的人。那是一个热闹的季节，也是一个风流的季节。梁元帝《采莲赋》里说得好：

于是妖童媛女，荡舟心许；鹢首徐回，兼传羽杯；棹将移而藻挂，船欲动而萍开。尔其纤腰束素，迁延顾步；夏始春余，叶嫩花初，恐沾裳而浅笑，畏倾船而敛裾。

可见当时嬉游的光景了。这真是有趣的事，可惜我们现在早已无福消受了。

于是又记起《西洲曲》里的句子：

采莲南塘秋，莲花过人头；低头弄莲子，莲子清如水。

今晚若有采莲人，这儿的莲花也算"过人头"了；只不见一些流水的影子，是不行的。这令我到底惦着江南了。——这样想着，猛一抬头，不觉已是自己的门前；轻轻地推门进去，什么声息也没有，妻已睡熟好久了。

（朱自清的《荷塘月色》）

有人称之为"絮语"，周作人以为可代表一派。以抒情为主，大方而自然，与明代小品相近。然知学可作代表如竟陵派，文章风格实于周作人出。周文可以看出廿年来社会的变化，以及个人对于这变迁所有的感慨，贴住"人"。俞文看不出，只看出低徊于人事小境，与社会俨然脱节。

　　文章内容抒情成分多，文字多烦琐，有《西青散记》《浮生六记》风趣。

　　正如自己所说："有些人是做文章应世，有些人是做文章给自己玩。"俞平伯近于做给自己玩，在执笔心情上有自得其乐之意：

　　《儒林外史》上杜慎卿说："菜佣酒保都有六朝烟水气。"这每令我悠然神往于负着历史重载的石头城。虽然，南京也去过三两次，所谓烟花金粉的本地风光已大半销沉于无何有了。幸而后湖的新荷，台城的芜绿，秦淮的桨声灯影以及其余的，尚可仿佛惝悦地仰寻六代的流风遗韵。繁华虽随着年光云散烟消了，但它的薄痕倩影和与它曾相映发的湖山之美，毕竟留得几分，以新来游屐的因缘而隐跃跃悄沉沉地一页一页地重现了。至于说到人物的风流，我敢明证杜十七先生的话真是冤我们的——至少，今非昔比。他们的狡诈贪庸差不多和其他都市里的人合用过一个模子的，一点看不出什么叫作"六朝烟水气"。从煤渣里掏换出钻石，世间即有人会干；但绝不是我，我失望了！

　　倒是这一次西泠桥上所见虽说不上什么"六代风流"，但总使人觉得身在江南。这天是四月三日的午前，天气很晴朗，我们携着姑苏，从我们那座小楼向岳坟走去。紫沙铺平的路上，鞋底擦擦地碎响着。

略行几十步便转了一个弯。身上微觉燥热起来。坦坦平平的桥陂迤逦向北偏西，这是西泠了。桥顶，西石栏旁放着一担甘蔗，有刨了皮切成段的，也有未去青皮留整枝的。还有一只水碗，一把帚是备洒水用的。而最惹目的，担子旁不见挑担子的人，仅仅有一条小板凳，一个稚嫩的小女孩坐着。——卖甘蔗？

看她光景不过五六岁，脸皮黄黄儿的，脸盘圆圆儿的，蓬松细发结垂着小辫。春深了，但她穿得"厚裹罗哆"的，一点没有衣架子，倒活像个老员外。淡蓝条子的布袄，青莲条子的坎肩，半新旧且很有些儿脏。下边还系着开裆裤呢。她端端正正地坐着。右手捏一节蔗根放在嘴边使劲地咬，咬下了一块仍然捏着——淋漓的蔗汁在手上想是怪黏的。左手执一枝尺许高，醉杨妃色的野桃，花开得有十分了。因为左手没得空，右手更不得劲，而蔗根的咀嚼把持愈觉其费力了。

你曾见野桃花吗？（想你没有不看见过的。）它虽不是群芳中的华贵，但当芳年，也是一时之秀。花瓣如胭脂的靥，绿叶如插鬓的翠钗，绛须又如钗上的流苏坠子。可笑它一到小小的小女孩手中，便规规矩矩的，不敢卖弄妖冶，倒学会一种娇憨了。它真机灵了。

至她并执桃蔗，得何意境？蔗根可嚼，桃花何用呢？何处相逢？何时抛弃？……这些是我们所能揣知，所敢言说的吗？你只看她那剪水双瞳，不离不着，乍注即释，痴慧躁静了无所见，即证此感邻于浑然，断断容不得多少回旋奔放的。你我且安分些吧。

我们想走过去买根甘蔗，看她怎样做买卖。后一转念，这是心理学者在试验室中对付猴鼠的态度，岂是我们应当对她的吗？我们分明也携抱着个小孩呢。所以尽管姑苏的眼睛，巴巴地直盯着这一担甘蔗，我们到底哄了他，走下了桥。

在岳坟溜连了一荡，有半点来钟。时已近午，我们循原路回走，从西塄上桥，只见道旁有被抛掷的桃枝和一些零零星星的蔗屑。那个小女孩已过西泠南塄，傍孤山之阴，蹒跚地独自摸回家去。背影越远越小，我痴望着……

走过一个八九岁的男孩——她的哥？——轻轻地把被掷的桃花又捡起来，耍了一回，带笑地喊："要不要？要不要？"其时作障的群青，成罗的一绿，都不肯言语了。他见没有应声，便随手一扬。一枝轻盈婀娜刚开到十分的桃花顿然飞堕于石阑干外。

我似醒了。正午骄阳下，峭峙着葱碧的孤山。妻和小孩早都已回家了。我也懒懒地自走回去。一路闲闲地听自己鞋底擦沙的声响，又闲闲地想："卖甘蔗的老吃甘蔗，一定要折本！孩子……孩子……"

（俞平伯《西泠桥上卖甘蔗》）

"五四"以来，用叙事记形式有所写作，作品仍应当称之为抒情文，在初期作者中，有两个比较生疏的作家，两本比较冷落的集子，值得注意：一是用"川岛"作笔名写的《月夜》，一是用"落华生"作笔名写的《空山灵雨》。两个作品与冰心作品有相同处，多追忆印象；也有相异处，写的是男女爱。虽所写到的是人事，不重行为的爱，只重感觉的爱。主要的是在表现一种风格、一种境界。人或沉默而羞涩，心或透明如水。给纸上人物赋一个灵魂，也是人事哀乐得失，也是在哀乐得失之际的动静，然而与同时代一般作品，却相去多远！

继承这种传统，来从事写作，成就特别好，尤以记言记行，用俭朴文字，如白描法绘画人生，一点一角的人生，笔下明丽而不纤细，温暖而不粗俗，风格独具，应推废名。然而这种微带女性似的单调，或因所写对象，在读者生活上过于隔绝，因此正当"乡村文学"或"农民文学"成为一个动人口号时，废名作品却俨然在另外一个情形下产生存在，与读者不相通。虽然所写的还正是另一时另一处真正的乡村与农民，对读者说，究竟太生疏了。

周作人称废名作品有田园风，得自然真趣，文情相生，略近于所谓"道"。不黏不滞，不凝于物，不为自己所表现"事"或表现工具"字"所拘束限制，谓为新的散文一种新格式。《竹林故事》《桥》《枣》，有些短短篇章，写得实在很好。

原载于一九四〇年十月十六日《国文月刊》第三期

本篇为总题"习作举例"第三篇